Einmal Mord, aber pronto!

- Florentinische Morde Band 4 -

von Beate Boeker

Bibliografische Information der Deutschen Nationalbibliothek: Die Deutsche Nationalbibliothek verzeichnet diese Publikation in der Deutschen Nationalbibliografie; detaillierte bibliografische Daten sind im Internet über dnb.dnb.de abrufbar.

Copyright englische Erstausgabe
Expected Death: 2014 Beate Boeker
© 2018 Beate Boeker
www.happybooks.de

Alle Rechte vorbehalten.
Herstellung und Verlag:
BoD – Books on Demand, Norderstedt

ISBN: 978-3-7578-1896-8

Cover Design: Susan Coils / Annissa Turpin

Figurenübersicht
Die Mantonis & ihre Partner

Caroline Ashley
genannt Carlina, Besitzerin des luxuriösen Lingerie-Geschäfts Temptation in Florenz

Stefano Garini
ermittelnder Inspektor der Mordkommission in Florenz

Onkel Teo
Carlinas Großonkel, 80 Jahre alt

Fabbiola
Carlinas Mutter

Benedetta
Carlinas Tante (Fabbiolas jüngere Schwester)

Leopold Morin (Leo)
Benedettas Lebensgefährte (ein Franzose)

Emma
Carlinas Cousine (Benedettas älteste Tochter)

Lucio
Emmas Ehemann

Annalisa
Carlinas attraktive, rothaarige Cousine (Benedettas zweite Tochter)

Ernesto
Carlinas rothaariger Cousin, der jüngste im Hause
Mantoni (Benedettas Sohn)

Tante Violetta
die Matriarchin der Mantoni-Familie, 99 Jahre alt,
lebt in einer Villa in Fiesole

Omar
der Adoptivsohn von Tante Violetta

Weitere wichtige Personen

Cervi
Stefanos Garinis Chef und Leiter der Mordkommission in Florenz

Piedro
Cervis Sohn und Stefanos Assistant

Olga Ottima
Die neue Frau an Onkel Teos Seite

Ugo
Der Sohn von Olga Ottima

Francesca
Carlinas beste Freundin, eine Glasbläserin

Das Haus auf der
Via delle Pinzochere Nr. 12

Erdgeschoss (links):	Onkel Teo
Erdgeschoss (rechts):	Leopold Morin
1. Stock (links):	Emma & Lucio
1. Stock (rechts):	Benedetta
	mit Annalisa & Ernesto
2. Stock (links):	vom Mantoni-Haus aus
	nicht zugänglich
2. Stock (rechts):	Fabbiola
Dachgeschoss:	Carlina

Kapitel 1

I

»Psst! Psst! Carlina!« Fabbiola winkte mit den Armen und pflügte mit der subtilen Effizienz eines Nashorns durch die tanzenden Paare.

Mehrere Leute drehten sich um und starrten sie an. Die Dämmerung brach gerade an, und die Lichter in den Bäumen leuchteten auf. Sie funkelten in dem toskanischen Landhausgarten und schufen eine verzauberte Atmosphäre.

Carlina zuckte zusammen, als sie die Stimme ihrer Mutter hörte, und verbarg ihren Kopf an der Brust ihres Freundes, in der Hoffnung, dass ihre Mutter sie nicht sehen würde.

Seine Arme zogen sie näher an sich, und mit einem schnellen Schritt schwang er sie herum, hinter einen dicht belaubten Olivenbaum in einem großen Terrakottatopf.

Carlina blickte zu ihm auf. »Danke.«

»Gern geschehen.« Stefano lächelte. »Ich stehe jederzeit zur Verfügung, wenn du ein wenig Abstand zu deiner Familie brauchst.«

Sie kicherte. Wie gut seine Arme sich anfühlten, und wie schön es war, seinen vertrauten Geruch einzuatmen. »Ich wusste gar nicht, dass du so gut tanzen kannst.«

Sein Lächeln vertiefte sich. »Es gibt noch eine Menge Dinge, die du nicht über mich weißt.«

»Psst! Psst! Carlina!« Fabbiolas aufgeregte Stimme kam näher.

Stefano zog Carlina weiter weg, in Richtung der Fliederhecke. Der warme Maiabend war mit ihrem Duft erfüllt. Er schaute Carlina prüfend an, ein kleiner Teufel in seinen Augen. »Ich glaube zwar nicht, dass meine Strategie aufgeht, aber es ist zumindest einen Versuch wert.«

Er hob ihr Kinn und küsste sie, bis Carlina sich am Revers seines eleganten Jacketts festklammern musste, nicht sicher, ob sie es tat, um ihn noch näher heranzuziehen oder weil ihre Knie nachgaben.

»Da seid ihr ja!« Mit einem Rascheln ihres langen Rocks erschien Fabbiola neben ihnen und stampfte mit dem Fuß auf den Boden. »Würdet ihr mir bitte mal zuhören?«

Stefano ließ Carlina mit einem Seufzer los. »Ich dachte es mir schon. Subtile Hinweise sind komplett verschwendet.«

Carlina öffnete nicht sofort die Augen und zog es vor, nichts zu sagen. Sie war erst seit einigen Monaten mit Stefano Garini zusammen, und dies war ihre erste Gelegenheit zu einem langsamen, romantischen Tanz. Viel zu oft war sie in ihrem Lingeriegeschäft Temptation im historischen Zentrum von Florenz beschäftigt, und es half auch nicht, dass ihr Freund genauso oft kurzfristig einberufen wurde, um seine Aufgaben als *commissario* bei der Mordkommission wahrzunehmen. Tatsächlich war es ein Wunder, dass sie es heute gemeinsam auf die Feier zu Onkel Teos achtzigstem Geburtstag geschafft hatten, die auf einem Weingut knapp zwei Stunden von Florenz entfernt stattfand, denn die meisten von Stefanos Kollegen hatten gerade die Grippe. Carlina war so wütend über die Unterbrechung durch ihre Mutter, dass sie kaum sprechen konnte.

»Carlina.« Fabbiola zog an ihrem Ärmel.

Sie schluckte. Ihre Mutter klang anders als sonst – beunruhigt, über den normalen Grad an Verrücktheit hinaus. Vielleicht sollte sie doch zuhören. Um sich zu beruhigen, holte sie tief Luft, schaute Stefano mit einem kleinen Lächeln an und berührte seine Wange. »Du hast recht. Subtile Hinweise sind bei der Mantoni-Familie vergebliche Liebesmüh.«

»Was sagst du da?« Fabbiola runzelte die Stirn.

»Gar nichts.« Carlina zügelte ihre Ungeduld und wandte sich an ihre Mutter. »Was ist los, *mamma?*«

»Du musst mit mir zur anderen Seite der Tanzfläche kommen.« Fabbiola zeigte über die Paare hinweg, die sich langsam im Takt der Musik bewegten. »Ich brauche deine Hilfe.«

Stefano zuckte mit den Schultern und drehte sich weg. »Ich sehe euch dann später.«

»Oh nein.« Fabbiola schnappte sich den Ärmel seines dunklen Anzugs. »Ich brauche euch beide.«

»Warum?« Carlina beäugte sie mit Unbehagen. Was hatte ihre Mutter bloß vor?

»Ich kann es nicht erklären.« Fabbiola wippte nervös auf und ab. Ihre hennaroten Haare – ausnahmsweise einmal sorgfältig frisiert, um den besonderen Geburtstag ihres Onkels zu feiern – bewegten sich, und eine widerspenstige Strähne fiel ihr über die Augen. »Dafür ist keine Zeit. Nun kommt schon.« Sie griff beide bei den Händen und zog sie durch die Menge. Es war, als ob die zarte Musik, die warme Luft und die festlichen Kleider gar keine Auswirkung auf sie hätten.

Carlina hielt dagegen. »Ich gehe nirgendwohin, bis du mir sagst, warum es so wichtig ist. Du hast gerade einen kostbaren Augenblick zerstört, und das ärgert mich sehr.«

Fabbiola verdrehte die Augen. »Du wirst noch unzählige andere kostbare Augenblicke in deinem Leben haben. Aber das hier kann nicht warten.« Sie pflügte wie ein Dampfer durch die Menge. »Teo ist in Schwierigkeiten.«

Carlina tauschte einen erstaunten Blick mit Stefano und eilte ihrer Mutter hinterher. »Warum? Was ist passiert? War die Aufregung der Party zu viel für ihn?«

»Schau es dir selbst an.« Fabbiola zeigte in eine Ecke des Hofes. In der Nähe der Drei-Mann-Band tanzte Onkel Teo in gemäßigtem Schritt. Er hielt eine attraktive Frau von etwa fünfzig Jahren in seinem Arm. Er lächelte, als er den Kopf zu seiner Tanzpartnerin senkte, und hörte zu, während sie ihm etwas ins Ohr flüsterte.

»Sieht meiner Meinung nach nicht nach Schwierigkeiten aus.« Stefano Garinis Stimme klang trocken.

Fabbiola runzelte die Stirn. »Das ist sein dritter Tanz mit ihr.«

»Na und?« Carlina lächelte. »Warum sollte Onkel Teo an seinem achtzigsten Geburtstag nicht einen kleinen Flirt genießen? Ich finde es perfekt.«

Ihre Mutter schnaufte. »Für eine Fünfunddreißigjährige bist du viel zu naiv.«

»Dreiunddreißig.« Carlina seufzte. Als ob ihre Mutter nicht wüsste, wie alt sie war.

»Sie ist viel zu jung für ihn.« Fabbiola warf der tanzenden Dame einen drohenden Blick zu.

Garini grinste. »Man hört ja öfter, dass ältere Männer sich in sehr viel jüngere Frauen verlieben.«

»Es ist grotesk.« Fabbiola schüttelte sich.

»Es ist süß.« Carlina lächelte. »Schau mal, wie er strahlt.« Sie drehte sich weg. »Lass ihn in Ruhe.«

Fabbiola schnappte sich wieder den Arm ihrer Tochter. »Du kennst sie nicht!«

Carlina zuckte mit den Schultern. »Ich kenne eine Menge Leute hier nicht. Onkel Teo hat ja halb Florenz eingeladen, so fühlt es sich zumindest an. Zweifellos ist sie eine alte Freundin.«

»Das ist sie nicht. Und sie war auch nicht eingeladen.« Fabbiola starrte böse zu dem Paar hinüber.

Hinter ihnen erschien Benedetta, Fabbiolas jüngere Schwester, in einem leuchtend roten Kleid. Sie hatte ihre Hand auf den Arm von Leopold Morin gelegt, dem schlanken Franzosen, der seit dem letzten Weihnachtsfest im Erdgeschoss des Familienhauses wohnte.

»Habt ihr das gesehen?« Es klang wie das Fauchen einer wütenden Katze. Benedetta zeigte mit dem Kinn in Richtung Onkel Teo und der Dame. »Was um alles in der Welt können wir tun?« Die Enden ihres knallroten Mundes zogen sich nach unten, als ob sie einer Tragödie zuschauen würde.

»Ich weiß wirklich nicht, warum ihr so ein Theater macht«, sagte Carlina. »Onkel Teo hat an seinem Geburtstag ein bisschen Spaß. Wo ist das Problem?«

Ihre Tante schaute sie missbilligend an. »Kennst du diese Frau?«

Carlina runzelte die Stirn. »Nein.«

»Ihr Name ist Olga Ottima.« Benedettas Stimme klang, als kündigte sie einen Tod in der Familie an.

Carlina konnte nicht anders, sie musste lachen. »Was für ein wunderbarer Name. Ottima – die Beste. Stell dir vor, wenn das dein Name wäre.«

»Ein ziemlich hoher Anspruch, wenn man ihm gerecht werden will«, sagte Leopold Morin, der Franzose, mit seiner ruhigen Stimme. »Ich bin nicht sicher, ob ich gern so einen Namen hätte.«

»Ach, um die brauchst du dir keine Gedanken zu machen.« Fabbiola schaute ihn grimmig an. »Sie hatte nie irgendwelche Hemmungen.«

Garini blickte sie an und verengte die Augen. »Kennst du sie denn schon lange?«

»Sie waren in derselben Schulklasse«, antwortete Benedetta anstelle ihrer Schwester.

Fabbiola zuckte zusammen, als ob die Erinnerung wehtat. »Du kannst mir glauben, dass ihr Name sie nie in irgendeiner Form eingeschüchtert hat. Sie dachte, dass das Beste nur gut genug für sie sei. Alles musste immer genau so laufen, wie sie es geplant hatte.«

Benedetta öffnete den Mund. »Bis du –«

Fabbiola schnappte sich Garini und Carlina und schob sie nach vorne. »Los. Tanzt mit ihnen.«

»Was?« Carlina starrte ihre Mutter an.

»Du nimmst Onkel Teo. Der *commissario* kann Olga um einen Tanz bitten.« Sie schaute ihn prüfend an. »Du siehst heute in deinem Anzug ganz nett aus, und sie weiß nicht, dass du ein Polizist bist, daher wird sie annehmen.«

Carlina verdrehte die Augen. Manchmal wollte sie ihre Mutter erwürgen, aber als sie sich traute, einen raschen Blick auf Garini zu werfen, sah sie das Lächeln in seinem Blick. Gott sei Dank hatte er genug Selbstvertrauen, um über den Sticheleien ihrer Mutter zu stehen.

»Ich weigere mich, ihren Tanz zu unterbrechen.« Sie grub die hohen Absätze ihrer Schuhe in den Boden und hoffte, nicht vornüberzufallen, als ihre Mutter sie gnadenlos weiterzog.

In diesem Augenblick schwang Teo seine Partnerin herum und sah sie. Er führte seine Dame näher und lächelte. »Ich habe noch nicht mir dir getanzt, Carlina.«

Ein warmes Gefühl erfüllte sie, als sie den glücklichen Ausdruck in seinen Augen sah. Das letzte Jahr war schwer gewesen für Onkel Teo. Erst hatte er seinen Zwillingsbruder verloren, dann seine Frau. Carlina hatte Angst gehabt, dass er sich an seinem Geburtstag traurig und allein fühlen würde. Gott sei Dank war diese Olga erschienen.

»Wir haben noch Zeit.« Sie lächelte. »Ich kann den nächsten Tanz mit dir tanzen.«

In diesem Augenblick wechselte die Band zu einer anderen Melodie.

Onkel Teo verneigte sich würdevoll vor Olga und sagte: »Es war mir ein großes Vergnügen, mit dir zu tanzen, meine Liebe. Aber jetzt muss ich mich meiner schönen Großnichte widmen.«

Carlina schaute Olga Ottima interessiert an. *Sie ist eine Porzellanpuppe. Zerbrechlich und fein und winzig.* Ihre Haut war reine Milch und Honig, mit nur einem Hauch von Rosé, das aussah, als ob es mit Sorgfalt aufgetragen worden war. Sie trug ein flatterndes

Chiffonkleid in Lila, einer Farbe, die das Dunkelblau ihrer Augen unterstrich. An ihrem schmalen Handgelenk funkelte eine elegante Uhr mit Diamanten.

Olga schaute Carlina mit einem Lächeln an, das so unecht aussah wie alles andere an ihr.

Stefano hielt ihr die Hand entgegen. »Würden Sie gern mit mir tanzen?«

Überraschung zeigte sich für einen Augenblick auf ihrem perfekten Gesicht, dann nickte sie leicht und legte ihre Hand in seine.

Während Onkel Teo Carlina wegführte, fragte sie sich, worüber Garini wohl mit Olga sprechen würde. Er war nicht bekannt dafür, viel zu sagen, also würde er es vielleicht nicht einmal versuchen. Da Olga ihm kaum bis zur Brust reichte, würde eine Unterhaltung sich ohnehin schwierig gestalten.

Onkel Teo griff Carlinas Hand mit überraschender Kraft und zog sie näher.

»Genießt du deinen Geburtstag, Onkel Teo?« Carlina schaute ihren Großonkel an. Ein Gefühl von Zärtlichkeit überwältigte sie. Onkel Teo war ein wenig eitel, und er konnte auch schwierig sein, aber er war der Patriarch des Mantoni-Clans, und sie mochte seine Intelligenz und seinen Sinn für Humor.

»Ich habe eine wunderbare Zeit, meine Liebe.« Er zwinkerte ihr zu. »Jeder, der so alt ist wie ich, würde dasselbe sagen, wenn er mit einer so wunderschönen Frau wie dir tanzen darf.«

Carlina lächelte. Sie wusste, dass ihre Cousinen Annalisa und Emma, die auch im Familienhaus der Mantonis lebten, als Diamanten reinster Güte bezeichnet werden konnten, während sie eher durchschnittlich war. Aber der Gedanke zählte.

»Hast du Olga das Gleiche gesagt?«, neckte sie ihn. »Du bist ein Charmeur, Onkel Teo. Und das weißt du auch, oder?«

»Ich?« Er öffnete seine rheumatischen Augen weit. »Ich spreche völlig im Ernst, meine Liebe.«

Carlina hob eine Augenbraue, doch sie ließ das Thema fallen. Trotz seines Alters war Onkel Teo ein guter Tänzer, und sie genoss die Musik, die warme Mailuft, das Gefühl des Glücks, das sie plötzlich ergriff und fast schweben ließ.

Onkel Teo brachte diese Luftblase zum Platzen, als er fragte: »Kennst du Olga Ottima, meine Liebe?«

»Nein. Ich habe sie gerade eben das erste Mal gesehen. Sie ging mit *mamma* zur Schule, oder?«

Er nickte, tief in Gedanken. »Ja, das tat sie.«

Carlina zögerte. »Sie sieht ein wenig wie eine Puppe aus, findest du nicht?«

Onkel Teo nickte wieder. »Ja, aber Aussehen kann täuschen. Ich bin mir bei ihr nicht so sicher. Ganz und gar nicht sicher.«

»Wieso nicht? Was hat sie gesagt?«

»Gar nichts. Sie hat nichts gesagt, meine Liebe. Aber ich erinnere mich an einen großen Knall. Ach, viele Jahre ist das her.« Er tanzte langsam mit ihr an der Band vorbei und nickte jemandem zu, der ihm vom Buffet in der Ecke zuwinkte.

»Ein großer Knall? Was meinst du?«

»Etwas zwischen deiner Mutter und Olga.« Er runzelte die Stirn, bis seine Augenbrauen sich sträubten. »Ich kann mich nicht genau erinnern, worum es ging. Aber deiner Mutter gefällt es nicht, dass ich heute Abend so oft mit ihr getanzt habe.« Er holte tief Luft. »Ganz und gar nicht.«

Carlina musste lächeln. »Onkel Teo, du bist ganz schön clever. Wie um alles in der Welt hast du das nur so schnell gemerkt?«

Er zwinkerte ihr frech zu. »Deine Mutter, meine Liebe, ist die am einfachsten zu durchschauende Person in ganz Florenz.«

Carlina lachte. »Da stimme ich dir zu. Hast du gern mit Olga getanzt?«

»Ja, meine Liebe, das habe ich.« Onkel Teo grinste. »Und ich werde es wieder tun. Schon bald. Ich bin zu alt, als dass ich mir sagen lasse, was ich zu tun habe.«

Einige Stunden später waren die meisten Partygäste gegangen, doch die Familie übernachtete in dem alten Bauernhof, der in ein elegantes Hotel verwandelt worden war. Onkel Teo hatte Zimmer für diejenigen reserviert, die bleiben wollten, und Carlina hatte sofort die Möglichkeit ergriffen, ein Wochenende auf dem Land, weit weg vom geschäftigen Florenz, zu verbringen. Ihre nackten Füße machten leise Geräusche auf den unebenen Terrakottafliesen, als sie vom Bad zum Bett ging.

Stefano stand neben dem Bett und lächelte sie an. »Ich bin froh, dass du dein Kleid noch nicht ausgezogen hast.« Er streckte die Hand aus und schaltete das Licht über ihnen aus, sodass nur noch die kleine Lampe in der Ecke den Raum sanft erhellte. Dann ging er zu ihr und küsste sie auf den Hals, der Linie vom Ohr bis zur Schulter folgend. »Denn darauf habe ich mich schon seit Stunden gefreut.«

Carlina überlief ein genussvoller Schauer. Sie lächelte und drehte sich zu ihm um. »Lass dich auf keinen Fall aufhalten.«

Er hob die Hand und streichelte zärtlich ihren Nacken, doch just in dem Augenblick, in dem er sie an sich zog, klopfte es an der Tür.

Sie erstarrten.

»Deine Mutter«, sagte Stefano trocken.

»Niemals.« Carlina senkte die Stimme zu einem Flüstern und zog ihn zum Bett. »Ich habe ihr unsere Zimmernummer nicht verraten.«

Das Klopfen wurde lauter.

Er schaute sie an. »Öffnen wir?«

»Nein.« Carlina schlang ihm die Arme um den Hals und küsste ihn.

Er vergrub seine Hände in ihren Haaren. »Und was ist, wenn es brennt?« Seine Stimme neckte sie.

Carlina lächelte. Sie kannte seine Stimmungen inzwischen gut und wusste, wann er ernst war und wann nicht, auch wenn sein Gesicht seine Gefühle nicht verriet. »In diesem Haus gibt es aktuell nur ein einziges Feuer – und das befindet sich direkt vor dir.«

II

Am nächsten Morgen blieb Fabbiola direkt vor ihnen am Frühstückstisch stehen. Der Tisch war so lang, dass zwanzig Leute Platz fanden, und fast alle Stühle waren von Mantoni-Familienmitgliedern besetzt worden. In diesem Augenblick waren die Plätze allerdings verlassen, da die gesamte Familie zum Frühstücksbuffet gestürmt war … alle, mit Ausnahme von Fabbiola, die jetzt wie eine beleidigte Königin Platz nahm und ihre älteste Tochter anfunkelte.

»Ich habe letzte Nacht an deine Tür geklopft, aber du hast nicht geantwortet.«

Carlina schaute ihre Mutter an und lächelte. »Was ist passiert?«, fragte sie. »Gab es ein Feuer im Haus?«

Stefano trat ihr auf den Fuß. *Übertreib's nicht,* sagten seine Augen.

»Ich wollte etwas mit euch besprechen.« Fabbiola verzog den Mund und sah ihre Tochter mit einem verletzten Gesichtsausdruck an.

»Nun, das kannst du ja jetzt tun«, sagte Carlina.

»Aber es ist privat«, zischte Fabbiola.

Stefano hob die Augenbrauen. »Soll ich gehen?«

»Nein, natürlich nicht.« Fabbiola schaute über ihre Schulter. »Aber Onkel Teo wird jeden Augenblick hier erscheinen. Hast du gehört, dass diese … diese …« Sie schien nicht das richtige Wort zu finden.

»Ja?« Carlina unterdrückte ein Grinsen.

»Diese Olga! Sie ist auch über Nacht geblieben!«

Sie hatte die Worte kaum über die Lippen gebracht, als die Tür sich öffnete und Onkel Teo Olga mit so viel Zeremoniell hereinführte, als ob sie eine Königin wäre.

Stefano und Carlina tauschten einen Blick.

Fabbiola machte ein Geräusch wie eine wütende Katze und fegte zum Buffet, die Neuankömmlinge ignorierend.

»Guten Morgen, ihr Lieben.« Onkel Teo blieb neben dem Tisch stehen. Sein Blick glitt über die Familie, die gerade mit vollbeladenen Tellern vom Buffet zurückkam.

Hinter Benedetta befanden sich ihre Kinder, Ernesto und Annalisa. Ihre roten Haare leuchteten in der Morgensonne. Mit achtzehn und zwanzig Jahren waren sie zwar eigentlich junge Erwachsene, aber das hinderte sie nicht daran, sich wie Teenager aufzuführen. In diesem Augenblick neckten sie sich gegenseitig. Hinter ihnen stand ihre älteste Schwester, Emma, deren kurzer Rock nicht viel länger als ein Handtuch war, sodass ihre langen Beine zur Geltung kamen. Ihr Mann Lucio war mit beiden Tellern voll beladen. Emma trug nichts außer einem schmalen Handtäschchen. Obwohl sie alle gemeinsam in getrennten Wohnungen im Familienhaus in der Via delle Pinzochere in der Altstadt von Florenz lebten, frühstückten sie nur selten zusammen. Frühstück war eine rasche Angelegenheit: Man kippte im Stehen eine Tasse Espresso in sich hinein. Es war kein Vergleich zu den lang gezogenen Mittag- und Abendessen, die normalerweise von Benedetta gekocht und in ihrer großen Küche im ersten Stock gemeinsam verzehrt wurden.

»Guten Morgen, ihr Lieben.« Onkel Teo strahlte alle an. Dann wandte er sich an Olga und sah sie an, als wäre er ein fescher junger Mann und sie eine Prinzessin. »Wollen wir sehen, was das Buffet zu bieten hat?«

Olga erschauderte. »Ich esse nie etwas am Morgen.« Sie tätschelte ihre schmalen Hüften. »Das ist der einzige Weg, um eine gute Linie zu halten. Aber eine Tasse Kaffee wäre schön.«

»Natürlich.« Onkel Teo eilte zum Buffet.

Olga setzte sich an den langen Holztisch und prüfte ihre perfekten Fingernägel. Sie trug ein aprikosenfarbenes Kleid, das um sie herumflatterte und den Eindruck verstärkte, dass sie klein und zerbrechlich war, jemand, den man umsorgen und behüten musste. Ihr dunkles Haar sah aus wie glänzendes Mahagoni, und der modische Schnitt betonte die weiche Kurve ihrer Wangenknochen.

Carlina runzelte die Stirn. Irgendetwas an Olga störte sie, aber sie wusste nicht, was. Sie war attraktiv und man sah sie gern an. Was war es nur?

Annalisa schlüpfte auf den Sitz neben Olga und betrachtete sie neugierig. Annalisa war vermutlich die bestaussehende Frau im Mantoni-Clan, mit ihren perlweißen Zähnen, ihrer perfekten Haut und ihrem roten Haar. Mit gerade mal zwanzig Jahren war sie auch die jüngste Frau im Familienhaus auf der Via delle Pinzochere, und diesen Vorteil wusste sie auszunutzen. Eigentlich wusste Annalisa alle Umstände zu ihrem Vorteil zu nutzen.

Olga bewegte ihren Stuhl ein wenig zur Seite, als ob sie nicht in direktem Vergleich neben Annalisa sitzen wollte.

Kein Wunder. Carlina unterdrückte ein Lächeln. Für jemanden wie Olga, die so offensichtlich auf ihr Aussehen achtete, war es eine Katastrophe, neben Annalisa zu sitzen – das stand keiner Frau, noch nicht einmal dieser Puppe, die über fünfzig war.

Jetzt lächelte Olga Annalisa zu – es war mehr ein breites Strecken der Lippen – und sagte: »Du bist Annalisa, nicht wahr?«

Annalisa lächelte. »Ja. Haben Sie schon von mir gehört?«

Olga hob eine sorgfältig gezupfte Augenbraue. »Das habe ich in der Tat. Du bist doch die Frau, die einen Geliebten hatte, der dreißig Jahre älter war.« Ihre Stimme war süß wie Honig.

Carlina schnappte nach Luft. Annalisa war nicht leicht zu verletzen, aber Carlina wusste, dass Annalisa die Affäre mit dem älteren Mann zu Weihnachten stärker unter die Haut gegangen war, als sie zugab. Aus den Augenwinkeln sah sie, wie Benedetta sich halb aus ihrem Stuhl erhob, bereit, ihre Tochter zu verteidigen. Ihr roter Mund war eine einzige wütende Linie. *Oh nein.*

Aber sie hätten sich keine Sorgen zu machen brauchen.

Annalisa warf Olga einen verächtlichen Blick unter ihren langen Wimpern hervor zu, dann sagte sie: »Na ja, ich kann es nicht weiterempfehlen, daher sollten Sie mich besser nicht als Vorbild nehmen.«

Die ganze Familie hielt die Luft an.

Olga wurde rot und öffnete den Mund, aber in diesem Augenblick erschien Onkel Teo, der vorsichtig zwei Tassen Kaffee auf einem Tablett balancierte. »Hier kommt der Kaffee, Olga.« Er stellte die Tassen auf den Tisch, dann strahlte er alle am Tisch an. »Ich sehe schon, dass ihr euch gut unterhaltet. Wie schön.«

Kapitel 2

»Ich kann einfach nicht glauben, dass Onkel Teo heute Morgen die Spannung nicht gespürt hat.« Carlina kämpfte sich eine wackelige Haustreppe hoch und hielt an, um nach Luft zu schnappen. »Ich schwöre, dass Mord in der Luft hing.«

Stefano lächelte. »Das brauchst du mir nicht zu sagen, ich war dabei. Ich frage mich nur, ob Olga weiß, was sie tut.« Er hielt ihr die Hand entgegen. »Nur noch ein Stockwerk. Komm.«

Carlina bewegte sich nicht vom Fleck. »Wir brauchen eigentlich gar nicht weiterzugehen. Ich werde auf gar keinen Fall mehrmals am Tag diese Stufen erklimmen, um zu meiner neuen Wohnung zu gelangen.«

»Vielleicht ist es drinnen ja richtig schön.«

Sie schnaufte verächtlich. »Es müsste schon ein Palast sein, um mich jetzt noch zu überzeugen. Und wenn die Treppe in irgendeiner Form ein Indiz ist, wird es eher ein Schweinestall werden.«

Er beugte sich nach vorne und umfasste ihr Gesicht mit einer Hand, dann strich er mit dem Daumen über ihre Wange. »Ich weiß. Aber es ist die einzige Wohnung, die auch nur im Entferntesten passend und erschwinglich ist. Lass uns wenigstens einen Blick darauf werfen.«

Sie seufzte und kletterte weiter die Stufen hoch. »Die Dinge, die ich für dich tue …«

Er grinste. »Ich weiß. Ich bin ein glücklicher Mann.«

Aber als sie die Führung durch die Wohnung beendet hatten, war sein Lächeln verschwunden. Das Küchenfenster war so schlecht eingesetzt, dass eine geschäftige Ameisenarmee ohne Schwierigkeiten von außen nach innen gelangen konnte, das uralte Badezimmer roch modrig, der Teppich war fleckig und den Balkon konnte man gerade nicht benutzen, aber das sollte noch vor Ende des Jahres behoben werden.

»Und wenn du das glaubst, kannst du auch glauben, dass die Treppe dir jeden Abend ein Gutenachtlied singt.« Carlinas Schultern sackten nach vorne, während sie langsam die Treppen hinabstiegen. Sie nahm Stefanos Hand und hielt sie fest. »Glaubst du, wir werden je etwas finden?«

»Ich hoffe es.« Er zuckte mit den Schultern. »Wenn Florenz doch nur nicht ganz so beliebt wäre. Vielleicht sollten wir doch darüber nachdenken, in einen weiter entfernt liegenden Ort zu ziehen.«

Sie schüttelte den Kopf. Sie hatten das alles schon besprochen und waren übereingekommen, dass es für ihre Lebensqualität wichtig war, in der Nähe der Polizeiwache und ihres Lingeriegeschäftes zu wohnen. Wenn sie jeden Tag eine Stunde pro Strecke pendeln müssten, würde zu viel ihrer gemeinsamen Zeit verloren gehen.

Sie ballte die Faust. »Wir suchen weiter. Irgendwo muss hier doch eine anständige Wohnung zu finden sein, die nur auf uns wartet. Wir haben ja noch nicht so viele angesehen.«

»Einundzwanzig.«

Sie öffnete die Augen weit. »Einundzwanzig? Hast du etwa mitgezählt?«

Er zuckte mit den Schultern. »Ja.«

Carlina verfiel in ein entmutigtes Schweigen, während sie ihm auf die Straße folgte. Einundzwanzig Wohnungen und nicht eine davon passte auch nur im Entferntesten. Wieder fragte sie sich, ob sie nicht einfach in seine Wohnung ziehen sollte. Ihre Wohnung stand nicht zur Debatte – sie befand sich im obersten Stockwerk des Mantoni-Familienhauses, direkt unter dem Dach. Obwohl sie jede Menge Charme hatte, war sie einfach zu klein für zwei Leute, insbesondere, wenn einer davon so groß war, dass er jedes Mal den Kopf neigen musste, wenn er sich aus der Mitte des Wohnzimmers bewegte. Ganz abgesehen davon konnte sie sich Garini nicht im Schoße ihrer verrückten Familie vorstellen, die sie ständig unterbrechen würde, sobald es ihren Verwandten in den Sinn kam, die Stufen hinaufzusteigen und ohne auch nur ein Proforma-Klopfen durch die Tür zu stürzen.

Seine Wohnung war zwar ein wenig größer, aber sie fühlte sich dort nicht zu Hause. Vielleicht war es sein minimalistisches Einrichtungskonzept oder das fürchterliche moderne Bild über dem Sofa, sie wusste es nicht so genau, aber aus irgendeinem Grund war die Atmosphäre in seinem Wohnzimmer immer tiefgekühlt, auch mitten im Sommer. Der einzige Raum, der ihr in seiner Wohnung gefiel, war das Schlafzimmer, und das noch nicht einmal aus den offensichtlichen Gründen. Sie liebte die eingebauten Regale, die die Wände vom Boden bis zur Decke füllten und nur eine freie Fläche über dem Kopfende des Bettes ließen. Die Regale waren mit CDs und Büchern bestückt und irgendwie brachte das seine Persönlichkeit in den Raum. Ja, sie mochte Garinis Schlafzimmer, aber das war's. In keinem anderen Zimmer in seiner Wohnung gab es auch nur einen Hauch von Zauber.

Ein anderer Gedanke schoss ihr durch den Kopf. Wenn sie bei ihm einziehen würde, würde es immer seine Wohnung bleiben. Sie wäre sein Gast; sie wäre der Neuankömmling, selbst wenn sie alles umbauen sollten. Und alles umzubauen, wenn er das Gefühl hatte, dass doch gar nichts falsch war, bot jede Menge Fallen für ihre Beziehung. Nein, es war besser, gemeinsam auf neutralem Grund neu anzufangen, die Dinge von Grund auf neu zu schaffen, sodass sie in seinem Haus keine versteckten Götter entthronen müsste. Es war ein großer Schritt, mit Garini zusammenzuziehen. Sie waren beide in den Dreißigern, waren es gewohnt, alleine zu leben und unabhängig zu sein. Sie würden sich erst einmal umstellen müssen.

Und was würde geschehen, wenn ihre Beziehung die ganzen Veränderungen nicht überstand? Ein plötzlicher Schauder schüttelte sie.

Garini drehte sich um und schaute sie an. »Was ist los?«

Na klar, er bemerkte jeden Stimmungsumschwung. Sie versuchte, zu lächeln. »Ich bin ganz entmutigt.«

»Wir schauen weiter.« Er drückte ihre Hand. »Immerhin haben wir Zeit. Niemand wirft uns raus.«

Sie nickte und wechselte das Thema. »Ich habe Hunger, und ich glaube, es ist fast Zeit fürs Abendbrot. Benedetta macht heute *gnocchi*. Willst du auch kommen?«

Er zögerte. »Ich weiß noch nicht.«

Sie legte ihm die Arme um den Hals und rieb ihre Wange an seiner, dann flüsterte sie: »Ich weiß, was du denkst: ›Benedettas *gnocchi* lassen einem zwar das Wasser im Mund zusammenlaufen, aber werden sie mir in der Kehle stecken bleiben, wenn ich dieser zankenden Mantoni-Familie schon wieder zuhören muss?‹«

Er warf ihr einen raschen Blick zu. »Erwartest du, dass sie heute schlimmer als sonst sein werden?«

Sie grinste. »Nein. Ich habe dich nur geneckt.«

»Dann komme ich mit.«

Aber als sie um den Tisch herum saßen, stellte Carlina fest, dass die Atmosphäre doch explosiver war als sonst. Zur Bestürzung der ganzen Familie hatte Onkel Teo Olga eingeladen. Sie thronte wie ein Model neben ihm, auf dem Stuhl, auf dem früher Onkel Teos Frau Maria gesessen hatte. Maria war genauso breit wie lieb gewesen und für einen flüchtigen Augenblick fand Carlina es unangenehm, Olga auf ihrem Platz zu sehen. *Hör sofort auf damit*, ermahnte sie sich. *Das Leben geht weiter. Denk an Onkel Teo. Er ist glücklich.*

Neben Olga saß jemand, den sie noch nie zuvor gesehen hatte. *Er ist ein Mammut.* Der Gedanke durchfuhr sie, bevor sie die Details richtig aufgenommen hatte: seine unordentlichen Haare, seine Brust, die aussah wie die Rolle einer Dampfwalze, und seine rechte Faust, die ein Messer umklammerte, das plötzlich wie ein Zahnstocher aussah.

»Das ist mein Sohn Ugo.« Olga strahlte vor Stolz.

Carlina verschluckte sich. Wie hatte ein Püppchen wie Olga es geschafft, so ein riesiges Exemplar von Mann hervorzubringen?

Ugo hatte ein flaches Gesicht, das aussah, als hätte jemand versucht, alle Gefühle herauszufegen. Nur eine kleine Nase war übrig geblieben, die ein wenig wie ein schlecht geformter *gnoccho* aussah. Mit leerem Blick nickte er leicht, entblößte Zähne, die so groß waren wie Zuckerwürfel, und sagte: »Ciao.« Nach dieser tiefsinnigen Aussage verfiel er wieder in Schweigen.

Carlina verkniff sich ein Lächeln. Anscheinend hatte die Natur alles in die Form investiert und nicht so sehr ins Gehirn. Ganz im Gegensatz zu seiner Mutter, deren intelligente Augen jetzt den Raum überblickten wie die eines Generals, der seine Truppen prüft und feststellt, dass sie noch weit vom Ziel entfernt sind.

Neben Onkel Teo, seiner Olga und dem erstaunlichen Ugo saßen schon die drei Kinder von Benedetta: Ernesto, Annalisa und Emma. Emmas Mann Lucio hob gerade den Schal seiner Frau vom Boden auf, bevor er sich wieder hinsetzte. Der Franzose Leopold Morin half Benedetta, die Teller zu füllen, bevor sie weitergereicht wurden. Sie waren in den letzten Monaten ein Paar geworden, und es erfüllte Carlina mit Glück zu sehen, wie sie ein vertrautes Lächeln austauschten, während sie miteinander arbeiteten. Dann bemerkte sie den leeren Stuhl.

»Wo ist *mamma*?«

Benedetta stellte einen dampfenden Teller vor sie. Der aromatische Duft der Tomatensoße füllte den Raum. »Sie kommt in einer Minute runter. Sie hat gesagt, dass wir nicht auf sie warten sollen, weil sie erst fertig werden muss.« Ein missbilligendes Naserümpfen begleitete ihre Worte.

Garini lehnte sich näher an Carlina heran. »Womit muss sie erst fertig werden?«

»Ach, *mamma* hat sich ein neues Hobby gesucht. Sie strickt jetzt.«

Er hob eine Augenbraue. »Jetzt bin ich überrascht. Ich hätte gedacht, dass das ein viel zu alltägliches Hobby für deine Mutter ist.«

»Lass dich nicht in die Irre führen.« Carlinas Stimme klang trocken. »Es ist nicht so, als ob *mamma* mit ganz normalem Stricken angefangen hätte.«

Garini warf ihr einen Seitenblick zu. »Das musst du mir erklären. Was ist denn unnormales Stricken?«

»Großraumstricken.« Carlina genoss den Ausdruck auf Garinis Gesicht, als sie ihre Gabel aufnahm und anfing zu essen. »Sie hat jede Menge Projekte – sie strickt Jacken für Statuen, versieht dreihundert Jahre alte Olivenbäume mit farbigen Ringelhüllen, schuf einen warmen Schal für die Nationalbibliothek hier in Florenz mit einer Million kleiner Bommeln …«

»Ein Schal für die Nationalbibliothek?« Er klang erschüttert. »Das ist nicht dein Ernst.«

»Doch. Und versteh das bloß nicht falsch. Das ist Kunst mit einem ganz großen K, und sie plant, damit berühmt zu werden, wie dieser Architekt, der ganze Gebäude in Stoff hüllte und damit Furore machte. Wie hieß er noch?«

»Christo.« Ernesto grinste über den Tisch. Seine roten Haare leuchteten wie Herbstlaub in der Sonne.

»Danke, der war's. Christo. Mamma ist überzeugt, dass sie der nächste Christo ist, aber, um es in ihren Worten zu sagen, sie interpretiert eben gestricktes Material anstelle von Stoffen. Im Moment macht sie gerade einen Umhang für David.«

Garini runzelte die Stirn. »Wer ist David?«

Carlina lächelte ihn spöttisch an. »Der einzige David, der zählt, mein Lieber. Die Statue von Michelangelo.«

»Einen Umhang?«, fragte Ernesto. »Das ist neu, oder?«

»Ja. Zuerst wollte sie ihm eine Hose stricken, aber dann fand sie, dass es zu viel von seiner Schönheit verstecken würde. Außerdem fürchtete sie, dadurch den Ruf zu erhalten, ein wenig … verklemmt zu sein, was natürlich um jeden Preis vermieden werden muss. Also kam sie auf die Idee mit dem Umhang. Dann kann der Wind ihn heben und ihn um seine Schultern wirbeln lassen, sodass die harte Marmorschönheit in krassem Kontrast zu dem weich gestrickten Material steht. Das ist übrigens ein Zitat.« Carlina lachte leise.

Garini blinzelte, aber wie üblich ließ er sich nicht auf Nebenkriegsschauplätze ein. »Und das macht sie alles ganz allein?«

»Oh nein. *Mamma* hat einen Strickclub mit Freunden organisiert, weil es zu lange dauern würde, wenn sie die Kunstwerke alle alleine umstricken müsste.«

Garini schloss für einen Augenblick die Augen. »Unglaublich.«

Olga ließ ihre Gabel mit einem Knall auf den Teller fallen. »Fabbiola war schon immer *unglaublich*, wie Sie es nennen.«

Eine plötzliche Stille entstand. Olgas Ton war bösartig gewesen und obwohl die Worte an sich harmlos genug waren, war die unterschwellige Bedeutung nicht zu überhören.

Onkel Teo runzelte die Stirn und schaute Olga erstaunt an.

Als wäre dies ihr Stichwort gewesen, öffnete sich die Tür und Fabbiola kam hereingetanzt.

»Es tut mir leid, dass ich zu spät bin. Ich habe eine Masche in Davids Umhang fallen lassen.« Ihr Blick fiel auf Olga. »Oh, nein.« Sie drehte sich auf dem Absatz herum und ging ohne ein Wort wieder hinaus.

Benedetta sprang auf. »Fabbiola! Willst du denn gar nichts essen?« Sie rief es laut, sodass sie von ihrer Schwester gehört werden konnte, die jetzt vermutlich schon im Treppenhaus angekommen war.

»Nein, danke. Ich habe keinen Hunger mehr.« Fabbiolas Stimme wurde schwächer, dann schloss sich eine Tür.

Kapitel 3

Am nächsten Nachmittag räumte Carlina eine der unteren Schubladen in dem sorgfältig geplanten Ablagesystem von Temptation auf. Sie summte vor sich hin und freute sich über die warme Mailuft, die durch die weit geöffneten Türen des Ladens hereinströmte, als eine bekannte Stimme hinter ihr dumpf sagte: »Haben Sie auch Unterwäsche für eine unglückliche Frau, die nie im Leben einen Mann finden wird?«

Carlina sprang auf und drehte sich herum. »Francesca! Ich habe gar nicht gehört, dass du hereingekommen bist.« Sie umarmte ihre Freundin und schaute sie voller Zuneigung an. »Du siehst nicht nur wie eine Elfe aus, du bewegst dich auch wie eine.«

»Ha.« Francesca schob sich die kurzen Haare aus der Stirn, bis sie hochstanden. »Ich wünschte, ich *wäre* eine Elfe. Können die nicht zaubern? Dann würde ich mir einen guten Mann herbeizaubern und wäre glücklich.«

Carlina runzelte die Stirn. »So schlimm?«

»Ja, so schlimm.« Francesca schnippte mit dem Finger gegen einen Spitzen-BH, als ob sie ihn nicht sehen wollte. »Erinnerst du dich an Alfi?«

»Alfi?« Carlina biss sich auf die Unterlippe. »Müsste ich ihn kennen? Es tut mir leid, dass ich mich nicht —«

Francesca winkte achtlos ab. »Ach, mach dir darüber keine Gedanken. Vielleicht habe ich ihn gar nicht erwähnt, weil ich eine neue Regel habe: Ich habe mich entschieden, immer erst zwei Monate zu warten, bevor ich meinen Freundinnen von einem neuen Mann in meinem Leben erzähle.« Sie seufzte. »Die meisten halten ja nicht so lang und das erspart mir die Demütigung, wenn ich dann zugeben muss, dass schon wieder einer ins Gras gebissen hat.«

Carlina schaute ihre kleine Freundin betroffen an. Normalerweise war Francesca lustig und überschäumend, mit genauso viel Willen wie Lungenkraft – die sie in Überfülle hatte, da sie eine Glasbläserin war –, aber heute hingen ihre Schultern herab, und sie sah völlig niedergeschmettert aus.

»Was hat dieser Alfi dir denn angetan?« Sie berührte Francescas Wange. »Soll ich gehen und ihn ausschimpfen?«

»Nein. Und sein Name ist gar nicht Alfi.« Francesca seufzte so tief, dass es klang, als ob es vom Grund eines Brunnens käme.

»Nein?« Carlina kratzte sich am Kopf. »Hattest du nicht gerade gesagt, dass …?«

»Ich kann seinen wirklichen Namen nicht aussprechen, darum nenne ich ihn Alfi«, erklärte Francesca. »Um es einfach zu halten.«

»Verstehe.« Carlina versuchte, so zu klingen, als ob es ganz normal sei, dass man den Namen seines Freundes nicht kannte. »Ist er ein Ausländer?«

»Er ist Japaner.« Francesca seufzte wieder. »Er ist – ich meine, er war – der Lehrer in meinem Japanischkurs für Anfänger.«

»Moment.« Carlina hielt beide Hände hoch. »Seit wann lernst du denn Japanisch?«

»Seit Januar. Aber jetzt höre ich auf.«

»Warum hast du denn überhaupt damit angefangen?« Carlina war fasziniert. Francesca war eine so leidenschaftliche Glasbläserin, dass sie wenig Zeit oder Interesse an anderen Dingen hatte.

»Es kommen so viele japanische Touristen in meinen Laden und ich dachte mir, dass es vielleicht nett wäre, wenn ich mit ihnen sprechen könnte. Zumindest ein wenig. Normalerweise kommen sie mit dem Bus und haben ungefähr dreieinhalb Minuten, bevor sie wieder davonrasen müssen, aber diese dreieinhalb Minuten sind sehr intensiv.« Sie lächelte zum ersten

Mal an diesem Morgen. »Na ja, jedenfalls dachte ich, dass es bestimmt cool wäre, wenn ich ein oder zwei Wörter sagen könnte, die sie verstehen.«

»Wow. Das ist beeindruckend.«

Francesca blickte auf die Spitzen ihrer hochhackigen Schuhe, als hätte sie die leuchtend grüne Farbe noch nie bemerkt. »Und dann dachte ich mir noch, dass bestimmt erfolgreiche Geschäftsmänner an dem Kurs teilnehmen würden und dass das eine schlaue Strategie wäre, um sie kennenzulernen.«

»Und ist das Konzept aufgegangen?«

»Nein.« Francesca entschlüpfte ein weiterer tiefer Seufzer. »Alfi war der einzige Mann in dem Kurs. Wir sind einige Male ausgegangen, und er war so wunderbar exotisch und höflich und … Ach, ich dachte, es wäre ein wunderbarer Anfang, aber gestern hat er mir gesagt, dass er zum Kirschblütenfest oder so nach Hause fliegt, um seine Frau und die Kinder zu sehen.«

»Mist.« Carlina schluckte. Was konnte sie nur tun, um ihre Freundin aufzumuntern? Sie nahm Francesca am Arm und zog sie vor ein Regal. »Um auf deine Frage zu antworten: Ja, ich habe die richtige Unterwäsche für dich. Schau hier, sie ist schwarz mit interessanten transparenten Streifen, sodass du dich sexy fühlst, wenn du in den Spiegel schaust, aber sie kratzt nicht und kneift nicht und rutscht auch nicht in Gebiete, wo sie nicht hingehört. Es ist Unterwäsche, die dich glücklich macht, sozusagen.«

Francesca beäugte den duftigen BH ohne Enthusiasmus. »Ich glaube nicht, dass das helfen wird.«

»Natürlich wird es helfen«, sagte Carlina. »Es gibt nichts, was dir ein besseres Gefühl gibt als Unterwäsche, die sich so gut wie deine eigene Haut anfühlt.« Sie schnappte sich das passende Höschen. »Hier, nimm sie. Ist ein Geschenk.«

Francesca schüttelte den Kopf. »Das ist lieb von dir, aber ich bin nicht hierhergekommen, um −«

»Natürlich nicht.« Carlina lächelte ihre Freundin an. »Aber ich habe dich noch nie so bedrückt gesehen, und etwas anderes kann ich dir im Moment nicht anbieten.« Sie dachte einen Augenblick nach. »Ich weiß, dass dich eine Einladung zum Essen mit meiner Familie normalerweise auch aufheitern würde, aber im Augenblick ist die Stimmung ziemlich angespannt. Vielleicht können wir mal wieder zusammen ausgehen?«

Francesca schüttelte wieder den Kopf. »Ich muss jetzt erst mal auf ein Glasbläser-Seminar in Venedig.«

»Na, und danach?«

»Ich habe diese Woche gar keine Zeit. An dem Abend, an dem ich zurückkommen werde, bin ich vom Stadtrat eingeladen. Es ist ein Projekt, bei dem sie Künstler und Kunsthandwerker verschiedener Gewerbe zusammenbringen möchten, um zu sehen, ob wir uns gegenseitig inspirieren können.« Sie wackelte mit dem Kopf und seufzte. »Gott sei Dank liebe ich meinen Job immer noch.«

»Das ist doch schon einmal eine gute Basis.« Carlina nickte ihr ermutigend zu. »Und vielleicht ist ja auch ein attraktiver Kunsthandwerker bei diesem Termin dabei. Wer weiß?«

Francesca rollte mit den Augen. »Na ja, es ist das zweite Treffen dieses Projekts und zu dem ersten sind nur drei Männer gekommen. Zwei waren kaum größer als ich und du weißt ja, dass ich sie ein wenig stabiler mag. Der dritte war großartig, bis ich herausgefunden habe, dass er verheiratet ist und vier Kinder hat.«

Carlina zuckte zusammen. »Autsch.«

»Ja.« Francesca seufzte, dann schüttelte sie sich und schaute Carlina an. »Warum hast du gesagt, dass die Stimmung bei dir zu Hause nicht so gut ist? Ist es deine Mutter?«

»Nein, ausnahmsweise einmal nicht. Es ist Onkel Teo. Er hat sich in eine Frau verguckt, die dreißig Jahre jünger ist als er. Ihr Name ist Olga Ottima.«

Francesca schrie auf und machte einen Schritt zurück, als ob eine Tarantel auf dem Steinfußboden vor ihr erschienen wäre. »Olga Ottima? Die für die *finanza* arbeitet?«

Carlina wurde blass. »Für das Finanzamt? Bist du sicher, dass wir von der gleichen Olga Ottima sprechen?«

»Knackige Figur, klein, um die fünfzig, sieht aus wie eine Modepuppe, liebt Lila?«

Ein unangenehmes Gefühl quetschte Carlinas Magen zusammen. »Ja.«

»*Oh, Madonna.*« Francescas Augen weiteten sich. »Du musst sie loswerden. Auf der Stelle.«

»Warum?« Carlina versuchte, tief Luft zu holen, aber ihre Kehle war wie zugeschnürt.

»Weil sie eine Spionin ist. Sie bekommt einen besonderen Bonus, wenn sie herausfindet, dass Leute ihre Steuern nicht richtig gezahlt haben.«

Carlina runzelte die Stirn. »Darf die Regierung überhaupt Spione nutzen? Ist das nicht illegal?«

»Es ist illegal, keine Steuern zu zahlen.« Francescas Stimme war trocken. »Man sagt, dass Olga Ottima eine der besten Agentinnen der *finanza* ist.«

»Agentin?« Das Wort hatte einen leicht russischen Beigeschmack.

»So heißen sie offiziell.«

»Woher weißt du das denn alles?«

Francesca schaute sie mitleidig an. »Erinnerst du dich an das kleine Ferienhaus, das wir im Süden der Toskana hatten, in der Nähe von Grossetto?«

»Das ihr letztes Jahr verkauft habt?«

»Genau das. Rate mal, warum wir es verkaufen mussten.«

»Nicht wegen Olga Ottima!«

»Oh doch, nur wegen ihr. Sie hatte sich in einem Nähkreis mit meiner Mutter angefreundet und schaffte es, sich eine Einladung für eine Woche in unserem Ferienhaus zu erschleichen. Als sie herausfand, wie lange es schon in unserem Besitz war, hat sie es prompt der *finanza* gemeldet.«

»Aber wo ist denn da das Problem? Was genau hat sie gemeldet?«

»Na ja, zunächst war das Haus gar nicht offiziell registriert. Mein Vater hat immer befürchtet, dass sie das Haus mit Hubschraubern finden würden – sie suchen auf diese Art und Weise nach illegalen Häusern, wusstest du das? Jedenfalls hat er aus diesem Grund vor vielen Jahren große Bäume rundherum gepflanzt. Das größere Problem war aber, dass wir das Haus an Touristen vermietet haben, wenn wir es nicht selbst genutzt haben. Er hat die Miete immer in bar eingenommen und es der *finanza* gar nicht erst gemeldet.«

»Oh.« Carlina schluckte und enthielt sich eines Kommentars. Die italienische Bürokratie war so kompliziert und die Steuer so erdrückend, dass es eigentlich kein Wunder war, wenn die Leute Alternativen suchten … auch wenn diese alles andere als legal waren.

»Ja. Und wegen dieser bösartigen Olga hat die *finanza* eine völlig übersteigerte Schätzung der Einnahmen, die mein Vater in all den Jahren eingenommen haben könnte, vorgenommen und uns eine unglaubliche Summe berechnet. Wir hatten keine andere Wahl, als das Haus zu verkaufen, um das Geld aufzubringen.«

»Madonna.« Carlina rieb sich die Arme, um das plötzliche Gefühl der Kälte loszuwerden.

»Und erwähne ihren Namen bloß nicht meinem Vater gegenüber. Er würde sie bereitwillig umbringen, wenn er bloß wüsste, wie er es anstellen kann, ohne dabei erwischt zu werden.«

Carlinas Mund war trocken. »Verstehe.«

»Und du sagst, dass sie sich jetzt an Onkel Teo gehängt hat?«

Carlina nickte. »Es sieht sehr danach aus.«

»Aber weißt du, wonach sie sucht?«

Carlina runzelte die Stirn und verschob nervös die Bügel zu ihrer Linken. »Nein. Ich meine, wir wohnen ja alle zusammen in dem Familienhaus. Es gehört Onkel Teo und wir zahlen natürlich alle etwas, um es zu erhalten. Aber ich bin mir nicht sicher, inwiefern das offiziell berichtet wird.«

»Wie viele Wohnungen sind es noch einmal?«

»Na ja, im Erdgeschoss sind Onkel Teos Wohnung und die von Leo. Obwohl Leo jetzt gerade bei Benedetta einzieht.« Carlina lächelte. »Sie sind so süß zusammen, es ist wirklich schön, das zu sehen.«

Francesca zog eine Grimasse. »Sprich mir bitte nicht von Romantik.«

»Entschuldigung. Na ja, in dem Stock darüber wohnt Benedetta mit Annalisa und Ernesto auf der einen Seite und Emma und Lucio auf der anderen. Benedetta und alle ihre Kinder in einer Etage, wenn man so will. Ein Stockwerk höher wohnt *mamma*.«

»Hat sie die ganze Etage für sich allein?«

»Nicht wirklich. Die Wohnung gegenüber ist von unserem Treppenhaus aus nicht zugänglich, sondern nur vom Nebenhaus aus. Das ist irgendeine uralte Übereinkunft zwischen dem Besitzer des Hauses von nebenan und dem Mieter. Onkel Teo hat's mir mal erklärt, aber ich hab vergessen, wie das genau zustande kam. Und ganz oben wohne ich in meiner kleinen Dachgeschosswohnung.«

»Das sind also sieben Wohnungen.« Francesca verzog das Gesicht. »Würde mich nicht wundern, wenn die *finanza* damit ein Problem hätte. Es gibt eigentlich nichts, wo sie nicht noch einmal zulangen möchten.«

Carlina wurde schlecht. Sie hatten das Familienhaus vor Kurzem fast verloren, weil einige Investitionen schiefgegangen waren, und seitdem hing sie noch stärker als früher an ihm. Sie liebte es, die Glocken der wunderschönen Santa-Croce-Kathedrale direkt um die Ecke zu hören, liebte das Gefühl des glatten Holzgeländers unter ihrer Hand, wenn sie in ihre

Wohnung in der obersten Etage stieg, liebte den Duft nach Bienenwachs, der sie willkommen hieß, wann immer sie die schwere Haustür öffnete. Es war ihr Zuhause, ihr Heim. Es war der Ort, zu dem sie laufen konnte und an dem sie sich einigeln konnte, seit sie nach dem plötzlichen Tod ihres Vaters mit dreizehn Jahren aus den USA nach Florenz gekommen war.

Natürlich war sie jetzt bereit, auszuziehen und ein neues Zuhause für sich und Stefano zu schaffen – der Gedanke allein ließ ihr Herz schneller schlagen –, aber sie wollte es nicht komplett verlieren.

Francesca unterbrach ihre Gedanken. »Wenn ich an deiner Stelle wäre, würde ich sie so schnell wie möglich loswerden. Aber das ist nicht einfach. Sie ist wie eine Bulldogge und gibt niemals auf. Man sagt, dass sie sehr nachtragend sei, auch noch nach Jahrzehnten.«

Carlina schluckte. »Nun, in diesem Fall haben wir jetzt schon verloren. Sie hatte wohl einen größeren Zusammenstoß mit *mamma,* als beide im Abschlussjahr ihrer Schule waren. Selbst heute noch ertragen sie es nicht, im gleichen Raum zu sein. Gestern ist *mamma* einfach auf dem Absatz umgedreht und aus dem Raum gegangen, als sie sah, dass Olga zum Essen gekommen war. Kannst du dir das vorstellen?«

»Wow.« Francesca starrte einen Augenblick vor sich hin, dann nahm sie Carlinas Hand und schüttelte sie fest. »Danke. Ich bin hierhergekommen, um getröstet zu werden, und es hat mir sehr geholfen zu hören, dass es Schlimmeres gibt, als keinen Partner zu haben.«

Carlina lachte. »Na, dann ist ja alles in Ordnung. Ich bin froh, dass ich dir helfen konnte.«

Francesca grinste. »Ich muss jetzt los, aber ich rufe dich an, sobald ich Zeit habe, damit wir mal wieder zusammen losziehen können. Vielleicht ist ja ein gut aussehender Glasbläser bei der Schulung. Du weißt ja, dass ich Männer am liebsten mag, wenn sie groß und stark sind, aber wenn er ein Glasbläser ist, hat er auch noch geschickte Hände.« Sie zwinkerte Carlina zu. »Und du, sieh zu, dass du diese Olga loswirst, bevor etwas Schreckliches passiert.« Sie warf Carlina eine Kusshand zu und flog mit einem Winken zur Tür hinaus. »*Ciao!*«

Ich muss mit Onkel Teo sprechen. Der Gedanke bedrückte Carlina. Sie erinnerte sich daran, wie glücklich Onkel Teo gelächelt hatte, als er mit Olga tanzte, wie er schützend über sie wachte, als sie am nächsten Tag zusammen frühstückten. *Er hat etwas Besseres verdient.* Aber vielleicht war es ja alles nur ein großes Missverständnis?

Vielleicht sollte sie erst einmal mit Olga sprechen und selbst herausfinden, was los war? Sie hatte bis jetzt ja kaum zwei Worte mit ihr gewechselt. Carlina richtete sich auf und schob die Schultern zurück. Ja, das würde sie tun. Sie würde Olga in einem passenden Augenblick auf den Zahn fühlen.

»Hallihallo, Carlina!« Fabbiola fegte durch die offene Tür. »Ich muss mit dir sprechen.«

»*Buongiorno, mamma.*« Carlina warf einen Blick auf den weiten Rock und die bunte Jacke ihrer Mutter. »Du bist ja schon für den Sommer angezogen.«

»Ja. Das Wetter ist perfekt, nicht zu heiß und nicht zu kalt. Der Mai ist überhaupt mein Lieblingsmonat im ganzen Jahr.« Fabbiola lächelte ihre Tochter an. »Denn im Mai habe ich immer meine besten Ideen!«

»Ach, wirklich?« Carlina schaute sie in dunkler Vorahnung an. Strickhüllen für Statuen anzufertigen war ja ziemlich harmlos. Sie hatte gehofft, dass diese Phase länger anhalten würde. Die vorhergehenden Phasen ihrer Mutter hatten innerhalb der Familie oft genug wie Dynamit gewirkt.

»Ja!« Fabbiola ließ ihre unförmige Handtasche auf die niedrige Bank vor dem Tresen fallen und fing an, darin herumzuwühlen. »Schau hier!« Sie nahm einen gestrickten BH mit passendem Höschen heraus. Sie waren hellrosa mit weißem Rand und besonders das

Höschen sah aus wie eine Mischung aus Toilettenrollenbedeckung und Teekannenwärmer.

Carlina beäugte die Kreation bestürzt. »Interessant.«

»Ich dachte, du könntest sie vielleicht hier im Geschäft verkaufen. Ich bin sicher, dass sie wie warme Semmeln weggehen werden. Wenn du willst, kann ich bis zu fünfzig Sets pro Woche anfertigen, mit der Hilfe meiner Freunde. Ich habe mir auch gedacht, dass –«

»*Mamma*.« Carlina versuchte, ruhig zu sprechen. »Ich bin mir nicht sicher, ob es eine Nachfrage für gestrickte Unterwäsche gibt.«

»Was?« Fabbiola riss den Kopf ruckartig hoch. »Wie kannst du denn so etwas nur behaupten? Es ist eine Innovation!«

»Wolle kratzt. Es gibt einen Grund, warum wenig Menschen Wolle direkt auf der Haut tragen.«

»Aber das ist superflauschige Wolle, Carlina! Die allerbeste!«

»Es ist immer noch Wolle.« Carlina blickte sie verzweifelt an. Wie konnte sie ihrer Mutter das Thema nur ausreden, ohne ihre Gefühle zu verletzen?

Ihre Mutter hob das Kinn. »Ich kann gut verstehen, warum ganz Italien den Bach runtergeht. Keiner hat mehr den Mut für Innovationen. Niemand ist bereit, ein Risiko einzugehen und etwas Neues auszuprobieren. Wenn es nicht schon tausendmal gemacht wurde, wird es nicht funktionieren. Früher waren die Leute anders. Da haben sie sich noch getraut, neue Sachen zu entwickeln. Sie blieben nicht in ihrem Trott, haben nicht immer nur das gemacht, was schon Generationen vor ihnen gemacht haben. Sie –«

»*Mamma*.«

»Was?« Fabbiola starrte ihre Tochter an, eine Strähne ihres hennaroten Haares quer über dem Gesicht.

»Hast du sie ausprobiert?«

»Habe ich was ausprobiert?«

»Die Unterwäsche. Hast du je versucht, sie einen ganzen Tag lang zu tragen?«

Fabbiola blickte sie verblüfft an. »Aber nein. Kannst du denn nicht sehen, dass es gar nicht meine Größe ist? Ich dachte, du bist ein Profi. Das hättest du schon bemerken –«

»Versuch's.«

Fabbiola schluckte. »Du meinst, ich soll sie selbst tragen?«

»Ja. Trage sie einen ganzen Tag lang, vom Morgen bis zum Abend. Dann wasch sie und warte, bis sie trocken ist. Dann kommst du wieder zu mir zurück und erzählst mir, wie es sich anfühlte und was du erlebt hast.«

Fabbiola schniefte empört auf und öffnete ihren Mund, aber bevor sie auch nur ein vernichtendes Wort hervorbringen konnte, wurden sie von einer eleganten Frau unterbrochen, die mit dem selbstbewussten Gang einer Berühmtheit, die es gewohnt war, im Mittelpunkt zu stehen, durch die Tür von Temptation trat.

»*Buongiorno*«, sagte sie mit einem kühlen Lächeln.

»*Buongiorno*«, antworteten Carlina und Fabbiola im Chor.

Die Kundin kam selbstsicher direkt auf sie zu. Sie wandte sich an Carlina. »Ich suche etwas, das ein wenig ungewöhnlich ist und –«

»Sie sind genau zum richtigen Geschäft gekommen.« Fabbiola hob den rosafarbenen, handgestrickten BH hoch und hielt ihn der Frau unter die Nase. »Dies ist der allerletzte Modeschrei. Ich bin sicher, Sie werden mir zustimmen, dass dieser BH absolut einzigartig ist.«

Die Frau warf einen Blick auf den BH und rümpfte die Nase. »Die Einzigartigkeit nehme ich Ihnen ab. Aber der letzte Modeschrei ... vielleicht im ländlichen Russland?«

Fabbiolas Gesicht nahm einen beängstigend lila Farbton an. »Russland? Wieso Russland?«

»Weil die Leute im ländlichen Russland bitterarm sind und –«

Carlina unterbrach sie hastig, bevor sie weiter ins Detail gehen konnte. »Wir haben auch noch einige andere ungewöhnliche Stücke zur Auswahl. Zum Beispiel in dem Regal dort drüben.« Sie ging mit der Kundin hinüber und hoffte inständig, dass ihre Mutter nicht darauf bestehen würde, das handgestrickte Modell weiter zu besprechen. Während sie der Kundin verschiedene Alternativen vorstellte, hörte sie, wie ihre Mutter etwas vor sich hin murmelte und beleidigt aus dem Laden stapfte. *Puh. Gerettet. Zumindest für den Augenblick.* Es schien so, als ob auch die Strickphase ihre kritischen Momente mit sich brachte. Carlina unterdrückte ein Seufzen. Wer hatte noch gesagt, dass jeder mit Katastrophen fertigwerden konnte, aber dass es echter Kräfte bedurfte, um die nervigen Kleinigkeiten des täglichen Lebens zu verkraften? Diese Person wusste, wovon sie sprach.

Der Rest des Tages verlief so ruhig, dass Carlina ganz nervös wurde. Die Mantoni-Familie war ein eng verbundener Clan und fand es völlig normal, sich fünfzehnmal am Tag anzurufen. Aber heute klingelte das Telefon nicht ein einziges Mal. Carlina überprüfte sowohl ihr Handy als auch das Festnetz, und beides funktionierte einwandfrei. Sie versuchte, ihre Mutter anzurufen – keine Antwort. Sie versuchte, Onkel Teo zu erreichen – es klingelte stundenlang. Mit steigender Nervosität rief sie bei ihrer Cousine Emma und ihrer Tante Benedetta an, doch auch diese gingen nicht ans Telefon. Was war da los?

Endlich war es Zeit, den Laden zu schließen. Carlina eilte zu ihrer Vespa und kurvte mit der Leichtigkeit langer Erfahrung um die völlig desorientierten Touristen herum, die durch die Straßen stolperten und nichts außer der Schönheit der Gebäude wahrnahmen. Als sie schließlich in der kleinen Straße direkt neben der Santa-Croce-Kathedrale ankam, hatte sie so ein starkes Gefühl von drohendem Unheil, dass ihre Hände zitterten. Wo waren sie denn bloß alle?

Außer Atem zog sie die schwere Holztür auf, um ins Haus zu gelangen – und erstarrte bestürzt auf der Schwelle.

Kapitel 4

I

Auf der Treppe saß ihr Cousin Ernesto mit gebeugtem Kopf, beide Hände tief in seinen roten Haaren vergraben. Das war so ungewöhnlich, dass Carlina ihn nur mit offenem Mund anstarren konnte. Wie jeder Achtzehnjährige behauptete Ernesto, sich gar nicht um sein Äußeres zu kümmern, aber das hielt ihn nicht davon ab, viel Zeit vor dem Spiegel zu verbringen und Unmengen von Gel in seinem Haar zu verteilen, bis es genau richtig in die Höhe stand. Niemals zuvor hatte er sich so sehr vergessen, dass er seinen perfekten Look zerstörte.

»Ernesto? Ist alles in Ordnung?«

Ein stummes Kopfschütteln war die Antwort.

»Was ist passiert?« Ihre Stimme klang schrill. Sie bemühte sich, sie zu senken. »Wo sind denn alle?«

»Weg.« Seine Stimme war rau.

»Weg? Wie meinst du das, weg? Es ist doch gleich Zeit fürs Abendessen!«

»Heute gibt's kein Abendessen.«

Carlina sank neben ihm auf die Stufen. »Kein Abendessen?« Niemals zuvor hatte die Mantoni-Familie auf ihr Abendessen verzichtet. Das war so heilig, wie an Heiligabend zur Kirche zu gehen – nur der Tod war eine akzeptable Entschuldigung, nicht zu erscheinen. »Ist etwas passiert?« Ihre Stimme war ein Flüstern.

»Olga ist passiert.«

»Olga!« Carlina versuchte, ihre plötzlich aufsteigende Wut zu kontrollieren. »Was hat sie getan?«

»Sie hat *mamma* verrückt gemacht.« Endlich hob er seinen Kopf und blickte Carlina mit weit aufgerissenen Augen an. »So etwas habe ich noch nie gesehen. Glaubst du, dass Olga besessen ist?«

»Besessen?«

»Ja. Von einem Dämon.« Es war ihm wirklich ernst. »Ich kann nicht glauben, dass jemand so diabolische Dinge sagt, wenn er nicht völlig verquer im Kopf ist.«

Carlina nahm ihn bei den Schultern. »Ernesto. Du machst mich wahnsinnig. Kannst du nicht ein wenig genauer sein? Was hat Olga denn bloß getan? Ist jemand verletzt?«

Er lachte so bitter auf, dass Carlina zurückfuhr. »Nein. Physisch ist alles in Ordnung. Obwohl ich auf Olgas langfristige Überlebenschancen keinen Cent verwetten würde.«

Carlina biss die Zähne zusammen und schüttelte ihn. »Ernesto. Sag. Es. Mir. Jetzt. Was ist passiert?«

Er ließ den Kopf wieder in die Hände sinken. »Sie sprach mit *mamma* über mich.«

»Über dich? Aber was kann sie denn über dich gesagt haben?«

»Sie sagte, dass Spielen die Seele korrumpiert und jede Grundfunktion des Körpers zerstört.«

»Spielen?« Carlina blieb der Mund offen stehen. »Aber du spielst doch gar nicht! Warst du überhaupt jemals in einem Casino?«

»Nein, natürlich nicht.« Er schüttelte den Kopf. »Ich spiele nur im Internetcafé, und du weißt ja, wie *mamma* dazu steht.«

Carlina zuckte zusammen. »Autsch.«

Er seufzte. »Ja. Olga hat sie völlig verrückt gemacht, bis *mamma* sich gar nicht mehr entscheiden konnte, ob ich aufgrund von Bewegungsmangel an einem schweren Herzversagen sterben werde oder ob ich innerhalb eines Jahres alle meine sozialen Fähigkeiten verlieren werde. Ich versuchte, sie zu beruhigen, aber sie brach mehr oder weniger zusammen, und da brauchte ich einfach ein wenig Abstand.« Er schaute hoch und zog eine Grimasse. »Ich konnte aber nicht ganz weggehen, denn dann hätte sie sich zu große Sorgen gemacht. Würdest du vielleicht zu ihr hochgehen und mal schauen, ob du ihr ein wenig Vernunft zusprechen kannst?«

Carlina nickte. »Na klar. Warum gehst du nicht zu deinem Freund Rafaele für den Abend? Ich informiere deine Mutter.«

»Danke. Das werde ich tun.«

Carlina gab ihrem Cousin einen ermutigenden Klaps auf die Schulter und lief nach oben zu Benedettas Wohnung. Normalerweise war Benedetta eines der ausgeglicheneren Mitglieder der Mantoni-Familie und Carlina erwartete nicht, dass es allzu schwer werden würde, sie zu beruhigen. Andererseits musste es doch ziemlich schlimm sein, wenn Benedetta sich noch nicht mal in der Lage gefühlt hatte, das Abendessen zu kochen.

Sie stieß die Tür auf und schaute in die Küche. Die Türen zum Balkon waren geöffnet und die sanfte Maibrise ließ die Vorhänge flattern. Benedetta saß alleine am Küchentisch und bewegte sich nicht. Sie starrte auf ihre gefalteten Hände und wirkte wie eine Statue. Ihr roter Lippenstift war über ihre Oberlippe geschmiert, was Carlina noch nie bei ihr gesehen hatte.

»Benedetta!« Carlina rannte zu ihrer Tante, setzte sich neben sie und legte ihr den Arm um die starren Schultern. »Was ist passiert?« Sie hörte sich lieber erst Benedettas Version an, bevor sie offenbarte, dass sie schon mit Ernesto gesprochen hatte.

»Ich bin eine schlechte Mutter.« Benedettas Stimme zitterte.

Carlina lachte und schüttelte sie sanft. »Du? Niemals! Du bist eine hingebungsvolle Mutter. Wer hat dir denn diesen Blödsinn erzählt?«

»Olga.« Benedetta holte tief Luft. Es klang wie ein Schluchzen. »Sie sagte, dass Ernesto vor die Hunde geht. Wenn er weiter so spielt, wird er all seine Sozialkontakte verlieren, wird sich vom richtigen Leben abkapseln, wird niemals ein nettes Mädchen kennenlernen, niemals Kinder bekommen, wird –«

»He, immer mit der Ruhe.« Carlina schüttelte den Kopf. »Ich glaube nicht, dass Olga überhaupt in der Lage ist, das zu beurteilen. Immerhin kennt sie Ernesto kaum.«

»Aber sie hat gesehen, wie viel Zeit er in den letzten zwei Tagen im Internetcafé verbracht hat, und sie hat recht: Das kann nicht gesund sein. Ich hätte es ihm schon viel früher verbieten sollen. Ich war zu faul und so sehr mit meinen eigenen Sachen beschäftigt, dass ich gar nicht gesehen habe, wie er in den Abgrund gerutscht ist.«

Carlina schüttelte den Kopf. »Blödsinn. Ernesto rutscht nirgendwohin. Er ist ein wirklich lieber Junge und dass er ein wenig spielt, ist in seinem Alter ganz normal. Alle Männer lieben Herausforderungen. Du solltest froh sein, dass er keine Rennen fährt oder Drogen nimmt oder so.«

Benedetta schaute sie wie ein trauriger Hund an. »Meinst du wirklich?«

»Na klar.« Carlina lächelte sie an. »Ich denke sogar –«

Die Tür öffnete sich und Leopold Morin kam herein. »Benedetta, hast du mein Desinfektionsspray gesehen? Ich erinnere mich daran, dass ich es ins Badezimmer gestellt habe, aber –« Er brach ab. »Was ist passiert? Warum bist du so traurig?«

Benedetta fischte ein zerknülltes Taschentuch aus ihrer Jacke und fingerte nervös daran herum. »Es ist alles in Ordnung, Leo.« Sie lächelte ihn zittrig an. »Ich war nur etwas durcheinander, weil Olga mir etwas gesagt hat. Aber Carlina hat mich beruhigt und gesagt, dass es nicht so schlimm ist, wie ich befürchtet habe.«

Leo kam näher. Er war ein dünner Mann, der Carlina immer an ein Rennpferd erinnerte, durch seine Haut, die straff über die zarten Knochen gespannt war, und weil er die gleiche nervöse Ausstrahlung hatte. Er hatte kurze dunkle Haare und freundliche braune Augen, die Benedetta jetzt sorgenvoll ansahen. Doch bevor er etwas sagen konnte, öffnete sich die Tür erneut und Olga tänzelte ins Zimmer, als ob ihr das Haus gehören würde.

Die Atmosphäre veränderte sich schlagartig. Es war, als ob sie sich alle zusammenrissen, ein wenig gerader standen und sich gleichzeitig etwas mehr verschlossen, um weniger Raum für Angriff zu lassen. Es erinnerte Carlina an einen Termin, den sie einmal mit der Firma Bertosti, einem Hersteller von feiner Spitze, gehabt hatte. Die Mitarbeiter hatten genauso reagiert, als der Geschäftsführer in den Raum gekommen war. Erstaunt über den dramatischen Wandel in ihrer Familie schüttelte Carlina den Kopf. Wie konnte eine einzige Person nach nur drei kurzen Tagen so eine Veränderung bewirken?

»Hier ist dein Desinfektionsspray, Leo.« Sie hielt ihm die weiße Dose hin, die Leo mit offensichtlicher Überraschung annahm. »Ich habe das Gefühl, dass du nie ohne es unterwegs bist.«

Leopold wurde rot. »Ich ziehe es vor, wenn die Dinge sauber sind.«

»Ja, aber das hier ist doch die Wohnung deiner Freundin, oder nicht?« Olga zog ihre sorgfältig gezupften Augenbrauen zusammen.

Leo schaute Benedetta an. »Freundin ist in unserem Alter nicht ganz der richtige Ausdruck, denke ich.« Sein Lächeln war zärtlich.

Olga schnalzte mit der Zunge. »Wie auch immer. Ist es denn richtig, dass du hier einziehen wirst? Teo hat es mir heute Morgen gesagt.«

Carlina lächelte. Leo hatte seit Weihnachten in der Wohnung im Erdgeschoss gewohnt, nur ein Stockwerk unter Benedetta, aber wenn er sich entschied, nach oben zu ziehen, bedeutete das, dass sie es ernst meinten mit ihrer Beziehung und dass sie noch näher beieinander sein wollten. Es zeigte eine Zusammengehörigkeit, die sie berührte. Manchmal kam Romantik wirklich in unerwarteten Momenten.

Leo nickte. »Ja, das ist korrekt. Ich finde, es ist nicht richtig, Teos großzügiges Angebot der Wohnung im Erdgeschoss anzunehmen, wenn ich sowieso die meiste Zeit hier oben bin.«

Olga rümpfte die Nase. »Da hast du völlig recht. Aber ich frage mich, warum du unbedingt alles desinfizieren musst.«

Leo verlagerte sein Gewicht von einem Bein auf das andere. »Es ist nur eine kleine Marotte von mir. Es ist nicht persönlich gemeint.«

Benedetta warf ihm einen schnellen Blick zu, der verwundert wirkte.

Olga kicherte gestelzt. »Na, ich bin froh, dass du das sagst. Ich gestehe, dass ich ein wenig verletzt wäre, wenn mein Freund – oder wie auch immer du dich nennen magst – bei mir einziehen und erst einmal jede Ecke desinfizieren würde, als ob meine Wohnung ein dreckiger Affenkäfig wäre.«

Benedetta holte tief Luft und erhob sich halb von ihrem Stuhl, aber in diesem Augenblick öffnete sich die Tür und Lucio kam herein, ausnahmsweise einmal ohne seine Frau Emma.

»Hallo miteinander. Entschuldigt bitte, dass ich so spät bin. Ich –« Er brach ab und schaute sich um. »Wo ist das Abendessen?«

»Ich hatte heute keine Zeit, das Abendessen vorzubereiten.« Benedetta schienen die Worte nur mühsam über die Lippen zu kommen.

Lucio blieb der Mund offen stehen. »Keine Zeit, das Abendessen vorzubereiten? Aber –« Er schaute sich um, ganz offensichtlich völlig verwirrt von diesem noch nie dagewesenen Ereignis.

Olga wartete nicht darauf, dass er seinen Satz beendete. »Ich denke, die viel wichtigere Frage ist doch, wo Emma sich eigentlich befindet.« Sie zwinkerte ihm zu. »Ich muss sagen, du lässt sie ja kaum aus den Augen. Wobei dir das nicht zu verdenken ist, schließlich ist sie eine auffallend gut aussehende Frau.«

Lucio wurde rot. Er hatte eine Tendenz, eifersüchtig zu sein und seine Frau etwas zu sehr abschirmen zu wollen. Emma benötigte keinerlei Schutz vor den Widrigkeiten des Lebens, aber er war der Einzige, der das noch nicht bemerkt hatte. »Was willst du damit sagen?«

Olga kicherte wieder. »Du lieber Himmel, du regierst ja übertrieben heftig auf das leiseste Wort. Ich habe mir nur gedacht, dass es bestimmt nicht einfach ist, mit so einer attraktiven Frau verheiratet zu sein. Wo man doch weiß, dass nur wenige Männer sich von einem Ehering abhalten lassen, wenn es darum geht, ein wenig Spaß zu haben.«

Lucio richtete sich zu seiner vollen Höhe auf, bis er Olga weit überragte. Sein Gesicht wurde bis zum Haaransatz lila und seine Ohren verfärbten sich dunkelrot. Er ballte die Fäuste und beugte sich nach vorne, als wollte er die kleine Olga hochheben und aus der Balkontür werfen.

Carlina starrte ihn entsetzt an und erwartete fast, dass er Schaum vor dem Mund bekam. »Es ist schon gut, Lucio«, sagte sie schnell. »Ich bin sicher, dass Olga es nicht so meinte und –«

»Olga meint jedes Wort, das sie sagt.« Fabbiola erschien aus dem Nirgendwo und warf ihrer ehemaligen Schulfreundin einen Blick zu, der ihr das Mark in den Knochen gefrieren lassen konnte. »Sie tut nur so, als ob sie ein kleines und liebes Mädchen wäre, aber unter der Oberfläche ist sie so bösartig wie Krebs.«

Die ganze Familie schnappte nach Luft.

Olga hob eine Hand und inspizierte ihre Fingernägel, als ob sie ganz alleine im Raum wäre.

Nach zwei atemlosen Momenten wurde klar, dass sie auf Fabbiolas Worte nicht reagieren würde.

Oh mein Gott. Wo soll das noch hinführen? Carlina fühlte, wie ihre Kehle sich verengte. Ihre Familie war schon immer etwas ungewöhnlich gewesen, doch das hier erreichte gerade ein völlig neues Niveau. Sie wünschte, Stefano wäre hier. Sein ruhiger und gelöster Blick auf die Dinge würde ihr helfen, alles wieder im richtigen Maßstab zu sehen. Aber vielleicht war es doch besser ohne ihn. Wenn er sah, zu welchen Extremen diese Familie fähig war, könnte er noch entscheiden, dass es zu gefährlich war, sich mit einem Mitglied des Mantoni-Clans zu verbinden. Ein Schauer lief Carlina den Rücken hinunter. *Nein. Das würde nicht geschehen.*

Olga wandte sich wieder ihrem früheren Opfer zu und schaute Benedetta mitleidig an. »Es ist ja wirklich schade, dass Annalisa nur gut aussieht und nicht das passende Gehirn dazu hat.«

Benedetta räusperte sich mühsam. »Lass Annalisa da raus.«

»Wo raus, meine Liebe?« Olgas Stimme klang viel zu unschuldig.

Benedetta starrte auf den Tisch und antwortete nicht.

»Wenn sie nur ein kleines bisschen Intelligenz geerbt hätte, wären die Dinge einfacher für dich«, fuhr Olga fort. »Obwohl es natürlich schwer ist, sich vorzustellen, wo sie sie herhaben sollte. Ich meine, Intelligenz ist in der Familie ja nicht besonders weit verbreitet.«

Die Familie versteinerte.

Carlina blinzelte. Hatte sie Olga richtig verstanden? Plötzlich erinnerte sie sich an Ernestos Worte. »Sie muss besessen sein.« Jetzt wusste sie, was er gemeint hatte. Was um Himmels willen trieb diese Frau dazu, in dem Augenblick, wo sie den Mund öffnete, Beleidigungen hervorzubringen? Machte es ihr Spaß, Menschen zu provozieren? War das ihr Antrieb?

Carlina schaute in die Gesichter ihrer Familie und sah offene Abneigung, fast schon Hass. Sie hoffte nur, dass niemand eine Schublade öffnen und ein Messer herausziehen würde. Sie wussten alle, wo Benedetta ihre scharfen Küchenmesser aufbewahrte – in Reichweite, nur einen schnellen Schritt entfernt. Aber niemand bewegte sich. Carlina hielt die Luft an. *Gleich knallt's.*

Die Küchentür flog auf und Ugo rollte wie ein Erdrutsch herein. Er zog den Kopf ein, schob die massiven Schultern nach vorne und hielt seine riesigen Hände zusammengeballt vor sich, als wollte er sich in eine schwere Bowlingkugel verwandeln und die Mantonis in einem tödlichen Wurf wie Holzfiguren umwerfen.

Alle zuckten zusammen, mit einer Ausnahme. Olga sprang auf und hob ihm ihre Hände entgegen, ihr Gesicht ein einziges Lächeln. »Mein Lamm«, sagte sie. »Wie schön, dass du uns beim Abendessen Gesellschaft leistest.«

II

»Und da stand die Familie wie ein Mann geschlossen auf und verließ das Haus, um außerhalb essen zu gehen, sodass Ugo und Olga alleine zurückblieben.« Carlina berichtete Stefano am Telefon von den Ereignissen. Sie hatte sich auf ihr Bett geworfen und mit ihrer Lieblingsdecke aus Leopardenfell zugedeckt. Als die Sonne unterging, wurde ihr plötzlich klar, dass es erst Anfang Mai war und die Nächte sich noch stark abkühlen konnten. Außerdem hatten die Ereignisse des Tages das Bedürfnis in ihr hinterlassen, sich an einem warmen und sicheren Ort zusammenzurollen.

»Nicht schlecht«, sagte Stefano am anderen Ende der Leitung. »Schade, dass ich nicht dabei war.«

»Na ja.« Carlina entschied sich, ganz ehrlich zu sein. »Zuerst dachte ich das auch, aber dann stellte ich fest, dass es vielleicht besser so ist. Manchmal habe ich Angst, dass du mich verlässt, wenn die Familie sich mal wieder von ihrer verrückteren Seite zeigt. Und heute war es definitiv wilder als sonst. So etwas habe ich noch nie erlebt.«

Einen Augenblick lang sagte er gar nichts und als er endlich sprach, war seine Stimme rau. »Ich werde dich nicht verlassen, Carlina.«

Ein plötzlicher Kloß formte sich in ihrem Hals. »Obwohl sie so verrückt sind?«

»Obwohl sie so verrückt sind.« Er räusperte sich. »Du musst dir nur im Klaren sein, dass ich den Mantoni-Clan nicht zu allen Zeiten ertragen kann. Es wird Momente geben, wo ich an dem Familienspaß nicht teilhaben werde, sondern etwas Distanz brauche.«

»Das verstehe ich.«

»Und bevor du fragst: Ich werde niemals in das Familienhaus einziehen, egal, was passiert, und egal, wie viele Wohnungen frei werden sollten.«

»Das hätte ich dich gar nicht gefragt. Ich weiß doch, wie du zu unserem Familienhaus stehst.« Ihre Stimme klang ganz zaghaft. Tatsächlich hatte sie schon den Gedanken gehabt, aber nicht den Mut, ihn laut auszusprechen.

Seine Stimme wurde weich. »Werde ich dich morgen sehen?«

Carlina seufzte. »Ich weiß es noch nicht. Ich muss unbedingt einen Moment finden, um unter vier Augen mit Onkel Teo zu sprechen. Ich habe das Gefühl, dass Olga immer ganz friedlich bleibt, solange er in Hörweite ist, sodass er keine Ahnung hat, was los ist. Heute ist er bei einem alten Freund, auf einem Männerabend, wie er es nannte, darum war er beim Abendessen nicht dabei. Es ist unglaublich, dass Olga sich hier einnistet und nach nur drei Tagen so benimmt – und das, sobald Onkel Teo nicht in der Nähe ist. Zusätzlich schleppt sie ihren fürchterlichen Sohn an, diesen Ugo.« Sie schauderte. »Er ist wie ein beweglicher Fels, riesig und dumm. Ich muss Onkel Teo unbedingt die Augen öffnen, bevor jemand Olga spontan umbringt.«

»Na, dann viel Glück.« Er klang leicht ironisch. »Aber selbst wenn du ihre Leiche finden solltest, ruf mich auf keinen Fall an. Das ist ein Mord, mit dem ich nichts zu tun haben möchte.«

Carlina fing an zu lachen, aber es blieb ihr im Hals stecken, als sie einen hohen Schrei von der Treppe hörte, gefolgt von einem dumpfen Knall.

Kapitel 5

I

Carlina sprang auf, das Telefon noch immer in der Hand. Sie öffnete den Mund, aber es kam kein Laut heraus.

»Was war das?« Stefanos Stimme klang scharf.

»Ich weiß es nicht. Ich finde es heraus und rufe dich wieder an.«

Sie ließ das Telefon fallen und riss ihre Wohnungstür auf, nur um die ruhige Stimme ihrer Mutter zu hören, die vom Erdgeschoss nach oben klang. Da das Treppenhaus eine wunderbare Akustik hatte, erreichte Fabbiolas Stimme sie glockenklar und deutlich, komplett frei von Emotionen, wenn man einen Hauch von Hoffnung nicht zählte. »Glaubst du, dass sie tot ist?«

Carlina schluckte und rannte die Treppe hinunter. Während sie an Benedettas Tür vorbeilief, flog diese auf und Benedetta, Leo, Emma und Lucio folgten ihr auf dem Weg nach unten. Als sie im Erdgeschoss ankamen, hielten sie abrupt an.

Olga lag am Ende der Stufen auf dem Rücken, die Augen geschlossen. Ihr sorgfältiges Make-up, normalerweise perfekt auf ihren Teint abgestimmt, wirkte auf dem blassen Gesicht viel zu grell.

Fabbiola stand neben ihr und betrachtete sie mit distanziertem Interesse. »Ich kann nicht beurteilen, ob sie wirklich tot ist«, sagte sie, ohne sich zu bewegen, den Kopf wie ein neugieriger Spatz schief gelegt.

»*Mamma*, also wirklich!« Carlina fiel auf die Knie und legte eine Hand auf Olgas Handgelenk, um den Puls zu fühlen.

»Aua!« Olga öffnete die Augen und funkelte Carlina böse an.

Carlina bekam den Schreck ihres Lebens. Bis zu diesem Augenblick hatte sie wirklich erwartet, dass Olga tot war, und für einen geschockten Moment hatte sie gedacht, eine Leiche spreche mit ihr. Sie ließ die Hand fallen, als hätte sie sich verbrannt, fuhr zurück und keuchte: »Du lebst!«

»Jau. Sie ist nicht tot.« Fabbiola kommentierte das Geschehen wie ein Sportreporter im Radio und bemühte sich nicht, das Bedauern in ihrer Stimme zu verbergen.

»Wenn ich noch lebe, habe ich es jedenfalls nicht ihr zu verdanken.« Olga blitzte Carlina aus verengten Augen an und machte eine schwache Kopfbewegung in Richtung Fabbiola. »Deine Mutter hat mich die Treppe hinuntergestoßen.«

»Was?« Fabbiola ging mit so mörderischem Gesichtsausdruck auf sie zu, dass Carlina aufsprang und ihre Mutter am Ärmel festhielt. Fabbiola schüttelte sie ab. »Würdest du das netterweise noch einmal wiederholen, Olga?«

»Nein, tue ich nicht. Mit dir rede ich gar nicht mehr. Nie wieder.« Olga setzte sich auf und hielt sich mit einer Hand am Geländer fest. Sie zuckte zusammen. »Ich glaube, ich habe mir das Handgelenk verstaucht.«

Niemand machte eine Bewegung, um ihr aufzuhelfen. Alle starrten sie mit ausdruckslosem Gesicht an, die Wand an Abneigung zwischen ihnen so massiv, dass man sie fast mit den Händen fassen konnte.

»Jetzt hör mal zu, Olga.« Carlina versuchte, ausgeglichen und beruhigend zu klingen. »Du kannst hier nicht herumlaufen und den Leuten ohne jeden Beweis Vorwürfe machen. Willst du nicht noch einmal über deine Worte nachdenken?«

Olga blieb auf dem Boden sitzen, aber aus irgendeinem Grund schaffte sie es, den Raum wie eine Königin zu beherrschen. »Ich habe Beweise.«

Fabbiola schrie auf und stürzte sich auf Olga, als wollte sie ihr Leben hier und auf der Stelle beenden. »Du kannst überhaupt keine Beweise haben! Das sind alles Lügen!«

Carlina packte ihre Mutter am Arm. »*Mamma*, bitte.«

Olga hob ihr Kinn. »Mein Beweis ist olfaktorischer Art.«

»Was?« Fabbiola starrte sie an.

Olga schob die Schultern zurück. »Kurz bevor ich eine Hand an meinem Rücken spürte, die mich die Treppen hinunterwarf, roch ich ihr Parfüm.«

»Fabbiolas Parfüm?« Lucio war der Erste, der seine Stimme wiederfand. »Aber –«

»Maiglöckchen«, sagte Olga. »Das habe ich gerochen. Und das ist ihr Parfüm. Darum weiß ich, dass sie es war, die mich umbringen wollte. Sie folgte mir sofort die Stufen hinunter, um zu sehen, ob ihre dreckige Taktik die gewünschte Wirkung hatte. Jetzt würde sie es natürlich niemals mehr zugeben, aber ich weiß, dass es die Wahrheit ist, und kein Mensch wird mich von dieser Meinung abbringen.« Sie stützte sich auf ihre gesunde Hand und zog sich hoch, bis sie stand. »Ich werde Teo sagen, wie ihr mich heute Abend behandelt habt. Ihr solltet euch alle miteinander schämen.« Sie schaute sich um. »Wo ist Ugo?«

»Keine Ahnung.« Carlina zuckte mit den Schultern.

Olga presste die Lippen zu einem festen Strich zusammen. »Sobald ich ihn gefunden habe, gehe ich zur Polizei. Er wird mir helfen, Anklage zu erheben.«

In diesem Augenblick klingelte es an der Tür.

Carlina, die der Tür am nächsten stand, öffnete sie. Als sie den großen Mann auf der Schwelle erkannte, schlug ihr Herz unwillkürlich einen Purzelbaum. »Stefano!«

Garini zog sie in seine Arme. »Ist alles in Ordnung?«

»Hier ist gar nichts in Ordnung, *commissario*.« Olgas Stimme war scharf wie ein Messer. »Aber es ist gut, dass Sie da sind. Ich möchte Anklage erheben.«

Stefano ließ Carlina los und schaute die versammelte Familie mit einem Stirnrunzeln an. »Was ist geschehen?«

Bevor irgendjemand antworten konnte, erschien Onkel Teo hinter Stefano, der immer noch in der Tür stand. Stefano trat zur Seite, sodass er das Haus betreten konnte. Onkel Teo hörte auf zu summen und strahlte sie alle an.

»*Buona sera,* ihr Lieben. Ist es nicht ein wunderbarer Abend? Ich muss schon sagen, es ist schön, von Zeit zu Zeit auszugehen und Freunde zu treffen. Tatsächlich –« Er brach ab und schaute sich um. »Ist etwas passiert? Ihr seht irgendwie mitgenommen aus.«

Olga schwankte auf den alten Mann zu und lehnte sich an seine Brust.

Garini hob eine Augenbraue und schaute Carlina an.

Sie zuckte mit den Achseln.

»Oh, Teo.« Olga seufzte. »Du wirst es mir bestimmt nicht glauben wollen, aber jemand aus deiner Familie hat heute Abend versucht, mich umzubringen.«

Onkel Teo blinzelte verwirrt und tätschelte ihren Rücken, in dem vergeblichen Versuch, sie zu beruhigen. »Ich … ich weiß gar nicht, was ich sagen soll. Bist du dir da ganz sicher, meine Süße?«

»Ja, sie ist sich hundertprozentig sicher.« Fabbiola schaltete sich mit eisiger Stimme ein. »Sie behauptet, sie habe eine Hand an ihrem Rücken gespürt und mein Parfüm gerochen, und dann habe jemand sie die Treppe hinuntergestoßen. Aber sie hat sich nur das Handgelenk verstaucht.« Sie schnaufte verächtlich.

Olga hob den Kopf und schaute Garini an. »Ich verlange von Ihnen, dass Sie den Fall untersuchen, *commissario*.«

Garini schüttelte den Kopf. »Kommt gar nicht infrage.«

Die versammelte Familie – Benedetta und Leo, Lucio, Emma und Fabbiola – strahlten ihn voller Begeisterung an. Die einzige Ausnahme war Onkel Teo, der verwirrt schaute.

Carlina biss sich auf die Lippe. Sie wusste, warum Garini den Job nicht annahm.

»Aber Sie dürfen das gar nicht ablehnen!« Olgas Stimme wurde schrill. »Es ist Ihr Beruf, dunkle Machenschaften zu untersuchen!«

»Ich bin ein Inspektor der Mordkommission«, korrigierte Garini sie nüchtern wie immer. »Ich untersuche Todesfälle. Keine Unfälle.«

»Na, wir könnten die Lage ja ändern«, sagte Fabbiola leise.

Carlina gab ihrer Mutter einen Rippenstoß und funkelte sie böse an. Es war schlimm genug, dass Olga wilde Geschichten erzählte – man musste ihr nicht auch noch Futter dafür geben.

Olga warf Garini einen bösen Blick zu. »Nun, ich begreife, wo Ihre Loyalität liegt. Ist auch egal. Es wäre ja dämlich, Sie darum zu bitten, irgendeinen Fall zu untersuchen, an dem die Mantonis beteiligt sind – Sie würden ja eh niemals einen Fehler an ihnen zugeben.«

Carlina schnappte nach Luft. Wenn es eine Sache gab, auf die Garini stolz war, dann war es seine Unbestechlichkeit. Olgas Fähigkeit, den Finger in die Wunde jedes Einzelnen zu legen, hatte schon fast etwas Unheimliches. Sie schaute Garini besorgt an.

Aber er hatte sich gut in der Hand. Die Muskeln rund um seinen Mund wurden für einen Augenblick starr, aber wenn sie nicht nach Anzeichen Ausschau gehalten hätte, hätte sie es nicht bemerkt. Er nahm Olgas Vorwurf nicht auf, sondern schaute sie nur ruhig an, bis sie den Blick abwenden musste.

In diesem Augenblick summte ein Mobiltelefon. Alle schraken zusammen.

Emma – die die ganze Zeit kein Wort gesagt hatte – zog ihr Telefon hervor und schaute auf den Bildschirm, dann blickte sie hoch. »Es ist eine Nachricht für dich, Carlina.«

»Für mich?« Carlina runzelte die Stirn. »Warum bekommst du Nachrichten für mich?«

»Sie ist von meinem Kumpel Andrea. Er hat mir erzählt, dass eine Freundin seiner Cousine aus einer Wohnung hier im historischen Zentrum auszieht, und ich habe ihm gesagt, dass du bestimmt interessiert bist.«

»Ja, natürlich.« Carlina schaute Garini fragend an. Er nickte.

Emma blickte immer noch auf ihr Telefon. »Sie sagte, dass es jetzt ganz gut passen würde.«

»Jetzt?« Carlina schluckte. »Aber es ist elf Uhr abends.«

Emma zuckte mit den Schultern. »Sie fahren morgen für eine Woche weg, und es ist ihnen jetzt erst eingefallen, die Nachricht zu senden.«

»Nun, dann haben wir wohl keine Wahl.« Carlina ging zur Treppe. »Ich hole meine Jacke.«

»Und was ist mit mir?«, fragte Olga. »Lasst ihr den Mordversuch jetzt einfach fallen, nur weil es euch nicht passt?«

Die Stille, die folgte, tat fast schon weh. Die mutigeren Mitglieder der Familie – Emma, Lucio und Fabbiola – hielten ihrem Blick stand, ohne mit der Wimper zu zucken. Die anderen schauten weg.

Onkel Teo räusperte sich. »Komm mit mir.« Er nahm ihren Arm. »Wir werden dein Handgelenk kühlen, und dann wirst du dich bald besser fühlen.«

Zwanzig Minuten später standen Carlina und Stefano in einer Wohnung, die im zweiten Stock eines historischen Gebäudes lag. Die Nachbarhäuser waren so nah, dass man sie berühren konnte, wenn man sich aus dem Fenster lehnte.

»Jetzt weiß ich, warum die Besichtigung nachts stattfinden musste«, flüsterte Garini Carlina zu. »Bei Nacht merkt man nicht, dass die Bude viel zu dunkel ist.«

»Unser Haus ist auch ziemlich dunkel«, sagte Carlina. »Zumindest im Erdgeschoss.«

»Ja, aber wenigstens riecht es nicht nach Schimmel.«

»So schlimm ist es gar nicht.« Carlina war wild entschlossen, die guten Seiten der Wohnung zu sehen. »Das Schlafzimmer ist doch ganz schön, oder?« Sie wusste, dass Stefano gern Zeit im Schlafzimmer verbrachte. Dort spielte er Saxofon und hörte Musik. Wahrscheinlich war das der Grund, warum dieses Zimmer seiner Wohnung voller Persönlichkeit war, während die anderen alle halb leer standen und ihr den Eindruck gaben, in der Wohnung nicht willkommen zu sein.

Der junge Mann, der sie herumgeführt hatte, riss die Tür zum Badezimmer auf. »Ich gehe nicht mit rein. Es ist zu klein für uns alle.«

Carlina betrat den Raum und fiel fast rückwärts wieder hinaus. Der Schimmelgeruch war überwältigend.

»Oh Gott.« Sie unterdrückte den Reflex, sich die Nase zuzuhalten.

Ein Blick zu Garini war genug – sie mussten hier raus, und zwar schnell.

Als sie nach draußen schlichen, sackten ihre Schultern nach vorne. »Wir werden nie etwas finden.« Ein Seufzer kam tief aus ihrem Inneren und eine plötzliche Welle der Müdigkeit warf sie fast um. »Liegt es an uns? Verlangen wir zu viel?«

»Nein.« Er nahm sie in die Arme und zog sie eng an sich. »Wir werden etwas finden. Wir müssen nur weitersuchen.« Er blieb an der nächsten Laterne stehen und drehte sanft ihr Gesicht zu sich. »Du bist heute Abend zu müde.« Seine Lippen strichen über ihre. »Morgen wird alles besser aussehen.«

Carlina seufzte. »Ich möchte nicht nach Hause gehen. Allein die Vorstellung, Olga auf der Treppe zu sehen, erfüllt mich mit Widerwillen.«

Er lächelte. »Da hätte ich eine Lösung. Bleib heute Nacht bei mir.«

Wärme erfüllte sie und ihr Herz weitete sich. »Ich glaube, das Angebot nehme ich an, *commissario*.«

Eine Viertelstunde später öffnete Stefano die Tür zu seiner Wohnung und ließ sie vorgehen.

Eine der schönsten Seiten an einer festen Beziehung ist, dass man sich nachts zusammenkuscheln kann. Carlina lächelte, während sie hineinging und ihre Jacke aufhängte. Aufgrund seiner Arbeit konnten sie nicht so oft die Nacht zusammen verbringen, wie sie eigentlich wollten. Nun konnten sie den Rest der Welt für einige Stunden ausschließen, geschützt vor Unterbrechungen. Doch gerade als sie glücklich aufseufzte, rutschte ihr Fuß plötzlich zur Seite und sie verlor die Balance. Mit einem Knall landete sie auf dem Boden.

»Aua!« Ihre Hand berührte die Steinfliesen und rutschte ab. »Was um alles in der Welt –?«

Garini beugte sich nach vorne. »Ist alles in Ordnung?«

Sie starrte auf den Fußboden. »Aber da ist ja alles nass! Darum bin ich ausgerutscht. Schau nur!« Sie deutete auf die Pfütze, die sich gebildet hatte.

Sein Blick folgte ihrem ausgestreckten Finger. Ein Rinnsal Wasser tröpfelte unter der Schlafzimmertür hervor. Mit zwei großen Schritten war Garini an der Tür und riss sie auf.

Von ihrer Position auf dem Boden aus konnte Carlina sein Profil sehen. Es wirkte grimmig. Sie sah, wie er schwer schluckte. Angst zog ihren Magen zusammen. Sie beeilte sich, auf die Füße zu kommen, und lief zu ihm. Während sie sich zwang, in den Raum zu schauen, nahm sie seine Hand.

In der Mitte der Decke war ein großer Fleck. Der Putz war in dicken, weißen Stücken herabgefallen. Das Bett war komplett mit Putz bedeckt, genau wie der Boden, auf dem die weißen Flocken in kleinen Pfützen schwammen. Hinter Garinis Doppelbett, wo die Wand vom Boden bis zur Decke mit Regalen bedeckt war, eine Seite gefüllt mit CDs, die andere mit Büchern, hatten sich alle Bücher in den obersten und untersten Regalen mit Wasser vollgesaugt.

Carlina zuckte zusammen. Es sah so aus, als ob der größte Teil des Schadens in der Mitte der Decke und auf dem Boden entstanden war, aber es war nicht klar, ob die Musikboxen, die in den vier Ecken des Raumes schräg aufgehängt waren, auch etwas abbekommen hatten. Und was war mit dem teuren CD-Player an der Wand? Vor allem, was war mit Stefanos geliebtem –

»Mein Saxophon!« Seine Stimme klang, als ob man ihm etwas Wertvolles entrissen hätte.

Er durchquerte das Zimmer und nahm das Saxophon wie ein Baby in die Arme. Mit einer Hand wischte er das Wasser von der glänzenden Oberfläche. Das Instrument hatte auf einem Ständer am Fenster gestanden, sodass es zumindest nicht in einer Pfütze gelandet war, aber es hatte einige feuchte Stücke Putz abbekommen.

»Ich weiß, dass ich es eigentlich in seinem Koffer hätte stehen lassen müssen, aber ich schaue es so gern an. Es ist so ein schönes Instrument.« Er schluckte sichtbar. »Woher sollte ich auch ahnen, dass die Decke darauf fallen würde?«

Carlina biss sich auf die Lippe. »Es tut mir so leid.«

Er schaute auf und lächelte sie schief an. »Ich fürchte, ich kann dir heute Abend doch kein Bett mehr anbieten.«

Irgendetwas in ihr zerbrach. *Wie lieb von ihm, an mich zu denken, wenn seine kostbarsten Dinge unter Wasser stehen.* Sie erwiderte sein Lächeln. »Wir haben ja noch meins.«

Sie brauchten nur zehn Minuten, um herauszufinden, dass das Wasser aus einem Rohrbruch in der Wand stammte, denn die Nachbarn über ihnen hatten gar kein Problem. Der Anruf beim Vermieter jedoch war frustrierend, weil dieser ausgesprochen wenig Interesse an der ganzen Sache zeigte. Er schlug lediglich vor, das Wasser der Wohnung abzudrehen, und sagte, er sei nicht in der Stadt und könne sich die Sache erst in zwei Tagen ansehen. Garinis Gesicht war grimmig, als er auflegte.

»Das war's dann wohl«, sagte er. »Ich muss so schnell wie möglich hier raus. Er war noch nie einfach, aber das ist jetzt wirklich das Letzte.«

»Kannst du ihm nicht legal beikommen?«

Er schaute sie an, sein Mund ein einziger Strich. »Natürlich könnte ich das. Aber dann müsste ich mich durch Berge von Papier wühlen, hätte jahrelang Arbeit damit und am Ende eine Menge Geld ausgegeben, um vermutlich nur einen Vergleich zu erreichen. Nein.« Er schüttelte den Kopf. »Es heißt ja immer, dass man sich seine Kämpfe aussuchen soll. Dies ist kein Kampf, den ich kämpfen werde. Ich werde so schnell wie möglich gehen. Wir werden etwas anderes, etwas Besseres finden. Aber ich muss meine Nachbarn warnen.« Er neigte den Kopf zur Seite und zum ersten Mal, seit sie die Wohnung betreten hatten, milderte sich sein Gesichtsausdruck. »Der Typ im Obergeschoss hat gute Verbindungen zu einigen Leuten, die in der Stadt viel zu sagen haben. Ich mag ihn nicht und habe bis jetzt einen weiten Bogen um ihn gemacht, aber ich bin sicher, dass er unserem Vermieter die Hölle heiß machen kann.«

Sie holte tief Luft. »Gut. Dann lass uns mal sehen, was wir hier retten können.« In den nächsten zwei Stunden half sie Stefano, seine Sachen aus der Gefahrenzone zu entfernen, und legte alles ins Wohnzimmer, damit es trocknen konnte. Am Ende war die Wohnung ein einziges Chaos, und beide waren erschöpft.

»Immerhin haben wir noch einen Platz, wo wir heute Nacht schlafen können«, sagte Carlina.

»Ja.« Garini lächelte müde. »Und hoffentlich ist deine Familie inzwischen zu Bett gegangen.«

Sie hatten Glück und trafen niemanden auf dem Weg zu der Wohnung im obersten Geschoss des Mantoni-Familienhauses. Als sie endlich in Carlinas Bett fielen, waren sie zu müde, um noch zu blinzeln.

»Vielen Dank für deine Hilfe, Carlina.« Stefano strich ihr das Haar aus dem Gesicht und küsste sie. »Ich mache das wieder gut. Ich weiß nicht, ob ich morgen Abend früh Schluss machen kann, aber wenn ja, dann —«

Ihre Augen schlossen sich von ganz alleine. »Ich habe morgen Abend keine Zeit. Ich bin zu Tante Violettas Geburtstag eingeladen.« Ihre Worte waren nur noch ein Murmeln. »Und du auch.«

Seine Hand zuckte zurück. »Wessen Geburtstag?«

»Tante Violettas. Es ist ihr neunundneunzigster Geburtstag. Wenn wir Glück haben, wird sie auch da sein und —« Carlina schlief ein, bevor sie den Satz beenden konnte.

##_Separator@typ=switch@gewichtung=normal_##

Als sie ihre Augen am nächsten Morgen öffnete, war Garini schon angezogen. »Ich muss los, mein Herz.«

Sie lächelte ihn an. Seine Haare waren noch nass von der Dusche, und sie konnte einen Hauch seines Aftershaves erhaschen. *Hmmm.* »Viel Glück bei allem heute.«

Er beugte sich zu ihr und gab ihr einen Kuss. »Danke. Übrigens, habe ich das gestern richtig verstanden? Wir sind zu dem Geburtstag irgendeiner

Tante eingeladen, aber es könnte sein, dass sie gar nicht da sein wird? Bitte sag mir, dass du nur zu müde warst und es nicht schon wieder so eine Mantoni-Sache ist.«

Carlina streckte sich und lachte. Sie fühlte sich hellwach und glücklich, trotz der Sorgen mit der Wohnung. *Vermutlich, weil Stefano hier bei mir ist.* »Ich fürchte, es *ist* eine Mantoni-Sache. Sie wird neunundneunzig, weißt du, und da ist es möglich, dass sie zu müde ist, um aufzustehen. Aber falls das der Fall sein sollte, feiern wir ohne sie.«

Er hob eine Augenbraue. »Schon mal davon gehört, dass man eine Party auch absagen kann?«

»Oh nein!« Carlina schüttelte vehement den Kopf. »Es wäre doch eine Schande, das ganze Essen stehen zu lassen.«

»Natürlich.« Seine Stimme klang trocken.

»Es ist eine Familientradition.«

Er seufzte. »Das hätte ich eigentlich wissen müssen.«

»Ich würde Tante Violettas Geburtstagsfeiern um keinen Preis der Welt missen wollen. Sie sind immer spektakulär, weil Tante Violetta nicht nur ein wenig taub ist, sondern auch denkt, dass jeder über achtzig das Recht hat, jederzeit die Wahrheit zu sagen, ohne höflich zu sein. Das ist ziemlich unterhaltsam.«

»Klingt toll.« Die Ironie war nicht zu überhören. »Aber was ist, wenn sie nicht dabei sein kann?«

»Ach, dann ist es ziemlich langweilig. Aber ich hoffe, dass sie es heute schafft. Sie hat bis jetzt nur eine einzige ihrer Geburtstagsfeiern verpasst.« Carlina setzte sich hin und umschlang ihre Knie.

Er lächelte. »Du siehst ganz süß aus mit deinen verwuschelten Haaren.«

Sie neigte den Kopf zur Seite und lächelte ihn kess an. »Ach ja? Du könntest sie noch ein wenig mehr verwuscheln.«

»Heute Abend«, versprach er. »Jetzt muss ich los.«

»Heute Abend? Also nach Tante Violettas Party?«

Garini zog eine Grimasse. »Muss ich kommen?«

Carlina zögerte. »Ich will dir keine Angst machen, aber sie hat gesagt, dass sie sich sehr darauf freut, deine Bekanntschaft zu machen.«

»Was?« Er machte einen Schritt zurück.

Sie zuckte mit den Schultern. »Romanzen sind ihr Hobby. Und sie ist begeistert, dass ich endlich jemanden gefunden habe. Ihre Worte, nicht meine.«

Er schloss die Augen. »Oh nein.«

»Ich könnte sagen, dass du arbeiten musst«, bot Carlina an. »Oder dass du dich um deine überschwemmte Wohnung kümmern musst. Was ja beides nicht mal gelogen wäre. Sie weiß nicht, dass dein Vermieter sich geweigert hat, sich um das Problem zu kümmern.«

Er hob das Kinn. »Oder wir stehen das durch. Ich denke mal, dass ich sie früher oder später sowieso kennenlernen muss.«

»Falls sie nicht vorher stirbt.«

Garini fing an zu lachen. »Das ist eine der Sachen, die ich an dir so liebe, Carlina. Du nennst die Dinge beim Namen.«

Sie grinste. »Hab ich vermutlich von Tante Violetta gelernt.«

II

Als Garini Tante Violetta an diesem Abend vorgestellt wurde, stellte er fest, dass er Carlina in Zukunft um eine gründlichere Vorbereitung bitten musste, wenn seine Gesichtszüge nicht entgleiten sollten. Tante Violetta war doppelt so breit, wie sie hoch war. Ihre Kinns gingen nahtlos in ihren umfangreichen Torso über und ihr braunes Haar war so üppig, dass es nur eine Perücke sein konnte. Sie bewegte sich mithilfe eines elektrischen Rollstuhls und schrie jeden Gedanken, der ihr in den Kopf kam, lautstark in den Raum.

Zur Feier des Tages trug sie ein leuchtend oranges Kleid, das Garini den Eindruck gab, eine Sonne mit jede Menge Haar zu sehen. Als sie den Rollstuhl wendete und ihn anstarrte, fiel es ihm schwer, einen neutralen Gesichtsausdruck beizubehalten.

»Aha! Der berühmte *commissario*.« Tante Violetta fuhr mit Höchstgeschwindigkeit auf ihn zu.

Carlina schnappte sich seinen Arm. »Rühr dich nicht vom Fleck«, zischte sie. »Das ist ein Test.«

Tante Violetta brachte den Rollstuhl in der letzten Sekunde mit kreischenden Bremsen zum Stehen, kurz bevor sie seine Knie berührte.

»Haben Sie diesen Rollstuhl aufgemotzt?« Garini musste es einfach fragen.

»Natürlich.« Sie grinste ihn frech an. »Werden Sie mich jetzt festnehmen?«

»Nein.« Er erwiderte ihren Blick und versuchte, sein Amüsement zu verbergen. »Nicht meine Abteilung. Ich bin noch nicht mal sicher, ob es überhaupt ein Gesetz dagegen gibt.«

»Warum gehen Sie mit meiner Carlina aus?« Ihre Augen waren vom Alter ein wenig milchig, aber die Schärfe in ihrer Stimme ließ keinen Zweifel daran, dass ihr Verstand noch messerscharf war.

Er stellte fest, dass die gesammelte Familie aufgehört hatte zu sprechen. Mindestens vierzig Leute befanden sich in dem Raum, der zu Violettas historischer Villa in den Hügeln im Norden von Florenz gehörte. Das alte Haus war allein aufgrund seiner Größe einschüchternd, obwohl die durchhängenden Türscharniere und die Risse in den dunkelgelben Wänden deutlich machten, dass Violetta es nicht ausreichend instand hielt. Der Raum, in dem Violetta ihre Gäste begrüßte, war früher sicherlich einmal ein kleiner Ballsaal gewesen, mit zwei glitzernden Kronleuchtern über ihnen. Als Garini mit Carlina hereingekommen war, hatte das Geräusch von klingenden Gläsern und Lachen den Raum erfüllt, aber nach Tante Violettas

Frage konnte er die erwartungsvolle Stille fast greifen.

»Ich gehe mit Carlina aus, weil ich sie hoch schätze.« Darüber musste er nicht lange nachdenken. Carlinas Hand lag noch auf seinem Arm und er fühlte, wie sie zitterte. Er warf ihr einen raschen Seitenblick zu. Sie schüttelte sich vor Lachen, amüsiert von dem eigenartigen Verhalten ihrer Familie. *Wieder einmal.*

»Was genau schätzen Sie an ihr?« Tante Violettas Stimme war bis in die hinterste Ecke des Raums zu hören, vermutlich noch bis in den Garten, der sich hinter den weit geöffneten Terrassentüren mit ihrer abblätternden Farbe erstreckte.

Garini zögerte nicht. »Ihren Mut. Ihre Beharrlichkeit. Ihre Loyalität.« Obwohl die Loyalität ihrer verrückten Familie gegenüber ihn manchmal schon wahnsinnig machen konnte.

Carlinas Hand hörte auf zu zittern.

Tante Violetta nickte ihm kurz zu. »Gute Antworten.«

Er konnte ein Lächeln nicht unterdrücken. »Habe ich den Test bestanden?«

»Ja. Aber ruhen Sie sich nicht auf Ihren Lorbeeren aus.« Ohne den Kopf zu wenden, öffnete sie ihren Mund und rief: »Omar!«

Ein Mann, der genauso groß war wie Garini, nur Sehnen und Muskeln, kam auf sie zu und stellte sich neben Tante Violetta. Er hatte dunkle Haut, die mit Tattoos versehen war, Augen so schwarz, dass es schwierig war zu sehen, wo die Pupille aufhörte und die Iris anfing, und einen rasierten Kopf. Er erinnerte Garini an ein Stück poliertes schwarzes Holz – allerdings tödlicher.

Er blinzelte und schaute zu Carlina. Sie hatte dieses Mal wirklich einige elementare Punkte in ihrem Vorbereitungsgespräch vergessen.

»Ich möchte jetzt essen«, verkündigte Tante Violetta mit einer Stimme, die die schwachen Fensterrahmen klappern ließ.

Omar hob sie wie eine Puppe aus dem Stuhl und stellte sie auf die Füße. Sie legte eine Hand auf seinen Arm und ging mit langsamen Schritten aus dem Raum. Die Familie folgte, als handelte es sich um eine Prozession.

»Wer um alles in der Welt ist Omar?«, flüsterte Garini in Carlinas Ohr.

»Sie hat ihn adoptiert, als er noch ein Kleinkind war, während einer Kreuzfahrt in Ägypten. Wir haben keine Ahnung, wo er herkommt. Ganz schön Furcht einflößend, nicht wahr?«

»Total.«

»Wir nennen ihn Tante Violettas Auftragskiller. Er spricht nie, vermutlich wegen eines traumatischen Erlebnisses in seiner Kindheit.«

»Die Adoption, vermute ich?«

Carlina kicherte. »Davor, du Idiot.«

»Warum sitzt sie in einem Rollstuhl, wenn sie doch eigentlich laufen kann?«

»Sie ist schneller mit dem Rollstuhl.«

»Darauf wette ich.«

Carlina schaute sich um. Sie winkte ihrer Mutter, die an der anderen Seite des Raumes Platz genommen hatte, und nickte diversen Tanten und Onkeln zu. »Komisch, ich habe Onkel Teo gar nicht gesehen. Das ist ungewöhnlich für ihn.«

Als ob es sein Stichwort gewesen wäre, kam Onkel Teo herein, begleitet von Olga, die an seinem Arm hing. Sie trug ein fließendes weißes Gewand, das wie ein Brautkleid wirkte. Carlinas Augenbrauen schossen in die Höhe, aber bevor sie mehr tun konnte, als das sich verdunkelnde Gesicht ihrer Mutter zu bemerken, hatte Tante Violetta die Neuankömmlinge entdeckt.

»Teo!«, bellte sie. »Komm her und präsentiere mir deine Freundin.«

Onkel Teo lächelte und gehorchte mit stolz erhobenem Kopf.

Wie lieb er ist. Carlina schluckte. *Er verdient ein wenig Romantik in seinem Leben. Wenn es bloß nicht Olga wäre.*

»Violetta, meine Liebe.« Onkel Teo beugte sich nach vorne und küsste die runzelige Wange. »Herzlichen Glückwunsch zum Geburtstag. Darf ich dir Olga Ottima vorstellen?«

Tante Violetta versteifte sich. Ihre Augen weiteten sich, und sie starrte Olga an, als ob sie eine Kakerlake mitten in ihren Spaghetti entdeckt hätte. »Olga Ottima?« Ihre Stimme klang bedrohlich. »*Die* Olga Ottima?«

Olga kicherte. »Ich bin nicht ganz sicher, was Sie meinen, da ich noch nie eine andere Frau mit diesem Namen kennengelernt habe. Schon möglich, dass Sie von mir gehört haben. Ist mein Ruf mir vorausgeeilt?«

»Das ist er in der Tat.« Tante Violettas Stimme klang trocken. Sie drehte den Kopf und schaute den langen Tisch entlang, an dem die Familie saß und so tat, als würde sie nicht lauschen. »Fabbiola!«

»Ja, Tante Violetta?« Mit nervösen Fingern schob Fabbiola sich eine Haarsträhne aus dem Gesicht.

»Ist das die Olga, die dir in deinem letzten Schuljahr solche Schwierigkeiten gemacht hat? Die, die –?«

Fabbiola sprang auf. »Ja, Tante Violetta, das ist sie. Aber wir müssen das nicht hier und jetzt diskutieren. Das ist nicht der richtige Augenblick. Immerhin ist es dein Geburtstag und wir sollten feiern und uns nicht mit alten Geschichten die Laune verderben.« Sie beugte sich nach unten, zog ein Paket unter ihrem Stuhl hervor und trug es zu Tante Violetta. »Ich habe dir ein ganz besonderes Geburtstagsgeschenk gemacht. Es sind handgestrickte Bettschuhe, weich und bequem, für kalte Nächte. Willst du sie vielleicht einmal anprobieren, damit wir schauen können, ob sie passen?«

»Nicht jetzt.« Tante Violetta hielt eine Hand hoch und konzentrierte sich wieder auf Olga. »Olga Ottima.« Sie streckte die knorrige Hand aus und krümmte einen Finger. »Olga Ottima.« Der Name klang jetzt wie ein Fluch, von der dröhnend lauten Stimme gesprochen.

Die Familie hielt gesammelt die Luft an.

Plötzlich bellte Tante Violetta mit einer Stimme, die sie alle vor Schreck zusammenzucken ließ: »Omar!«

Ohne einen Laut stand er auf und stellte sich neben sie, die Hand auf ihrer Schulter.

»Schau dir diese Frau an, Omar.« Tante Violetta verengte die Augen, während sie Olga von oben bis unten musterte. »Sie hat meiner lieben Fabbiola das Leben zur Hölle gemacht, als sie noch ein junges Mädchen war. Alles nur wegen eines Mannes, den sie so lange gejagt hat, bis er sein Zuhause und seine Familie verlassen hat. Ich kannte seine Mutter gut. Sie ist nie darüber hinweggekommen.« Sie beugte sich nach vorne und für einen Augenblick blieb ihr Mund offen stehen, bevor sie ihn mit einem hörbaren Geräusch schloss. »Hören Sie mir gut zu, Olga Ottima. Wenn Sie es wagen, in meiner Familie für Ärger zu sorgen, hetze ich Omar auf Sie. Sie kennen Omar noch nicht.« Ein trockenes Kichern. »Omar ist mein Sohn. Er würde alles tun, um die Familie zu schützen. Alles, hören Sie?«

Carlina schüttelte den Kopf, um das Gefühl loszuwerden, dass sie sich in einem Traum befand. Das war doch alles nur ein schlechter Scherz. Wann würden sie alle in Lachen ausbrechen und feststellen, dass es nur ein Witz war? Sie betrachtete die Gesichter um sich herum. Einige taten so, als ob sie sich auf ihre Teller konzentrierten, peinlich berührt von Tante Violettas Benehmen, aber die meisten zeigten offene Bewunderung für die Theatervorstellung und warteten schon deutlich gespannt auf den nächsten Akt. Sie zwang sich, zu Garini zu blicken. In Augenblicken wie diesem fragte sie sich, wie lange er es mit ihr und ihrer unvorhersehbaren Familie aushalten würde.

Er beobachtete alles, ohne mit der Wimper zu zucken. Sein Gesicht wirkte wie aus Stein gemeißelt und verriet nichts von dem, was in ihm vorging.

Oh Madonna. Carlina seufzte. Sie ging zu ihrer Mutter, nahm das Paket, das Tante Violetta nicht weiter beachtet hatte, und hielt es der alten Dame erneut hin. »Du solltest wirklich diese Schuhe anprobieren, Tante Violetta. Die Farbe wird dir gefallen. Ich weiß, dass *mamma* sie extra für dich ausgewählt hat. Sie sind violett.«

Ein vernichtender Blick brachte sie zum Schweigen. »Verkaufe mich bitte nicht für dumm, Carlina. Violett habe ich noch nie gemocht. Ich ziehe schwarz vor. Außerdem werde ich ja wohl kaum mitten beim Abendessen Schuhe anprobieren.«

Da noch niemand angefangen hatte zu essen, war dies eine Übertreibung, aber darauf wies niemand hin. Tante Violetta drehte den Kopf wie eine Schildkröte zur Seite und wandte sich an Onkel Teo. »Alter schützt vor Torheit nicht, Teo. Wie kannst du nur auf so eine durchtriebene Frau wie Olga hereinfallen? Erinnerst du dich denn nicht an ihre Geschichte? Außerdem ist sie viel zu jung für dich.«

Onkel Teo zog seine buschigen Augenbrauen zusammen und starrte würdevoll zurück. »Diese Geschichte ist nun wirklich alt, meine Liebe. Ich denke, wir sollten die Vergangenheit Vergangenheit sein lassen und uns auf die Zukunft konzentrieren.«

»Aber du kannst die Vergangenheit nicht einfach vergessen!« Tante Violettas Stimme erfüllte den Raum bis in den letzten Winkel, wobei das jetzt nicht mehr schwer war, denn es war totenstill geworden. Die Familie traute sich kaum noch, Luft zu holen, aus Angst, ein einziges Wort dieses hochspannenden Streits zu verpassen. »Die Vergangenheit ist doch die Basis von allem, was heute passiert! Menschen verändern sich nicht auf einmal drastisch, glaub mir. Sie kommen mit ihrem Charakter fix und fertig auf die Welt, und dann pinselt man mit dieser ganzen Erziehung und Bildung eine dünne Schicht an Zivilisation darüber, die ab dem Alter von fünfundsechzig wieder abfällt –«

»Wie man an Ihnen wunderbar sehen kann.« Olgas Worte unterbrachen die Rede wie ein Peitschenknall.

Die Stille im Raum, bis dahin voller Wertschätzung, wandelte sich fast greifbar in Fassungslosigkeit. Alle starrten sie an.

Olga hob ihr Kinn und blickte mit einer Arroganz, die einer Königin gut angestanden hätte, über die versammelte Mantoni-Familie. »Da ich hier offensichtlich nicht willkommen bin, werde ich gehen.«

Sie sprang auf und ging zur Tür, doch bevor sie sie erreichte, erhob sich Onkel Teo. Er stützte sich schwer auf den Tisch, während sein Blick von einem zum anderen ging. »Ich schäme mich für euch. Ihr solltet eure Position noch einmal überdenken.«

Dann folgte er Olga und das Letzte, was man sah, war, wie er seinen Arm schützend um ihre schmalen Schultern legte.

Tante Violetta schnaubte wie ein altes Pferd. »Männer. Er ist völlig vernarrt. Ich denke, wir werden uns darum kümmern müssen. Alleine kommt er aus der Schlinge nicht wieder heraus. Ich werde mir etwas ausdenken.« Sie schaute den Tisch entlang. »Aber lasst uns erst einmal essen. Das ist ja nun kein Grund, die Pasta verkochen zu lassen.«

Kapitel 6

I

Als Carlina am nächsten Abend vor Onkel Teos Wohnungstür stand, hämmerte ihr Herz. Sie mischte sich normalerweise nicht in die Angelegenheiten anderer Leute ein, aber sie hatte das Gefühl, dass es in diesem Fall richtig war, eine Ausnahme zu machen. Dennoch war ihr nicht wohl und sie wünschte, sie wäre woanders. Egal wo, solange es nicht vor Onkel Teos Tür war. Sie klopfte und wartete.

Nichts. In der Ferne hörte sie, wie die Glocken von Santa Croce die volle Stunde schlugen. Sieben Uhr. Ihr Hals schnürte sich zu. Wie sie dieses Haus liebte. Sie würde die Glocken vermissen.

Sie legte den Kopf ein wenig schief und lauschte. Immer noch nichts. Was, wenn Onkel Teo etwas passiert war? War Olga bei ihm? Sie klopfte erneut.

Endlich, als sie schon darüber nachdachte, ihren eigenen Schlüssel zu benutzen, um in die Wohnung zu kommen, hörte sie Onkel Teos schlurfende Schritte. Er öffnete die Tür in Zeitlupe.

»Onkel Teo! Ist alles in Ordnung?«

Er sah müde aus und sein normalerweise so ordentliches Haar war strubbelig. Aus irgendeinem Grund wirkte er älter und verletzlicher als sonst.

»Mir geht es gut, Carlina.« Seine Stimme klang flach.

»Wo ist Olga?« Carlina schaute über seine Schulter in die Wohnung.

»Sie ist ausgegangen.« Er trat einen Schritt zurück. »Willst du reinkommen?«

»Ja, bitte.« Carlina war dankbar, alleine mit ihm sprechen zu können. Sie war durchaus bereit gewesen, Olga darum zu bitten, sie alleine zu lassen, weil sie etwas Vertrauliches mit Onkel Teo besprechen wollte, aber sie war froh, das gleiche Ergebnis auch ohne Konfrontation zu erreichen. Sie folgte ihm ins Wohnzimmer und verflocht die Finger ineinander. Sie war nervös. Es war kaum zu glauben, aber sie war nervös, weil sie ihren vertrauten Großonkel auf seine Affäre ansprechen wollte.

»Wolltest du etwas Bestimmtes mit mir besprechen?« Onkel Teo nahm vorsichtig auf dem Sofa Platz und zog an der Bügelfalte seiner Hose, damit sie nicht aus der Form geriet.

»Ja.« Carlina hockte sich auf die Kante des alten Sofas und stellte die Füße nebeneinander. *Das wird nicht einfach.* Sie holte tief Luft. »Es geht um Olga.«

»Das dachte ich mir schon.« Seine Stimme klang trocken.

»Vor Kurzem kam eine Freundin zu mir, zu Temptation. Sie heißt Francesca. Ich weiß nicht, ob du dich an sie erinnerst? Sie ist Glasbläserin und ganz klein.«

Onkel Teo schüttelte den Kopf.

»Nun, wir plauderten über alles Mögliche. Zufälligerweise erwähnte ich Olgas Namen, und da hat sie mir gesagt, dass Olga für die *finanza* arbeite.« Sie blickte Onkel Teo fest an, um seine Reaktion auf diese so gefürchtete Institution zu sehen.

Er neigte den Kopf. »Das weiß ich.«

Madonna. Ich muss ganz brutal sein. »Francesca hat auch gesagt, dass Olga ihre Familie mehr oder weniger ruiniert hat, weil sie sie angezeigt hat. Sie hatten die Einnahmen aus einem Ferienhaus verheimlicht.«

Onkel Teo schaute sie hölzern an.

Carlina kämpfte sich weiter vor. »Es scheint, dass sie sich in die Familie eingeschlichen hat, indem sie so tat, als ob sie eine Freundin von Francescas Mutter sei. Ihre wahre Natur hat sie erst gezeigt, nachdem sie Beweise gefunden hatte – und nachdem sie sie schon angezeigt hatte.«

Onkel Teo begegnete ihrem Blick mit kühler Arroganz. »Was genau willst du mir sagen, Carlina?«

Sie schluckte. »Ich … ich befürchte, dass Olga dich nur benutzt, um hier herumzuschnüffeln.«

Sein Mund wurde zu einer harten Linie. »Ist es denn so unglaublich, dass sie an mir als Person interessiert sein könnte?«

»Aber nein!« Carlina sprang vom Sofa auf und ging auf ihre Knie, eine Hand auf Onkel Teos Arm. »Natürlich nicht! Und wenn es nur jemand anderes wäre, wäre ich so glücklich. Tatsächlich war ich glücklich, am Anfang, als ich gesehen habe, wie ihr zusammen getanzt habt. Aber alles, was ich in der Zwischenzeit über sie erfahren habe, stößt mich ab. Sie … sie ist gemein. Ich meine, richtig bösartig. Sie sagt Dinge, um einen zu verletzen, und sie weiß, wohin sie schlagen muss.«

»Ich habe noch nie gehört, dass sie etwas Gemeines gesagt hat.«

»Ich weiß!« Carlina schüttelte seinen Arm. »Ich weiß. Sie ist sehr schlau. Aber du kannst die Reaktionen der anderen auf sie nicht übersehen haben. Selbst Benedetta mag sie nicht, und du weißt, dass Benedetta die Liebste hier im Haus ist.«

»Ihr gönnt mir mein Glück nicht.« Seine Stimme klang brüchig, und es war klar, dass er Olga zitierte.

»Oh, nein, das stimmt nicht!« Carlina schüttelte so heftig den Kopf, dass ihr eine Locke in die Augen fiel. Sie schob die Haare zur Seite. »Wir möchten, dass du glücklich bist! Aber Olga ist nicht die richtige Person dafür.«

Er schaute sie an. »Woher willst du das wissen? Warum gebt ihr ihr keine Chance? Ich verstehe diesen heftigen Widerstand einfach nicht.«

Carlina zuckte mit den Schultern. »Wie können wir ihr eine Chance geben, wenn sie uns Nägel ins Gesicht spuckt, sobald sie den Mund öffnet? Sie tut alles, um uns zu verletzen.«

Onkel Teo zog die buschigen Augenbrauen zusammen. »Inwiefern?«

Carlina holte tief Luft und versuchte, sich an Olgas exakte Worte zu erinnern. »Sie … es ist, als ob sie besessen wäre. Sie versucht noch nicht einmal, mit uns auszukommen. Stattdessen sagt sie uns ständig Gemeinheiten ins Gesicht. Es ist richtig bösartig. Ich verstehe gar nicht, warum sie so ist.« Sie warf einen schnellen Blick auf Onkel Teo. »Und weißt du, mit *mamma* spricht sie gar nicht. Kein Wort.«

Onkel Teo schnaubte. »Das ist eine steinalte Geschichte. Wird höchste Zeit, dass sie darüber hinwegkommen. Ganz albern.«

»Da stimme ich dir ja zu, aber wir werden sie nicht dahin bekommen, die Sache im gleichen Licht zu betrachten. Olga hat Benedetta und Leo in fürchterliche Verlegenheit versetzt, indem sie ihnen unterstellte, dass Leo die ganze Wohnung desinfiziere, weil er es nicht aushalte, mit ihren ›Bakterien‹ zu leben. Sie hat Lucios Eifersucht angestachelt, bis er kurz davor war, ihr an die Gurgel zu gehen – und Emma gleich mit –, und dann hat sie gesagt, dass Annalisa ausgesprochen dümmlich sei und –«

Olgas Stimme unterbrach sie von der Tür her. »Wie schlau von dir, dich in die Wohnung deines Großonkels zu schleichen, sobald ich ihr den Rücken zugewandt habe.« Sie klang freundlich und kontrolliert, aber eine Ader pulsierte sichtbar an ihrem Hals.

Carlina zuckte zusammen und schloss für einen Augenblick die Augen. *Verdammt.* Wenn Olga doch nur eine halbe Stunde später zurückgekommen wäre. Sie stand langsam auf, drehte sich zu Olga um und straffte ihre Schultern. »Ich würde es schätzen, wenn ich mit Onkel Teo noch ein wenig unter vier Augen sprechen könnte.«

Olgas Mund wurde schmal. »Warum? Damit du Lügen über mich erfinden und sie in aller Ruhe verbreiten kannst?«

Carlina ballte eine Faust. »Ich erfinde überhaupt keine Lügen. Ich teile Onkel Teo nur mit, was du in den letzten Tagen der Familie gegenüber alles so gesagt hast.«

Olga lachte. »Kein Zweifel. Und am besten soll ich dir noch glauben, dass du das ganz fair und neutral beurteilen kannst, was? So dumm bin ich nicht.«

Carlinas Mund wurde trocken. »Warum hasst du uns so sehr?«

Olga zog eine Augenbraue hoch. »Wer sagt, dass ich euch hasse?«

»Du sagst es. Indirekt. Mit jedem Wort und jedem Blick und jeder Handlung.«

Olga schnaubte. »Wow. Du bist ja sehr wortgewandt. Aber ich reagiere nur auf euch. Ihr hasst mich. Ihr wollt mich hier nicht. Ihr gönnt eurem Onkel Teo noch nicht mal das kleinste Glück.«

Carlina fühlte, wie sie vor Empörung rot wurde. »Nein, das stimmt nicht! Er kann so viele Freundinnen haben, wie er will, aber wir akzeptieren einfach nicht, dass er uns dabei entfremdet wird. Denn das ist es, was du tust!«

»Blödsinn. Ich bin völlig fair und offen, und ihr seid komplett gegen mich.«

»Das ist nicht wahr! Tatsächlich –«

»Tatsächlich«, unterbrach Olga sie mit einem bösen Lächeln, »wärst du begeistert, wenn ich morgen hier einziehen würde?«

Carlina konnte ihr Entsetzen nicht unterdrücken. »Du planst, hier einzuziehen?«

»Ja.« Olga lächelte und für einen Augenblick sah sie wieder wie eine unschuldige Porzellanpuppe aus. »Nein, nein, nicht in Teos Wohnung, das wäre nicht passend. Aber er bot mir die Wohnung gegenüber an, jetzt, wo Leo zu Benedetta nach oben zieht, und das habe ich gern angenommen. Immerhin gibt er Freunden und Familie ja Sonderpreise, nicht wahr?«

Carlina schnappte nach Luft und schaute Onkel Teo an, der sich höflich vom Sofa erhoben hatte. Er stand neben ihnen und verfolgte das Wortgefecht, ohne auch nur zu versuchen, einzugreifen. »Ist das wahr, Onkel Teo? Hast du Olga die Wohnung angeboten?«

Er neigte den Kopf. »Ja.«

Eine Warnglocke schrillte in Carlinas Kopf. Sie war sich sicher, dass Onkel Teo die Einnahmen des Hauses nicht korrekt angab. Wo würde das hinführen? Würden sie alle hinausgeworfen werden? Plötzliche Angst zog ihren Magen zusammen. Sie waren schon einmal in Gefahr gewesen, das Haus zu verlieren, und es hatte mit einem Mord geendet.

»Ich rate dir, die Sache noch einmal gut zu überlegen.« Carlina schaute Olga fest an. »Du spielst mit dem Feuer.«

Olga kicherte. »Ach Gott. Ist das eine Drohung?«

Carlinas Wut schäumte über. »Vielleicht.«

»Nun, in diesem Fall ist es ja gut, dass du bald ausziehst.« Olga glättete den Ärmel ihrer himmelblauen Jacke, als wäre es die wichtigste Sache der Welt. »Ich muss sogar sagen, dass es fast wie ein Wink des Schicksals wirkt, denn wir suchen gerade nach einer neuen Wohnung für Ugo und ich wollte Teo fragen, ob Ugo nicht oben einziehen kann.« Sie wandte sich an Onkel Teo. »Was meinst du, mein Lieber? Es ist leider so, dass Ugo nächsten Monat ausziehen muss, und es wäre sehr schön, wenn er Carlinas Wohnung übernehmen könnte. Sie ist zwar ein wenig klein für einen Mann von Ugos Format, aber er hat –«

»Noch bin ich nicht ausgezogen.« Carlinas Stimme war eisig. »Und ich wäre dir dankbar, wenn du das erst einmal abwartest, bevor du meine Wohnung vergibst.«

»Oh, oh, jetzt habe ich dich verärgert.« Die Worte klangen weich, aber Olgas Augen waren hart wie

Stein. »Aber ich denke, dass Teo die Entscheidung treffen muss, wer hier wohnt. Es ist doch sein Haus, oder nicht? Tatsächlich glaube ich, dass du noch nicht einmal offiziell als Mieterin gelistet bist, oder? Vermutlich ist eure Vereinbarung nur informeller Natur.«

Carlina erstickte fast. Sie schaute zu Onkel Teo und wartete darauf, dass er eingriff, sie verteidigte, sagte, dass sie so lange hier wohnen könne, wie sie wolle. Aber er studierte die Spitzen seiner eleganten Schuhe, als hätte er sie noch nie zuvor gesehen. Was um Himmels willen ging hier vor? Hatte Olga ihm eingeredet, dass ihn alle nur ausnutzten, ihn leersaugten, nur von ihm profitierten, ohne irgendeine Gegenleistung?

»Onkel Teo? Was sagst du dazu?«

»Du brauchst dich gar nicht an deinen Onkel Teo zu wenden. Er weiß ganz genau, dass die Familie ihn nur ausnutzt und auf seine Kosten lebt.«

Onkel Teo blickte noch nicht einmal hoch.

Carlina kochte über. »Jetzt hör mir mal zu, du durchtriebene Hexe.« Sie hörte den Hass in ihrer Stimme und erschrak davor, wie giftig sie klang. War sie das wirklich? Sie schaffte es, sich ein wenig in die Gewalt zu bekommen. »Denk doch einmal an Onkel Teo. Er wird nicht glücklich sein, wenn du ihn von allen entfremdest, die ihm am Herzen liegen.«

Olga erwiderte Carlinas wütenden Blick gelassen. »Ich werde ihn glücklich machen.«

»Oh nein, das wirst du nicht.« Carlina verengte die Augen. »Du kannst keine ganze Familie ersetzen. Du kannst nicht einfach Jahrzehnte von Gefühlen und liebevoller Fürsorge ausradieren. Das kann niemand.«

Olga hob eine arrogante Augenbraue. »Du solltest mich nicht unterschätzen.«

»Du solltest *uns* nicht unterschätzen«, schoss Carlina zurück. »Sonst bist du schneller tot, als du glaubst.« Sie drehte sich auf dem Absatz herum und stürmte aus der Wohnung. Bevor sie wusste, wie sie dorthin gekommen war, rannte sie in ihre Wohnung im obersten Stock und fiel fast über Garinis lange Beine. Er hatte auf dem bequemen Sessel mit dem Leopardenfellüberwurf gesessen, doch als sie durch die Tür explodierte, sprang er auf.

»Carlina, was ist passiert?«

Sie ballte beide Fäuste und schüttelte sie. »Ich werde Olga mit meinen bloßen Händen erwürgen!«

»Oha. Ganz ruhig.« Er schaute an ihr vorbei, schloss die Eingangstür und drehte sich um. »Jetzt erzähl erst mal.«

Carlina kippte die ganze Unterhaltung vor ihm aus, während sie in einem engen Kreis lief und mit ihrer rechten Faust in ihre linke Handfläche schlug. Ihr Herz klopfte so schnell, dass sie zuerst überzeugt war, man müsse es sogar draußen hören, doch dann stellte sie fest, dass es angefangen hatte zu regnen und dass ein heftiger Wind Schauer gegen das Fenster drückte.

Als sie ihm alles erzählte hatte, fiel sie erschöpft auf das Sofa. »Ich bin ratlos und habe keine Ahnung, wie wir uns retten können. Olga wird diese Familie zerstören, wenn sie nicht jemand vorher umbringt.«

Garini schaute sie überrascht an. »So habe ich dich noch nie erlebt.«

II

Die nächsten Tage vergingen, als ob jemand einen großen Eimer mit schwarzer Farbe über alles gekippt hätte. Die Stimmung war miserabel, und niemand sprach mit Olga, die es sich zur Aufgabe gemacht hatte, jeden Abend beim Essen dabei zu sein. Sogar das Wetter hing durch – es fing am Wochenende an zu regnen und hörte bis Montagmorgen nicht mehr auf, sodass das Wasser in kleinen Bächen an der aufwendigen Fassade der Santa-Croce-Kathedrale hinunterlief.

Carlina schloss die Tür zu Temptation schweren Herzens auf. *Irgendetwas wird bald zerreißen*, dachte sie, wie schon so oft in den letzten Tagen. Aber was? Und wann? Wo würde das alles noch enden? Sie zuckte zusammen, als ihr Mobiltelefon klingelte, und zog es aus ihrer Handtasche, bevor sie den Laden betrat.

»Carlina, ich bin's, Francesca!« Francesca klang, als ob sie ganz Florenz mit eitel Freude und Sonnenschein erfüllen könnte.

»Francesca! Bist du noch in Venedig?«

»Nein, ich bin Freitag zurückgekommen. Ich habe ganz wunderbare Neuigkeiten.«

»Ja?« Carlinas Herz wurde leichter. Endlich war jemand glücklich.

»Ich habe einen wunderbaren Mann bei diesem Projekt des Stadtrates kennengelernt. Erinnerst du dich, dass ich davon erzählt hatte?«

»Ja. Du hast gesagt, dass da zwei ganz kleine Männer seien und einer, der verheiratet ist.«

»Richtig. Aber dieses Mal war noch ein Neuer dabei. Es war unglaublich, wie wir sofort zueinander gepasst haben. Wir haben fast das ganze Wochenende zusammen verbracht.«

Carlina lehnte sich an den Türrahmen von Temptation. »Klingt super. Und er ist so nett, dass du dich entschieden hast, für ihn die Zwei-Monats-Regel zu brechen?«

»Was?« Für einen Augenblick schien Francesca nicht zu wissen, was Carlina meinte. »Ach, das. Jetzt weiß ich's wieder. Nein, nein, mach dir keine Sorgen. Dieser hier ist richtig. Ich fühle mich so geborgen und sicher bei ihm, es ist absolut traumhaft. Dieses Mal kann gar nichts schiefgehen.«

Carlina überlief ein Schauder. *Ich hoffe, die Götter hören nicht zu.* Sie unterdrückte den Gedanken und zwang sich, eine lockere Antwort zu geben. »Klingt perfekt. Wann lerne ich ihn kennen?«

»Bald. Weißt du, ich bin gerade vor Glück ein wenig übergeschnappt. Ich kann es gar nicht erwarten, ihn wiederzusehen, und ich muss die ganze Zeit an ihn denken, und wir haben heute Morgen schon zweimal telefoniert, und ich musste jetzt einfach mein Glück mit jemandem teilen, sonst wäre ich geplatzt!«

»Ich bin so froh, dass du glücklich bist.« Carlina lächelte. »Was für eine Romanze. Genieße jeden Augenblick.«

»Das mache ich. Und sobald ich kann, komme ich zu Temptation, um neue Unterwäsche zu kaufen. Wie ist es bei euch? Bist du diese Olga Ottima losgeworden?«

»Wir tun unser Bestes.« Carlinas Stimme klang bitter. »Aber es ist schwieriger als erwartet.«

»Na, wenn alle Stricke reißen, müsst ihr sie umbringen. Damit würdet ihr vielen Leuten einen echten Gefallen tun.« Francesca sagte es, als wäre so ein Vorgehen völlig normal.

»Es ist mir schon klar, dass ein schneller Tod die beste Lösung wäre.« Carlina seufzte. »Aber das ist auch keine echte Option.«

Im Hintergrund hörte sie Stimmen, dann sagte Francesca: »Ich muss auflegen. Ich melde mich. *Ciao.*«

»*Ciao.*« Carlina ließ das Telefon in ihre Handtasche fallen und wandte den Kopf. Ein Stück hinter ihr stand eine erschrockene Touristin, die sie mit weit aufgerissenen Augen anstarrte. Sie drückte ihre Handtasche vor die Brust, als ob sie ein Messer abwehren müsste.

Carlina zwang sich zu einem Lächeln. »*Buongiorno*«, sagte sie. »Der Laden wird in einer Minute geöffnet sein, wenn Sie so lange warten möchten.«

Die Frau machte einen Schritt zurück, drehte sich auf dem Absatz um und floh die Via Tornabuoni entlang, als ob Carlina sie verfolgte.

»Verstehe.« Carlina schluckte. »Das ist auch eine Antwort.«

III

Piedro öffnete die Tür zu Garinis Büro und schaute mit dem Gesichtsausdruck eines Menschen, der schlechte Nachrichten überbringt, vorsichtig in den Raum.

Garini blickte von den Formularen, die er gerade ausfüllte, hoch und runzelte die Stirn. Er kannte diesen Ausdruck auf dem Gesicht seines Mitarbeiters: Sie hatten einen neuen Fall.

»Komm rein.« Garini schob die Formulare zur Seite. »Erzähl mir die Details.«

Piedro schlurfte näher. »Welche Details?«

»Über den neuen Fall.«

»Woher wissen Sie, dass wir einen neuen Fall haben?«

Garini unterdrückte einen Seufzer. Piedro war nicht der Schlaueste, aber er war der Sohn seines Chefs und daher war es unmöglich, sich über ihn zu beschweren. Anstatt die Frage zu beantworten, wiederholte er: »Erzähle mir alle Details des neuen Falls und erinnere dich dabei an die Regeln, wie man die Fakten effizient zusammenfasst.«

Piedro nickte. »Ich weiß schon.« Er hielt eine Hand hoch und fing an, an den Fingern abzuzählen. »Was? Wer? Wann? Warum? Wo?«

»Sehr gut.« Garini lächelte ihn ermutigend an. Immerhin war etwas in dem flatterhaften Gehirn seines Mitarbeiters hängen geblieben. Vielleicht gab es doch noch Hoffnung.

»Was?« Piedro hob den Daumen. »Ein verdächtiger Tod.«

»Da wir in der Mordkommission arbeiten, ist das die Grundvoraussetzung für jeden Fall und nicht der Rede wert.«

Piedro nickte, ohne die Ironie in Garinis Stimme zu bemerken. »Ja, das passt.« Er hob den Zeigefinger. »Wer? Das wissen wir nicht.« Den Mittelfinger.

»Wann? Das wissen wir nicht.« Der Ringfinger. »Warum? Das wissen wir nicht.«

Garini hob eine Hand. »Vielleicht sollten wir uns auf die Dinge konzentrieren, die wir wissen.«

»Aber dazu wollte ich doch gerade kommen!« Piedro blickte ihn verletzt an und hob den kleinen Finger. »Wo? Am San-Niccolò-Turm.«

Garini bezähmte seine Ungeduld. »Gut. Wir machen Fortschritte. Ein verdächtiger Todesfall am San-Niccolò-Turm auf der Piazza Poggi.«

Piedro sah überrascht aus. »Ist das die Piazza Poggi? Es ist auf der anderen Seite des Arnos.« Er sagte es so, als wäre die andere Seite des Flusses ein wildfremdes Territorium.

»Ist das ein Problem?« Garinis Stimme klang schärfer, als er wollte.

»Nein, natürlich nicht.«

»Gut. Dann lass uns fortfahren. Wann kam der Anruf?«

Piedro blickte auf seine Armbanduhr. »Vor fünf Minuten.«

»Also können wir immerhin mit Sicherheit sagen, dass der plötzliche Todesfall irgendwann heute vor siebzehn Uhr stattgefunden hat.«

Piedros Gesicht erhellte sich. »Ja. Das hatte ich vergessen.«

Geduld, Garini. »Gut. Der nächste Schritt. Wer hat das Opfer gefunden?«

Piedro runzelte die Stirn. »Eigentlich kann man nicht sagen, dass das Opfer gefunden wurde, jedenfalls nicht so, wie es normalerweise gemeint ist.«

Garini starrte stumpf auf seine Tischplatte und fragte sich, ob es ihm Erleichterung verschaffen würde, wenn er mit dem Kopf dagegen schlug. »Sprich weiter.«

»Na ja, das Opfer ist vor ihm gelandet. Direkt vor seinen Füßen.«

»Gelandet?« Garini beugte sich nach vorne. »Willst du damit sagen, dass das Opfer vom Turm fiel?«

Piedro nickte zufrieden. »Genau.«

»Das hätte dein erster Satz sein sollen, Piedro.«

»Oh.«

»Und jetzt sage mir: Wer ist ›er‹?«

»Wer ist wer?«

»Wer war am Fuße des Turmes und sah, wie das Opfer herunterfiel?«

»Es war *professore* Arno Alossi.«

Garini nickte. Er kannte Arno Alossi dem Namen nach. Er war jahrzehntelang der Leiter der Universität von Florenz gewesen, bis er vor einigen Jahren in den Ruhestand gegangen war. Er hatte den Ruf, ausgesprochen sanft und mild zu sein.

»Also rief der *professore* an und hat den Tod gemeldet?«

»Ja.«

Garini sprang auf. »Dann lass uns gehen.«

Er schnappte sich seine Jacke und eilte aus dem Büro, ohne darauf zu achten, ob Piedro ihm folgte.

Als sie auf der anderen Seite des Arnos angekommen waren, warf Garini einen schnellen Blick in die Runde, um sich zu orientieren. Der San-Niccolò-Turm war am Anfang des vierzehnten Jahrhunderts Teil der Stadtmauer gewesen. Seine grob gehauenen Steine formten drei Bögen, einen über dem anderen. Weil es die Stadtmauern schon lange nicht mehr gab, stand er nun frei auf einem gepflasterten Platz. Auf der Rückseite befand sich eine Rampe, die zum Eingang im ersten Stock führte. Der trübe Tag hatte sich immer noch nicht aufgehellt, und der Regen hing wie eine dichte Wolke in der Luft. Er brach das Licht, sodass die alten Steine unscharf aus dem Sprühnebel hervorlugten.

Anscheinend war das Opfer auf der Seite heruntergefallen, die zum Arno zeigte, denn er konnte sofort den weiten Kreis an Leuten sehen, die mit entsetzten Gesichtern auf etwas starrten, das auf dem Boden lag. Eine Person stand näher als die anderen, seine Beine breit auseinander, sein zerfurchtes Gesicht unbeweglich. Es war der *professore*. Er stand mit dem Rücken zu dem Opfer, seine dünnen Arme vor der Brust verschränkt, und er sah so Furcht einflößend aus, dass er die Leute davon abhielt, näher zu kommen.

Sobald Garini und Piedro in Hörweite gelangten, fing der *professore* an zu sprechen. »Endlich.« Seine alte Stimme klang wie ein Peitschenknall. »Sie haben sich ja Zeit gelassen.«

Garini verengte die Augen und bemerkte, dass der alte Mann ein wenig zitterte und die Schultern ganz verkrampft hielt. Unter seinem ruppigen Äußeren war er bis ins Mark erschüttert. »Professor Alossi, vielen Dank für Ihren Anruf. Mein Name ist Stefano Garini, und ich leite die Untersuchungen in diesem Fall. Ich würde mir gern alle Details anhören, die Sie mir zu erzählen haben, aber ich fürchte, dass dies noch ein wenig warten muss. Würden Sie vielleicht hier in der Nähe warten? Vielleicht in der *trattoria* unten an der Straße?« Er zeigte nach rechts, dann schaute er zu Piedro, der eine interessante grünliche Farbe angenommen hatte, seit er einen Blick auf die zusammengefallene Gestalt am Boden geworfen hatte. »Piedro, bitte begleite den *professore* und komm danach hierher zurück.«

Die Spurensicherung und der Fotograf kamen in diesem Augenblick an. Der Polizeiwagen hielt auf dem Parkplatz direkt neben dem Turm, das ganze Team sprang heraus und begann mit der Routinearbeit, indem alles mit Polizeisperrband abgegrentz wurde. *Gut so.*

Jetzt konnte er sich in Ruhe umsehen. Stefano hatte gelernt, dass es ihm oft half, einen Fall zu lösen, wenn er sich alles ganz in Ruhe ansah, sodass er sich später an jedes Detail erinnerte. Er stählte sich innerlich und begann mit dem Opfer – oder eher den Überbleibseln. Mit grimmiger Entschlossenheit und Erfahrung schaffte er es, seine persönlichen Gefühle zu unterdrücken, und konzentrierte sich auf die Tatsachen. Gott sei Dank trug das Opfer einen lila Regenmantel, der sich über einen Großteil des zerstörten Körpers gelegt hatte.

Der Körper lag genau dort, wo man ihn vermuten würde, wenn er von der rechten Ecke der Nordseite des Turms gefallen wäre. Viel mehr konnte Garini nicht erkennen, und er wollte nicht zu nahe herantreten, bevor die Fotos gemacht worden waren.

»Wir sind in einer Viertelstunde fertig, Stefano«, sagte der Fotograf. »Ich sage Bescheid.«

»Danke.« Garini wandte sich ab und ging langsam die Rampe hoch. Der San-Niccolò-Turm war noch nicht lange für die Öffentlichkeit geöffnet, und das auch nur für einige Stunden jeden Nachmittag. Er kam zu einem Tisch, der unter einem tropfenden Regenschirm stand. Eine zitternde Frau stand mit weit aufgerissenen Augen dahinter.

Garini stellte sich vor.

»Gott sei Dank, dass Sie endlich gekommen sind!« Die junge Frau schob sich mit beiden Händen die losen Haare aus dem Gesicht. »Ich bin so geschockt, so fürchterlich geschockt, aber ich weiß gar nichts, absolut gar nichts!«

»Erzählen Sie mir nur, wie Ihr Tag bis jetzt gelaufen ist«, sagte Garini. Er sah, dass Piedro von der *trattoria* zurückkehrte, winkte ihm zu, dass er sich zu ihm gesellen solle, und wartete, bis er ankam. »Das ist Piedro Cervi, mein Assistent. Er wird unsere Unterhaltung mitschreiben. Sind Sie damit einverstanden?«

»Wahnsinn.« Ihre braunen Augen wurden noch größer, während sie Piedro beobachtete, der ein schmales Notizbuch aus seiner Tasche nahm. »Ja, das ist schon in Ordnung. Mein Name ist Sofia Lalorni. Ich habe wie immer um sechzehn Uhr geöffnet. Zuerst dachte ich, dass ich frei haben würde, weil es so sehr geregnet hat und wir nicht öffnen, wenn es regnet, aber dann hat es aufgehört und war nur noch nebelig, also haben wir trotzdem aufgemacht.« Sie wrang die Hände. »Ich wünschte, wir hätten es nicht gemacht. Glauben Sie, dass sie ausgerutscht ist? Ach nein, das kann eigentlich nicht sein, denn die Wände sind ja viel zu hoch. Man kann da nicht versehentlich runterfallen. Sie müssen sich die Wände ansehen, *commissario*, wirklich, es kann gar kein Versehen gewesen sein.«

»Warum sagen Sie ›sie‹? Wissen Sie, wer das Opfer ist?«

Sofia starrte ihn an. »Ich … ich habe den lila Regenmantel auf dem Boden gesehen. Zuerst hatte ich keine Ahnung, was geschehen war. Ich meine, es ist auf der anderen Seite des Turms und niemand hat vor Schreck gerufen oder so. Aber dann hörte ich einen Schrei und sah Leute, die dort hinrannten, also bin ich auch hingerannt und habe geschaut, was los ist. Da sah ich den Regenmantel, aber ich wollte nicht zu nahe herangehen, denn ich hatte Angst, dass ich Albträume bekommen würde. Ich meine, ich werde sowieso Albträume bekommen, denn ich bin sehr sensibel, müssen Sie wissen, und ich weiß noch nicht, wie ich diese Art von Trauma überhaupt verarbeiten kann.«

Piedro hatte nach den ersten schnellen Sätzen aufgehört mitzuschreiben und schüttelte nur noch hilflos den Kopf.

Garini hielt eine Hand hoch, um Sofias Redefluss einzudämmen. »Woher wissen Sie, dass der lila Regenmantel zu einer Frau gehört?«

»Na, weil ich gesehen habe, wie sie hineinging, natürlich! Ungefähr eine Viertelstunde vor dem Sturz. Oder glauben Sie, dass sie den Regenmantel jemand anderem gegeben hat?« Sofia verdrehte den Kopf, als versuchte sie, um den Turm herumzuschauen und die Person auf dem Boden erneut zu betrachten. »Ich habe keine Ahnung, ob sie das getan hat. Sie meinen, da liegt vielleicht jemand anderes unter dem Regenmantel?«

»Nein, das wollte ich nicht sagen.« Garini bemühte sich, seine Stimme beruhigend klingen zu lassen. »Haben Sie sie erkannt, als sie das Eintrittsgeld bezahlte?«

»Die Frau mit dem Regenmantel? Nein, die habe ich noch nie zuvor gesehen. Wirklich nicht. Sie schien auch nicht besonders traurig oder glücklich zu sein. Sie war nur … normal.« Sofia zuckte mit den Schultern. »Ist es nicht seltsam, dass man in die Leute so gar nicht hineinschauen kann? Wenn man –«

»Ja, ganz genau.« Garini unterbrach sie. »Wer war noch im Turm, als sie fiel?«

»Aber das weiß ich doch nicht!« Sofia warf die Hände in die Luft. »Ich habe heute ungefähr fünfzehn Eintrittskarten verkauft, aber die Leute gehen dann alleine in den Turm und ich prüfe nicht, wann sie wieder herauskommen.«

»Kannten Sie irgendjemanden, der heute eine Eintrittskarte gekauft hat?«

»Nein.« Sofia schüttelte den Kopf. »Das waren alles Touristen.«

»Sind Sie sicher?«

Sie fuhr zurück. »Aber natürlich. Ich glaube nicht, dass irgendein Florentiner an einem normalen Arbeitstag auf den Turm steigen würde, oder?«

»Es wäre möglich, wenn er zum Beispiel Freunde begleitet, die von außerhalb kommen.«

»Ach so.« Sie runzelte die Stirn. »Na ja, jetzt, wo Sie's erwähnen, waren vermutlich einige Italiener dabei. Ich meine, sie sprachen ohne Akzent oder so.«

»Und sind sie in Gruppen oder alleine auf den Turm gestiegen?«

»Beides.« Sofia hob wieder die Hände. »Manche waren auch allein, glaube ich.« Sie runzelte die Stirn. »Wenn ich so richtig darüber nachdenke, ist das eigentlich komisch. Normalerweise kommen sie in Gruppen.«

»Die Leute, die alleine kamen, waren das Frauen oder Männer?«

Sofia schüttelte den Kopf. »Keine Ahnung. Ich habe wirklich nicht so sehr darauf geachtet. Sehen Sie, ich habe morgen eine wichtige Prüfung und muss mich darauf vorbereiten, also habe ich versucht, in meinem Lehrbuch zu lesen, sobald ich eine Minute Zeit hatte. Ich erinnere mich nur an die Frau in dem lila Regenmantel, weil sie mich anmachte, als ich zu langsam war.«

»Das ist schade. Was haben Sie nach dem Sturz gemacht?«

»Na ja, ich bin natürlich zu meinem Platz hierher zurückgekehrt. Ich wusste nicht, was ich sonst hätte tun sollen.«

»Haben Sie die Tür zum Turm geschlossen, damit niemand anderes Zugang hat?«

»Nein.«

»Haben Sie geprüft, wer nach dem Sturz aus dem Turm kam?«

»Nein.« Sie breitete die Hände weit aus. »Aber ich glaube nicht, dass überhaupt jemand herauskam. Als ich zurückkam, bin ich nur in meinen Stuhl gefallen und habe auf die Tür gestarrt, weil ich so geschockt und sprachlos war, wissen Sie. Aber da habe ich niemanden mehr herauskommen sehen.«

»Haben Sie weitere Eintrittskarten verkauft?«

»*Madonna*, nein! Das wäre respektlos gewesen, oder?«

»Es war in jedem Fall die richtige Entscheidung.« Garini nahm seine Karte heraus und gab sie ihr. »Wenn Sie sich noch an irgendetwas anderes erinnern können, rufen Sie mich an. Bitte geben Sie Ihre Kontaktdaten an Piedro, damit wir noch einmal auf Sie zukommen können, falls wir weitere Fragen haben. Und lassen Sie erst einmal niemanden auf den Turm.«

Er trat mit geducktem Kopf unter dem tropfenden Schirm hervor und ging die Steintreppen hinauf, die zu der schweren Holztür des Turms führten. Sie schwang nach innen auf und gab den Blick auf eine spiralförmige Treppe aus grob gehauenen Steinstufen frei. Garini stieg sie langsam hinauf und versuchte, alles wahrzunehmen, was ungewöhnlich sein konnte. Obwohl die Treppe so eng war, dass nur eine Person auf einmal hinaufkommen konnte, war es nicht dunkel, denn er war schnell im offenen nächsten Stockwerk gekommen.

Der Turm war fast quadratisch, mit einem durchgehenden Schacht in der Mitte. Dieser war durch ein einfaches Eisengeländer abgesichert, das bis zur Hüfte reichte. Garini stieg die Treppe weiter hinauf, bis er in die dritte Ebene kam. Er wusste, dass früher die Soldaten jede Fläche genutzt hatten, um durch die Bogen oder seitlichen Fenster zu schießen, um die Stadt zu verteidigen. Es war kein Mensch in dem Turm. Was für ein Jammer, dass Sofia die Touristen nicht gezählt hatte.

Als er die mit Zinnen ausgestattete oberste Ebene des Turms erreichte, war er etwas außer Atem und rutschte fast auf den Terrakottafliesen aus. Die honigfarbene Steinwand glitzerte nass. Es war richtig, den Turm zu schließen, wenn es regnete.

Er wandte sich Richtung Norden und studierte die Zinnen. Er wusste, dass sie erst nachträglich zum Turm hinzugefügt worden waren, aber wenn man nur flüchtig hinsah, bemerkte man das nicht. Die breiten Steinblöcke wirkten solide genug, um all die Jahrhunderte zu überstehen, die auch die Basis unter ihnen schon hinter sich gebracht hatte.

Die niedrigeren Bereiche zwischen den Zinnen reichten ihm bis zur Hüfte. Hier konnte man nicht versehentlich herunterfallen, es sei denn, man kletterte hinauf und setzte sich dorthin – aber selbst das war nicht möglich, weil eine Eisenstange die Fläche versperrte. Er konnte sich keinen Kampf vorstellen, in dem man über diese Eisenstange fiel. Was war hier geschehen? War das Opfer vielleicht freiwillig gesprungen?

Garini trat näher an die Zinnen heran und reckte den Kopf, um nach unten zu sehen. Ja. Von hier aus war das Opfer heruntergefallen. Er konnte sehen, wie das Team rund um den lila Regenmantel arbeitete. Mit einem Schaudern zog er sich wieder zurück. Sechzig Meter waren ein tiefer Fall. Im sechzehnten Jahrhundert waren alle Stadttortürme von Florenz gekürzt worden, weil sie dadurch nicht so schnell von Kanonenkugeln getroffen werden konnten. Es hatte nur eine Ausnahme gegeben: Der San-Niccolò-Turm verblieb bei seiner Originalhöhe, weil er durch den San-Miniato-Hügel, der sich direkt hinter ihm befand, ausreichend Schutz vor möglichem Kanonenfeuer hatte.

Garini starrte auf den hellen Stein, ohne ihn zu sehen. Als der San-Niccolò-Turm vor einigen Jahren wieder der Öffentlichkeit zugänglich gemacht worden war, hatte die Presse seine Geschichte lang und breit wiedergegeben, sodass jeder, der auch nur einen Funken historisches Interesse hatte, die Details kannte. Hatten sie jemanden dazu inspiriert, einen Mord zu begehen? Er schüttelte den Kopf. Der Turm war kaum ein idealer Ort für so einen Zweck. Schwer zugänglich und noch schwieriger, sich wieder zu entfernen, ohne gesehen zu werden, ganz davon abgesehen, dass es kaum möglich war, den Turm für sich alleine zu haben.

Er beugte sich nach vorne und prüfte die Fläche unter dem Eisenstab, um festzustellen, ob irgendwo Kampfspuren ersichtlich waren. Zunächst bemerkte er nichts Ungewöhnliches, aber als er näher heranging, ohne etwas zu berühren, entdeckte er einen kleinen, rundlichen Stein, nicht viel größer als eine Erbse, der nahe am äußeren Rand lag. Eine frische Kratzspur zeigte, dass er, von einem schweren Gewicht heruntergedrückt, vorwärts gezogen worden war. Er musste im letzten Augenblick zur Seite gerollt sein und war deshalb nicht mit in die Tiefe gestürzt. Das war alles. Es war nicht möglich zu sagen, wodurch dieser Kratzer genau verursacht worden war. Garini schüttelte den Kopf und trat einen Schritt zurück, dann drehte er sich langsam um seine eigene Achse.

Der Turm war klein genug, um alles schnell zu überblicken, und es war eindeutig, dass er völlig frei von Indizien war. Noch nicht einmal eine Bonbonverpackung lag auf den Terrakottafliesen.

Große Fototafeln vor den Zinnen zeigten den spektakulären Blick über Florenz und erklärten den Touristen die Details – im Norden der Fluss Arno mit der *Ponte Vecchio*, dem *Duomo* und sogar dem Turm des *Palazzo Vecchio* weiter unten. Im Osten und Westen der *Oltrarno*, das Gebiet südlich des Arnos. Garini musste den Fotos glauben, dass dies die Aussicht war, denn heute war es so neblig, dass er das Gefühl hatte, in einer Wolke zu stehen. Er konnte kaum den Fluss ausmachen.

Er wandte sich nach Süden und stellte fest, dass die Spitze des Turms fast auf einer Ebene mit der berühmtesten Aussichtsplattform von Florenz lag – der Piazzale Michelangelo, wo jeden Tag Dutzende von Bussen hielten, um den Touristen ein Fünf-Minuten-Erlebnis von Florenz zu bieten, bevor sie zur nächsten Attraktion stürzten. Wieder schüttelte er den Kopf. Hier einen Mord zu planen war der komplette Wahnsinn. An einem klaren Tag wäre jede Bewegung für alle Touristen auf der Aussichtsplattform gegenüber deutlich sichtbar. Das wäre fast, als ob man einem interessierten Publikum, das mit hochmodernen Kameras und der neuesten Technik ausgestattet war, eine Sondervorstellung geben würde. Die Kameras hatten bestimmt Zoom-Möglichkeiten, von denen er nur träumen konnte.

Heute sah er allerdings vor lauter Nebel nur den vagen Umriss der Piazzale.

Langsam schüttelte Garini erneut den Kopf. Je besser er die Lage verstand, umso mehr wuchs in ihm die Überzeugung, dass es sich nicht um einen geplanten Mord handelte – es sei denn, der Mörder war wild entschlossen, sofort überführt zu werden. Die einzige Alternative war ein spontaner Mord, in der Hitze des Augenblicks ausgeführt, ohne die Konsequenzen zu überdenken.

In diesem Fall hatte das Wetter immens geholfen. Wieder schaute er zu den schattenhaften Figuren, die er auf dem gegenüberliegenden Hügel sehen konnte. Einige unerschrockene Touristen lehnten sich gegen die Brüstung der Piazzale und versuchten, die fast nicht zu erkennende Skyline von Florenz zu filmen. Er konnte zwar nur eine Figur in einem hellen Mantel ausmachen, die von mehreren dunkleren Gestalten umgeben war, aber er hätte sein Leben darauf verwettet, dass sie dabei waren, jeden Augenblick der Nebelsuppe von Florenz auf ihre Medien zu bannen. Einen Moment lang fragte er sich, ob er vielleicht rufen und winken solle. Würden sie ihn mithilfe der Objektive sehen können? Falls nicht, könnte er hier vermutlich einen Boogie-Woogie tanzen und keiner würde es bemerken.

Er schaut sich noch einmal schnell um, dann ging er zu der Ecke, die am weitesten von den Touristen entfernt war – es war die Ecke, in der er den kleinen Stein gefunden hatte –, und fing an, mit beiden Armen wie eine Windmühle zu rudern.

Keine Reaktion der Touristen.

Er sprang auf und ab und rannte wie verrückt die ganze Länge des Turms entlang.

Immer noch keine Reaktion.

Einige der verschwommenen Figuren gingen fort und eine neue Gruppe kam hinzu. Niemand rief oder zeigte auf ihn oder winkte zurück. So viel also dazu.

Garini seufzte und ging wieder nach unten, wo er Piedro tief in einer Unterhaltung mit Sofia fand. Als er näherkam, hörte er Piedro sagen: »Wir werden natürlich mit Waffen verschiedenster Art ausgebildet, um die Bevölkerung zu beschützen und –«

Garini unterdrückte den Wunsch, die Augen zu verdrehen. »Piedro, kann ich dich einen Augenblick sprechen?«

»Natürlich.« Piedro folgte ihm einige Schritte, bis sie außer Hörweite waren.

»Ich muss mich mit dem Team unten absprechen, aber ich möchte, dass du hier bleibst und sicherstellst, dass niemand den Turm betritt, bis die Spurensicherung alles geprüft hat.«

Piedro grinste, ganz offensichtlich darüber erfreut, dass er seinen Flirt mit Sofia verlängern konnte. »Okay.«

»Und sag dem Mädchen, dass sie nicht bleiben muss. Sie kann nach Hause gehen, wenn sie möchte.«

Piedro schaute ihn betroffen an. »Aber sie muss den Turm doch noch abschließen, wenn wir fertig sind.«

»Bitte sie, dir den Schlüssel zu geben. Wir geben ihn ihr zurück, sobald der Turm wieder geöffnet werden kann.«

Garini ließ Piedro zurück, damit dieser liebevoll Abschied nehmen konnte, und ging zu dem Bereich zurück, wo das Opfer lag. Als er sich näherte, richtete sich ein grauhaariger Polizeiarzt auf, zog seine Plastikhandschuhe aus und traf ihn auf halber Strecke.

»Nicht schön.« Er schüttelte den Kopf. »Ist auch nicht mehr viel übrig, das man analysieren könnte. Aber zwei Dinge werden Sie interessieren: Zum einen habe ich den Ausweis des Opfers gefunden. Der Name war Olga Ottima. Und zum anderen steckt eine Stricknadel tief in ihrer Brust.«

Kapitel 7

I

Garini starrte den Polizeiarzt wie erfroren an. Die Theorie eines Selbstmordes verlor sich wie ein Hauch von Nebel in der Luft und wurde ersetzt von der Erinnerung an Carlina, die gestern wütend durch die Wohnung gestapft war, ihr Gesicht vor Abneigung verzerrt. Dicht darauf folgte ein weiteres Bild: Fabbiolas Hände, die mit sagenhafter Geschwindigkeit einen endlosen Schal strickten. Mühsam räusperte er sich. »Eine Stricknadel?«

»Ja. Brauchen Sie sie?«

Garini nickte. »Ja, aber das hat noch einen Moment Zeit. Erst einmal sollte der Pathologe sie näher untersuchen.«

»Darauf werden Sie eine Weile warten müssen«, sagte der *dottore*. »Roberto ist gerade auf einer Fortbildung und sein Assistent ist krank. Aber ich kann später noch anrufen, um die Identität zu bestätigen. Wir haben ihre Fingerabdrücke nehmen können.«

»Gut, vielen Dank.« Garini nickte ihm zu, noch völlig in Anspruch genommen von den Informationen, die er gerade erhalten hatte. Er musste aus diesem Fall raus. Auf der Stelle.

Er zog sein Telefon hervor und rief seinen Chef Cervi an. Ausnahmsweise einmal kam er ohne jede Verzögerung durch. »*Signor* Cervi, ich fürchte, ich muss mich aus dem Fall, den wir heute auf den Tisch bekommen haben, zurückziehen. Wir haben gerade den Namen des Opfers festgestellt, und sie ist eng mit der Mantoni-Familie verbunden. Wie Sie wissen, gehe ich mit Caroline Mantoni-Ashley aus, sodass ich leider nicht unvorbelastet an die Sache herangehen kann.« Garini machte eine Pause und wartete auf den unvermeidlichen Ausbruch. Einen Augenblick lang hört er nur schweres Atmen.

Dann räusperte Cervi sich. »Das kann doch nur ein Scherz sein. Wie schaffen es die Mantonis bloß, ständig in Mordfälle verwickelt zu werden?«

»Das kann ich Ihnen nicht beantworten. Aber ich denke, Sie werden mir zustimmen, dass ich diese Untersuchung keinesfalls führen kann.«

Cervi schnaufte. »Schöne Worte, Garini. Aber wer zur Hölle soll den Job denn übernehmen? Sie wissen, dass Sergio und Paolo sich für den Rest der Woche krank gemeldet haben. Diese verdammte Grippe hat unsere Abteilung um die Hälfte reduziert, und ich kann überhaupt nicht einschätzen, wann sie zurückkommen werden. Ich glaube übrigens auch, dass ich erhöhte Temperatur habe, aber ich verlasse meinen Posten nicht, nein, ich nicht. Ich kenne meine Pflicht.«

Garini rollte mit den Augen. »Es gibt noch andere Kollegen, die den Fall übernehmen könnten.«

»Sie haben nicht genug Erfahrung.«

Garini gab es zwar ungern zu, aber in diesem Punkt hatte Cervi recht. »Vielleicht können wir jemanden aus –« Er zögerte. Wenn er Pisa nannte, würde Cervi einen Anfall bekommen. Er führte einen immerwährenden Kampf mit dem Leiter der Polizei in Pisa. »… aus Mailand holen.«

»Mailand! Warum nicht gleich Rom? Dies wird doch wohl kein Fall von nationaler Bedeutung werden, oder?«

»Davon gehe ich nicht aus.« Garini hatte Schwierigkeiten, weiterhin neutral zu klingen. »Aber wir möchten ja nicht, dass irgendjemand uns vorwirft, diesen Fall unprofessionell zu handhaben.«

»Natürlich nicht! Wollen Sie mir damit etwa mitteilen, dass Sie sich unprofessionell verhalten werden?«

»Ich versuche Ihnen zu sagen, dass ich voreingenommen bin.« Garinis Stimme war kalt. »Und deshalb bin ich nicht in der Lage, diesen Fall zu untersuchen. Es muss noch jemand anderen geben!«

»Sie brauchen mich nicht gleich so anzufahren.« Cervi blies heftig ins Telefon. »Lassen Sie mich mal einen Augenblick nachdenken.« Für eine Weile erklang nur schweres Atmen.

Garini biss die Zähne zusammen, um nicht etwas völlig Unangemessenes zu sagen.

Plötzlich wurde Cervi wieder lebendig. »Ich hab's! Eine brillante Idee!« Seine Stimme klang ganz begeistert. »Ich nehme Ihnen Piedro weg.«

»Wie bitte?« Garini dachte, er hätte sich verhört. »Wieso löst es mein Problem, wenn ich ohne meinen Assistenten arbeiten muss?«

»Natürlich wird er weiterhin mit Ihnen arbeiten, Garini! Nun stellen Sie sich doch bitte nicht blöd. Der Unterschied ist, dass er nicht mehr an Sie berichten wird. Stattdessen berichtet er ab sofort an mich. Und er bekommt die strikteste Aufforderung, mir jedes kleine Detail mitzuteilen, jeden Tag, ohne dass Sie dabei sind.«

Garini schnappte nach Luft. Hatte er richtig gehört? Sein Mitarbeiter Piedro sollte sein persönlicher Spion werden?

»Und ich ordne persönlich und offiziell an, dass Piedro in jedes Gespräch und jede entscheidende Handlung involviert sein wird und dass er nirgendwo ausgelassen werden darf. In der Tat ist es richtig günstig, dass er mein Sohn ist, denn so wird niemand an seiner Loyalität zweifeln.« Cervis Stimme klang wie ein Trompetenstoß, laut und triumphierend. »Na, wie klingt das?«

Fürchterlich. »Ich glaube nicht, dass das so funktionieren kann. Diese interne Anweisung wird nur wenigen Leuten bekannt sein. Alles, was die Öffentlichkeit sehen kann, ist, dass ich persönliche Verbindungen zu der Familie habe und dennoch gleichzeitig den Fall untersuche.«

Cervi fuhr fort, als ob er ihn nicht gehört hätte. »Ich werde das sofort aufschreiben und in der Akte ablegen, sodass es für alle Fälle schon einmal dokumentiert ist. Am besten geben Sie mir auf der Stelle einige Hintergrundinformationen. Wieso sind die Mantonis in diesen Mord involviert?«

»Sie hatten Streit mit der Frau, die tot am Fuße des San-Niccolò-Turms aufgefunden wurde. Sie fiel vom Turm. Es gab Spannungen zwischen ihr und dem Rest der Familie und ganz besonders mit meiner zukünftigen Schwiegermutter.«

»Verdammt. Das ist schlecht für das Image der Stadt.«

Garini rollte mit den Augen. Das war das geringste seiner Probleme.

»Aber Moment mal. Haben Sie gerade von Ihrer zukünftigen Schwiegermutter gesprochen?«

»Ja.« Ein Schimmer der Hoffnung wuchs in ihm. Würde Cervi doch noch nachgeben?

»Wann haben Sie sich denn verlobt?«

»Noch gar nicht.«

»Dann kann ja wohl auch keine Rede von einer zukünftigen Schwiegermutter sein.« Cervi klang wieder obenauf.

Garini presste die Lippen zusammen. »Ich lebe mit ihrer Tochter zusammen.«

»Sie wohnen in einer Wohnung?«

»Genau.«

»Nun, das kann man nicht ändern.« Cervi klang, als ob ihn das Wissen nicht belastete. »Sie übernehmen den Fall, Garini. Ich weiß, dass Sie sich richtig verhalten werden, auch wenn es Sie Überwindung kostet.«

Garini zuckte zusammen, als er die oberflächlichen Worte hörte, denn Cervi machte nur Komplimente, wenn er sie strategisch nutzen konnte. Aber noch wollte er nicht aufgeben. Er spielte seinen letzten Trumpf aus. »Vielleicht kennen Sie das Opfer. Es ist Olga Ottima. Sie –«

»Olga Ottima!«, unterbrach Cervi ihn. »Du lieber Himmel! Die, die für die *finanza* arbeitet?«

»Genau die.«

»Dann lösen Sie den Fall besser so schnell wie möglich! Das wird ganz weit oben ziemlichen Ärger machen. Natürlich ist es nicht in Ordnung, dass Sie den Fall untersuchen, aber bei der Personalknappheit, die ich habe, ist es das Beste, was ich bieten kann. Und wenn es einen Aufschrei geben sollte, nun, dann werde ich eben meine Situation beschreiben und vielleicht werden sie dann endlich zugeben, dass ich in der Abteilung mehr Leute benötige. Ja, das ist vielleicht sogar genau der Hebel, der mir noch fehlte. Wenn man es aus diesem Winkel betrachtet, ist dieser Mantoni-Fall von Ihnen sogar ausgesprochen günstig. Ich werde noch einmal Unterstützung beantragen, wohl wissend, dass diese abgelehnt werden wird, und wenn es dann am Ende einen Skandal gibt, kann ich beweisen, dass es nicht in meiner Macht stand, diese Situation zu verhindern.«

»Aber –«

Cervi unterbrach ihn, bevor Garini das Wort auch nur richtig hervorgebracht hatte. »Am besten teile ich Piedro seine neuen Verantwortlichkeiten direkt persönlich mit. Bitte reichen Sie mich mal weiter.«

Garini zuckte mit den Schultern und gab auf. Er zerrte Piedro von seinem Flirt weg, drückte ihm das Telefon in die Hand und ging dann einige Schritte zur Seite, um sich zu sammeln. Im Augenblick hatte er keine Alternative – er musste die Untersuchung weiterführen. Wenn er Glück hatte, würden sich seine Kollegen bald von der Grippe erholen, sodass er den Fall übergeben konnte. Bis dahin musste er so gut wie möglich weitermachen und gleichzeitig Piedro ertragen, der durch seine neue Rolle bestimmt vor Stolz anschwellen würde wie ein Ballon.

Mühsam schob er den Gedanken von sich und konzentrierte sich auf den Fall. Was waren die nächsten Schritte? Er musste Carlina informieren. Und Onkel Teo. Und Olgas Sohn Ugo. Aber eines nach dem anderen. Zunächst war der *professore* in der *trattoria* an der Reihe.

Er wartete, bis Piedro wieder bei ihm war, mit einem leicht benommenen Gesichtsausdruck und einem Seitenblick, der Garini mitteilte, dass die unmittelbare Zukunft nicht gerade leicht werden würde.

Garini unterdrückte einen Seufzer und ging mit ihm zu dem alten Mann in der *trattoria*. Nach der Begrüßung sagte er: »Bitte geben Sie mir eine kurze Zusammenfassung dessen, was geschehen ist, Professor Alossi. Sind Sie damit einverstanden, dass mein Assistent die Unterhaltung aufnimmt?«

Der *professore* presste die dünnen Lippen zusammen, dann nickte er. »Ja, natürlich. Ich kenne meine Pflicht. Aber es gibt nicht viel zu erzählen. Ich bin auf dem Weg nach Hause an dem Turm vorbeigelaufen. Ich war bei meinem Schneider. Er fertigt mir einen neuen Anzug an, für die Hochzeit meiner Tochter.« Er neigte den Kopf zur Seite und blickte Garini an. »Es ist ihre dritte Hochzeit. Wenn sie noch einmal heiratet, nehme ich einen alten Anzug. Das ist eine teure Angewohnheit, wieder und wieder zu heiraten.«

Garini unterdrückte ein Lächeln und nickte ihm ermutigend zu, damit er weitersprach.

»Es muss so ungefähr Viertel vor fünf gewesen sein, als ich zum Turm kam. Plötzlich hörte ich einen Schrei.«

»Einen Schrei? Wo kam er her?«

Der alte Mann zuckte mit den Schultern. »Das kann ich nicht so genau sagen.«

»Können Sie sagen, ob er von einem Mann oder einer Frau kam?«

»Ich weiß es nicht.« Die schwachen Augen blinzelten ihn an, dann schüttelte er den Kopf. »Rückblickend würde ich sagen, dass es der Schrei einer Frau war. Sie schrie, während sie fiel. Aber in dem Augenblick hatte ich keine Ahnung. Es klang wie eine Wilde. Ich blieb stehen und sah mich um. Dann hörte ich ein Rauschen, direkt vor mir. Und dann landete sie vor meinen Füßen.« Er krümmte sich. »Es war furchtbar.«

»Konnte Sie sehen, dass es eine Frau war?«

Der *professore* zögerte. »Nein. Nicht wirklich. Ich … ich habe lieber nicht so genau hingesehen. Aber ich sah den lila Regenmantel, und ich glaube nicht, dass ein Mann so etwas anzieht.«

»Was geschah dann?«

»Ich sprang zurück. Es war – ziemlich schrecklich. Ich wusste, dass sie nicht mehr gerettet werden konnte, also drehte ich mich um, zog mein Mobiltelefon aus der Tasche und rief die Polizei.«

»Haben Sie zu irgendeinem Augenblick nach oben gesehen, den Turm hinauf?«

»Nein.«

»Haben Sie Leute um sich herum bemerkt, vielleicht jemanden, der zögerte, bevor er weiterging? Oder jemanden, der weglief? Jemanden, der vom Turm kam und sich unter die Menge mischte?«

Professor Alossi runzelte die Stirn, bis sein Gesicht wie eine getrocknete Pflaume aussah. »Ich war zu schockiert, um irgendetwas zu bemerken. Die meisten Leute blieben stehen, um hinzustarren, aber eine junge Frau eilte davon. Sie hatte zwei kleine Jungen dabei. Ich denke, sie wollte nicht, dass sie so einen schrecklichen Anblick sehen.«

»Das verstehe ich. Also nichts Verdächtiges?«

»Ich fürchte nicht.«

»Vielen Dank.« Garini stand auf. »Ihr Bericht hat uns sehr geholfen. Hier ist meine Karte, falls Sie sich noch an irgendetwas erinnern.«

Als sie die *trattoria* verließen, bat Garini Piedro, die kurze Strecke zum Haus der Mantonis, das auf der anderen Flussseite lag, zu laufen. Dort würde er in einer Weile wieder zu ihm stoßen.

Piedro verzog das Gesicht. »Warum nehmen wir nicht das Auto? Und wo gehen Sie hin?«

Garini schaute ihn scharf an. Piedro hatte nicht lange gebraucht, um sich in seine neue Position einzufinden. »Ich fahre zu Temptation, um Carlina Ashley über den Mord zu informieren«, sagte er bewusst langsam. »Geh bitte schon zum Haus der Mantonis vor. Es ist auf der Via delle Pinzochere. Ich bin so schnell wie möglich bei dir. Warte auf mich, bevor du irgendetwas tust.«

»Aber –«

Garini beachtete Piedros Proteste nicht, sondern drehte sich auf dem Absatz um und ging zu seinem Auto. Die neuen Regeln von Cervi waren ihm völlig egal. Er musste Carlina unter vier Augen sehen, bevor er die gesamte Familie informierte. Und wenn das Cervi so wütend machte, dass er ihn von dem Fall abzog, umso besser.

II

Carlina versuchte, sich auf ihre Verkaufszahlenanalyse zu konzentrieren, während sie auf Kunden wartete. Der Tag war ruhig gewesen – zu ruhig – und ihre Gedanken waren nicht fröhlich geworden, obwohl das Wetter sich ein wenig verbessert hatte. Das Olga-Ottima-Problem bedrückte sie und sie fand keine Lösung, egal, aus welcher Richtung sie es betrachtete. Mit Mühe konzentrierte sie sich wieder auf ihre Unterlagen. Sie hatte kürzlich neue Software gekauft, die ihr half, ihre Bestseller aufzuzeigen, und sie wollte gern eine Analyse für das letzte Quartal machen. Doch gerade als sie sich in die Zahlen vertieft hatte, stürzte Garini mit grimmigem Gesicht durch die Tür.

Carlinas Herz zog sich zusammen. »Stefano. Was ist geschehen?«

Er nahm sie am Arm und führte sie in den kleinen Lagerraum am Ende des Ladens, wo zwei Faltstühle an der Wand hingen. Er riss einen herunter, knallte ihn auf den Boden und sagte: »Setz dich.« Seine Stimme klang barsch.

Carlina blieb stehen. »Sag es mir zuerst. Was ist geschehen?«

Er schüttelte den Kopf. »Setz dich. Ich kenne deine Angewohnheit, in Ohnmacht zu fallen, wenn du schlechte Neuigkeiten bekommst.«

Carlinas Knie begannen zu zittern, und sie ließ sich auf den Stuhl fallen. »Ich sitze. Jetzt sag es mir sofort, oder ich fange an zu schreien.«

Garini nahm den anderen Klappstuhl von der Wand und setzte sich, dann beugte er sich nach vorne und legte eine stützende Hand auf Carlinas Schulter. »Olga ist tot.«

Carlina starrte ihn mit weit aufgerissenen Augen an. Widersprüchliche Gefühle kämpften in ihr. Jubel, dass das Problem gelöst war. Angst, dass jemand aus ihrer Familie sie umgebracht hatte.

»Bist du ganz sicher?«

»Sie ist definitiv tot.«

Carlina befeuchtete ihre plötzlich trockenen Lippen mit ihrer Zunge. »Wer war es?«

Er schloss die Augen. »Bitte sag mir, dass du das nicht gefragt hast.«

»Wieso?« Sie starrte ihn an. »Was hätte ich denn sonst fragen sollen?«

»Ich kann mir unzählige andere Fragen vorstellen. Zum Beispiel: ›Wie ist sie gestorben?‹«

»Oh.« Carlina schluckte. »Du meinst, es war ein glücklicher Unfall?«

Er zog eine Grimasse. »An diesem Punkt hören wir besser auf. Sie fiel vom San-Niccolò-Turm.«

Carlina atmete heftig aus, so erleichtert war sie. »Also war es ein Unfall? Großartig.«

»Ich gebe auf.« Er richtete sich auf. »Ich fahre jetzt zu deiner Familie, um ihnen die Neuigkeit mitzuteilen.«

Sie sprang auf. »Ich komme mit.«

Er schaute sie grimmig an. »Ich habe mit nichts anderem gerechnet. Aber ich warne dich: Es wird kein Zuckerschlecken.«

Carlina grinste. »Da wäre ich mir nicht so sicher. Sie werden alle sehr erleichtert sein.« Sie war schon halb durch die Tür, als sie mitten in der Bewegung erstarrte und sich in Zeitlupe umdrehte. »Einen Augenblick mal. Warum beschäftigst du dich mit dem Thema? Willst du mir etwa sagen, dass es Mord war?«

»Sieht ganz so aus.«

Ihre Blicken trafen sich.

Carlina fühlte sich, als ob ein Gewicht auf ihre Brust gestürzt wäre. »Du meinst, wir sind alle Mordverdächtige? Schon wieder?«

»Ich fürchte ja.«

Sie biss sich auf die Unterlippe, während Bilder wie in einem Kaleidoskop durch ihren Kopf schossen – Onkel Teo, der so glücklich mit Olga tanzte – die Familie, weiß glühend vor Wut beim Abendessen – Tante Violetta während ihrer Geburtstagsfeier, ihren verkrümmten Finger auf Olga gerichtet … Sie waren alle verdächtig. Und wenn sie ganz ehrlich war, würde sie jedem einzelnen zutrauen, Olga den Stoß gegeben zu haben. *Verdammt.* Sie schluckte schwer und schaute Garini an.

»Ich war den ganzen Tag hier im Laden. Aber das kann ich nicht beweisen. Es war ruhig heute, und ich hatte kaum Kunden.«

Er lächelte sie schief an. »Ich notiere mir das. Danke.«

»Stefano?« Ihre Stimme klang ganz leise.

»Ja?«

»Wird sich das zwischen uns drängen?«

Er holte tief Luft. Sein Gesicht war unbeweglich. »Ja, das wird es. Du bist deiner Familie gegenüber loyal. Ich habe die Verpflichtung, diesen Fall zu lösen.«

»Warum kannst du ihn nicht einem Kollegen übergeben?«

»Wegen der Grippe. Die Hälfte der Mannschaft liegt im Bett. Und mein Chef hat beschlossen, dass ein Skandal taktisch klug sein könnte, um mehr Personal zu bekommen. Ein kleiner Skandal natürlich nur.«

Sie presste die Lippen zusammen. »Cervi ist echt unmöglich.« Dann schluckte sie. »Ich werde dir helfen, den Mörder zu finden. Je schneller wir das aufgeklärt haben, umso besser.«

Er schnappte sich ihren Arm und zog sie an sich. »Das wirst du auf keinen Fall machen, Carlina. Das ist zu gefährlich.«

Ihre Lippen zitterten. »Aber es wird mein Herz brechen, wenn du dich wieder in diese eisige Distanz zurückziehst. Du bist darin wirklich gut, weißt du?«

Garini schloss die Augen und zog sie nahe an seine Brust. »Ich werde mich nicht zurückziehen. Das verspreche ich. Aber es wird trotzdem nicht schön werden.«

III

Als sie im Familienhaus auf der Via delle Pinzochere ankamen, hatten sich die Mantonis gerade zum Abendessen in Benedettas Küche versammelt. Sie waren alle da – Onkel Teo an seinem gewohnten Platz am Kopfende des Tisches, das weiße Haupt über die gefalteten Hände gebeugt. Benedetta überreichte dampfende Nudelteller an Leo, der sie an die anderen verteilte. Emma saß neben ihrem Mann Lucio und sprach leise mit ihm, während ihre Geschwister Ernesto und Annalisa ihre rothaarigen Köpfe zusammengesteckt hatten und sich über irgendetwas auf ihren Handys stritten. Alles sah wie immer aus, aber dennoch wirkte die Atmosphäre angespannt und die üblichen Witze und lächelnden Gesichter fehlten. Insbesondere Carlinas Mutter sah aus wie eine Gewitterwolke mit Beinen und blickte finster in die Runde, während sie sich eine Strähne ihres hennaroten Haares aus dem Gesicht strich. Sie stand mit dem Rücken zur Anrichte und schaute hoch, als Carlina und Garini die Küche betraten.

»Ich habe mich noch nicht hingesetzt«, sagte sie. »Denn ich bleibe auf keinen Fall, wenn diese Olga hier wieder auftaucht.«

Onkel Teo wandte den Kopf und schaute Fabbiola vorwurfsvoll an. »Ist es zu viel verlangt, hier im Haus einfach nur friedlich und ruhig miteinander umzugehen? Warum seid ihr alle so sehr gegen Olga?« Seine Stimme klang angespannt.

Stefano sah, wie Carlina sich auf die Unterlippe biss. Sie schlüpfte auf den Stuhl neben Onkel Teo und nahm seine Hand. »Onkel Teo …« Ihre Stimme versagte. Sie schaute hoch und traf auf Garinis ruhigen Blick.

»Ich muss dringend mit Ugo sprechen.« Garini schaute sich um, sodass er alle gleichzeitig ansprach. »Wisst ihr, wie ich ihn erreichen kann?«

Onkel Teo runzelte die Stirn. »Wenn ich mich richtig erinnere, sagte Olga, dass er heute Nachmittag nicht in der Stadt sei. Aber sie hat ihn heute Abend erwartet und meinte, dass er vielleicht sogar rechtzeitig zum Essen kommt.«

»Na, ich hoffe nicht«, sagte Fabbiola. »Er verdrückt mehr als ein Pferd und ist so dumm wie Brot.« Sie neigte den Kopf zur Seite. »Ich frage mich, wie Olga mit so einem Trottel von Sohn fertig wird. Sind vermutlich die Gene.« Sie lächelte in sich hinein und genoss ganz offensichtlich den Vergleich mit ihren eigenen intelligenten Kindern.

Annalisa beugte sich nach vorn. Ihre Augen glitzerten. »Warum musst du mit Ugo sprechen? Hat er etwas falsch gemacht?«

Garini schaute sie an und überlegte, was er sagen sollte. Normalerweise mussten zuerst die engsten Angehörigen informiert werden. Aber Onkel Teo hatte Olga auch sehr nahegestanden, und er konnte Ugo eh nicht greifen, bevor dieser im Haus erschien. Solange er es schaffte, Ugo zu informieren, bevor es jemand anderes tat, konnte er fortfahren. Er schaute intensiv in jedes der Gesichter und fragte sich, wie sie wohl reagieren würden. Als er den Mund endlich öffnete, wählte er jedes Wort mit Bedacht.

»Nein. Ugo hat nichts falsch gemacht, aber ich muss ihm eine traurige Nachricht überbringen. Seine Mutter ist heute vom San-Niccolò-Turm gefallen. Olga ist tot.«

Einen Herzschlag lang bewegte sich niemand.

Dann stieß Emma einen Jubelschrei aus und klatschte in die Hände. »Super!«

»Emma!« Carlina funkelte ihre Cousine an. »Könntest du bitte ein klein wenig an Onkel Teos Gefühle denken?«

Stefano schaute Onkel Teo prüfend an, doch dieser hatte die Schultern nach vorne gezogen und sein Kinn gegen die Brust gedrückt, sodass er sich von der Familie so weit wie möglich distanzierte.

»Aber ich denke doch an seine Gefühle«, sagte Emma. »Er wäre mit dieser falschen Schlange eh nicht lange glücklich gewesen.«

»Sie hat recht, Carlina.« Fabbiola legte kurz eine tröstende Hand auf Onkel Teos Schulter, als sie an ihm vorbeiging, um zu ihrem üblichen Stuhl zu gelangen. Mit einem erleichterten Lächeln ließ sie sich darauf fallen und sagte: »Jetzt können wir es uns wieder gemütlich machen.«

»Ich fürchte nicht.« Garinis Stimme klang hart. »Dies ist eine Morduntersuchung, und ich muss wissen, wo ihr alle heute den Tag verbracht habt.« Er schaute auf seine Armbanduhr. »Mein Assistent Piedro sollte eigentlich jeden Augenblick kommen, damit wir die Aussagen aufnehmen können.« *Wo ist der Junge bloß?*

»Ich war den ganzen Tag hier.« Fabbiola nahm ihre Serviette und breitete sie auf ihrem Schoß aus.

»Sag ihm, dass er das aufschreiben soll. Können wir jetzt essen?«

»Ja, lasst uns erst essen«, sagte Benedetta. »Die Pasta wird sonst kalt.«

Garini seufzte und schüttelte den Kopf, nicht sicher, ob er entnervt oder erleichtert sein sollte, dass sie die Sache auf die leichte Schulter nahmen. »Es sieht so aus, als hätten wir keine andere Wahl.«

Als Piedro endlich ankam, war das Essen vorüber.

»Wo warst du?«, fragte Garini so leise, dass nur Piedro ihn hören konnte.

Piedro wurde rot. »Sofia hatte noch einige Fragen.«

Garini hob eine Augenbraue.

»Manche Leute haben eben nicht so viel Erfahrung mit Leichen wie die Mantonis.« Piedro blickte ihn trotzig an. »Ich musste sie erst etwas beruhigen.«

Na klar. Garini entschied sich, das Thema fallen zu lassen. »Dann lass uns jetzt die Aussagen der Mantonis aufnehmen. Ich hoffe, dass Ugo, der Sohn des Opfers, heute Abend noch kommt. Anscheinend wird er hier erwartet.«

Piedro nickte und nahm das Aufnahmegerät aus der Tasche. »Gut.«

Es wurde schnell deutlich, dass die Aussagen der Mantonis ihnen nicht weiterhelfen würden. Benedetta, Emma, Lucio und Carlina waren auf der Arbeit gewesen. Ernesto und Annalisa waren in der Schule beziehungsweise Uni und später dann zu Hause gewesen. Ein normaler Tag mit normalen Abläufen – zumindest schien es so. Irgendwo spürte Garini eine Heimlichkeit, etwas, was nicht ganz stimmte. Aber er konnte es nicht greifen, und je mehr er darüber nachdachte, umso flüchtiger wurde der Eindruck.

Als alle Aussagen aufgenommen waren, lehnte sich Fabbiola in ihrem Stuhl zurück und zog ihre aktuelle Strickarbeit aus der Tasche. »Endlich dürfen wir uns entspannen.« Sie warf einen Blick auf die Wolle und erstarrte. »Das glaube ich jetzt einfach nicht!«

Alle hörten auf zu reden und blickten zu ihr.

»Eine meiner Stricknadeln ist verschwunden.« Mit beiden Händen hielt sie die schief hängende Strickerei hoch.

Garini schloss die Augen. Er wollte nichts weiter hören.

»Sie ist vermutlich nur herausgerutscht.« Carlina beugte sich nach vorne und nahm ihrer Mutter die Tasche ab. »Lass mich mal sehen.« Sie fing an, in der Tasche herumzuwühlen.

»Das ist wirklich ärgerlich.« Fabbiola runzelte die Stirn. »Ich habe gestern damit angefangen, modische Unterhöschen für Carlinas Laden zu stricken, und war schon fast fertig.«

»Das ging ja schnell«, sagte Emma.

»Hängt von der Größe der Unterhose ab«, antwortete Annalisa. »Wenn es ein Stringtanga ist, nimmt es nicht viel Zeit in Anspruch.«

Fabbiola starrte ihre Nichte an. »Natürlich war es kein Stringtanga, Annalisa. Ein Tanga kann gar nichts. Meine Unterhöschen halten dich warm. Sie hatten eine hübsche Zierkante, und ich hatte geplant, sie heute Abend Carlina zu zeigen.«

Carlina schüttelte den Kopf und ließ die Tasche fallen. »Die Nadel ist nicht da, *mamma*. Ist es möglich, dass du sie irgendwo verloren hast?«

»Nein, das glaube ich nicht. Ich –«

Die Tür flog auf und Ugo rollte wie eine Lawine herein. »*Buona sera.*«

Die ganze Familie verstummte und starrte ihn an.

Onkel Teo stand langsam auf. Er lehnte sich schwer auf den Tisch und machte einige wackelige Schritte vorwärts.

Er ist heute um zehn Jahre gealtert. Garini ging zu ihm und ergriff stützend seinen Arm.

Onkel Teo schien die Berührung nicht zu bemerken. »Ugo, mein Sohn …«

Fabbiola holte zischend Luft.

Ugo schaute sich um. »Wo ist meine Mutter?«

Garini beugte sich vor und schob einen Stuhl zurecht. »Bitte setz dich, Ugo.«

Ugo begrub den Stuhl unter seinem Gewicht. »Was ist los? Warum seht ihr alle so aus, als ob jemand gestorben wäre?«

Carlina schluckte hörbar.

»Es tut mir leid, dies sagen zu müssen. Deine Mutter ist heute gestorben.« Garini sprach mit möglichst neutraler Stimme. Die Erfahrung hatte ihn gelehrt, dass es am besten war, wenn schlechte Nachrichten sofort und nicht löffelchenweise überbracht wurden.

Ugo schob die Lippen nach vorne und schüttelte langsam den Kopf. »Das glaube ich nicht. Gestern ging es ihr doch noch gut.«

»Ich fürchte, es ist die Wahrheit. Sie fiel vom San-Niccolò-Turm.«

Ugo starrte ihn an. »Von welchem Turm?«

»Vom San-Niccolò-Turm. Er ist auf der Piazza Poggi, im Oltrarno-Gebiet, also auf der anderen Seite des Arnos.«

Wieder schüttelte Ugo den Kopf. »Nie gehört. Da würde sie gar nicht hingehen.«

»Was ist, wenn jemand sie für einen Termin dorthin gebeten hat?«

Ugo zuckte mit seinen massiven Schultern. »Da würde sie auch nicht hingehen. Meine Mutter organisiert Meetings. Sie geht nur zu denen, die sie selbst organisiert hat.«

Da hat er den Nagel auf den Kopf getroffen. Garini wandte den Blick nicht eine Sekunde lang von Ugo ab. Offensichtlich befand er sich in einer Phase, in der er gar nichts glaubte, was seine Arbeit im Augenblick ein wenig leichter machte. Dennoch wollte Garini nicht in der Nähe sein, wenn die Wirklichkeit bei ihm ankam.

Ugo erwiderte Garinis Blick stoisch. »Wenn sie tot ist, wurde sie umgebracht.«

Fabbiola setzte sich gerade hin. »Wie kommst du denn auf diese Idee?«

Ugo schaute sich in dem Raum um, sein Gesicht bewegungslos. »Alle hassen sie. Es ist schwierig, sie zu mögen.«

»Das kannst du laut sagen.« Emma klopfte mit ihren roten Fingernägeln auf den Tisch. »Aber das heißt ja nicht, dass jemand sie über die Brüstung warf. Vielleicht ist sie gefallen. Es könnte ein Unfall gewesen sein.«

»Nein.« Garini schüttelte den Kopf. »Von diesem Turm fällt man nicht versehentlich herunter. Da sind extra Eisenstäbe eingesetzt, die einen davon abhalten, hochzuklettern und auf der Brüstung zu sitzen.«

»Dann ist sie ermordet worden.« Ugo schob den Unterkiefer vor.

»Sie könnte auch Selbstmord begangen haben«, sagte Garini, nur um die Reaktion zu testen.

Mehrere Leute schnauften verächtlich.

»Olga? Selbstmord? Niemals.« Das war Fabbiola. »Sie war viel zu stolz und hätte niemals auch nur eine Sekunde lang in Erwägung gezogen, die Welt um ihre kostbare Anwesenheit ärmer zu machen.«

Carlina schaute sie entsetzt an. »*Mamma*, bitte!«

Ugo blickte zu Fabbiola. »Sie haben sie immer gehasst. Immer schon. Ich bin mir sicher, dass Sie sie umgebracht haben.« Er sprang auf und plötzlich wirkte die Küche viel zu klein. Tränen rollten über sein Gesicht. Mit einem Sprung warf er seinen massiven Körper quer über den Tisch und umklammerte mit seinen schaufelartigen Händen Fabbiolas Hals.

»Zurück!« Garinis Stimme klang wie ein Peitschenknall. »Lassen Sie sie sofort los!«

Ugo reagierte nicht.

Garini sprang auf seinen Rücken, zog einen Arm zurück und drehte ihn auf den Rücken, bis Ugo Fabbiola losließ.

»Versprechen Sie mir, sie in Ruhe zu lassen, oder ich lege Ihnen Handschellen an.«

Ugo knurrte. »Sie sollten *sie* in Handschellen legen. Sie ist die Mörderin!«

Garini zuckte zusammen und fragte sich, ob Ugo recht hatte. »Versprechen Sie mir, sich ab sofort unter Kontrolle zu halten!«

Ugo holte tief Luft und wandte seinen Blick von Fabbiola ab. »Na gut.«

Garini ließ Ugos Arm fallen und trat einen Schritt zurück, ohne den riesigen Mann aus den Augen zu lassen. Er schien sich wieder in der Gewalt zu haben, aber wer wusste, wie lange das anhalten würde?

Fabbiola berührte ihren Hals mit einer Hand und starrte ihn mit all der Arroganz einer beleidigten Königin an. »Ich sollte Sie verklagen«, sagte sie. »Aber vermutlich sind Sie vor Kummer ganz wirr, darum will ich mal nicht so sein und Nachsicht üben.«

Emma setzte sich aufrecht hin. »Bist du verrückt geworden, Tante Fabbiola? Dieser riesige Trottel hier greift dich an und alles, was dir einfällt, ist, dass du Nachsicht üben willst? Das glaube ich einfach nicht! Er müsste hinter Gitter. Wer weiß, was er als Nächstes tut!«

Ugo drehte sich langsam zu ihr um.

Sie schaute ihn herablassend an. »Du brauchst mich gar nicht wie ein wütender Stier anzusehen, denn ich lasse mich nicht einschüchtern! Du hast mehr Muskeln als Hirn und –«

»Das reicht, Emma.« Garini unterbrach sie und wandte sich an Ugo. »Die Polizei benötigt noch Ihre Aussage, Ugo. Vielleicht können wir in einen anderen Raum gehen und –«

Ugo hielt eine Hand hoch. »Was wollen Sie wissen?«

»Die üblichen Fragen in so einer Untersuchung«, antwortete Garini. »Wo haben Sie den Tag verbracht, wann haben Sie –«

»Ich –« Der große Mann wurde so rot wie die noch verbliebene Tomatensoße auf den Tellern. »Ich war unterwegs.«

»Unterwegs? Wo?« Garini runzelte die Stirn. Warum wurde Ugo so rot? Was hatte er getan, das er nicht zugeben wollte?

»Unterwegs halt. Spazieren.« Er schob sein Kinn nach vorne.

»Es hat fast den ganzen Tag geregnet«, sagte Garini. »Wollen Sie uns wirklich einreden, dass Sie den ganzen Tag ziellos in der Stadt herumspaziert sind, während es in Strömen goss? Nicht sehr glaubwürdig.«

Ugo starrte ihn an, dann schüttelte er langsam den Kopf, sein Gesicht blank. »Ich habe gerade meine Meinung geändert. Ich werde Ihnen gar nichts sagen.«

Jemand schluckte hörbar.

»Möchten Sie nicht die Person finden, die Ihre Mutter umgebracht hat?«, fragte Garini. Vielleicht war Ugo ein wenig schwer von Begriff. Aber machte ihn das gefährlicher oder nicht?

»Finden Sie den Mörder. Das hat mit mir gar nichts zu tun.« Er schaute sich mit rollenden Augen in dem Raum um. »*Mamma* war hier nie willkommen. Ich bin es auch nicht. Ich gehe.«

Garini stellte sich ihm in den Weg. »Bitte verlassen Sie nicht die Stadt, ohne mir zu sagen, wo ich Sie erreichen kann. Ich muss Sie noch einmal befragen.«

Ugo grunzte, trat mit erstaunlicher Geschwindigkeit um ihn herum und stampfte aus dem Raum, seine Schritte so schwer, dass der Boden zu beben schien.

Eine halbe Minute später hörten sie, wie die Haustür unten ins Schloss fiel.

»Wir hätten ihm ein Zimmer für die Nacht anbieten sollen.« Onkel Teo sprach, als wäre er in einem Traum. »Der arme Junge, so ganz alleine jetzt.«

»Hallo?« Annalisa schüttelte ihr rotes Haar. »Er hat gerade versucht, Tante Fabbiola zu erwürgen, hast du das nicht mitbekommen? Ich bin echt froh, dass er weg ist. Was ist mit den Schlüsseln? Olga hat ihm die Schlüssel zum Haus gegeben, oder? Er könnte jeden Augenblick zurückkommen und uns alle im Schlaf ermorden.«

Alle schauten sich betroffen an.

»Am besten verriegelt ihr heute Nacht die Tür unten mit den Bolzen und lasst morgen das Schloss austauschen«, sagte Garini.

Fabbiola presste ihr Strickzeug mit einer Hand gegen die Brust, während sie mit der anderen Hand ihre Kehle betastete. »Ich werde unter gar keinen Umständen heute Nacht alleine bleiben. Ich werde in deiner Wohnung schlafen, Carlina.«

»Aber Stefano schläft schon bei mir, *mamma*. Seine Wohnung steht unter Wasser; er kann nicht nach Hause gehen.«

»Er kann mein Bett haben«, verfügte Fabbiola. »Das wird eine schöne Überraschung für Ugo, wenn er zurückkommt.«

»Der Junge hat gerade seine Mutter verloren«, sagte Onkel Teo. »Ich hätte nicht gedacht, dass ihr alle so gefühllos sein könnt.« Sein ganzer Körper zitterte.

Leo schaute ihn betroffen an, dann ging er zu ihm und nahm seinen Arm. »Komm, ich helfe dir die Treppe hinunter, Teo. Ich kann heute Nacht bei dir bleiben, wenn du möchtest.«

Benedetta öffnete den Mund, als wollte sie protestieren, doch dann schloss sie ihn wieder.

Emma sah es, ging zu ihrer Mutter und legte ihr den Arm um die Schultern.

»Soll ich heute Nacht bei dir schlafen, *mamma*, damit du dich nicht so alleine fühlst?«

Garini blinzelte erstaunt. Das war für Emma ein ungewöhnlich liebes Angebot.

»Auf gar keinen Fall«, sagte ihr Ehemann. »Wenn du heute bei Benedetta schläfst, werde ich es auch tun. Ich werde dich nicht außer Sichtweite lassen, bis die Schlösser ausgetauscht sind.«

»Also, in diesem Fall ziehe ich aus«, sagte Annalisa. »Diese Wohnung wird aus allen Nähten platzen, wenn Emma und Lucio hier einziehen, und ich ziehe ein komfortables Leben vor. Darf ich dein Bett haben, Emma?« Sie schüttelte ihr rotes Haar und strahlte ihre Schwester an. »Ich wollte schon längst dein supermodernes Bad benutzen. Hast du etwas dagegen, wenn ich dein Badesalz verwende?«

»Du wirst auf keinen Fall ganz alleine in Emmas Wohnung schlafen, während dieser Wahnsinnige noch frei herumläuft.« Benedettas Mutterinstinkte waren wachgerüttelt. Sie schüttelte vehement den Kopf und schaute ihren Sohn bittend an.

Ernesto sprang auf, bevor sie den Mund öffnen konnte. »Oh nein, das brauchst du gar nicht erst zu fragen!« Er hob beide Hände, als ob er einen Schlag abwehren wollte. »Sie mag ja meine Schwester sein, aber sie schnarcht, und das halte ich nicht aus. Ich weigere mich, ein Bett mit ihr zu teilen.«

Annalisa fuhr wie ein Blitz auf ihn zu. »Ich schnarche nicht! Wie kannst du es wagen, so –«

»Weil ich es mehr als einmal gehört habe. Haben deine Liebhaber dir das nie gesagt?« Er grinste sie an. »Waren wohl zu höflich, was?«

Piedro starrte mit fassungslosem Gesicht von einem zum anderen.

Carlina brach kichernd zusammen. »Das ist einfach zu komisch. Erst eine Tragödie und jetzt tauschen wir Betten, als ob es nichts Wichtigeres auf der Welt gäbe.«

Garini schaute sie an und schüttelte den Kopf, ein kleines Lächeln auf den Lippen. Ihr Sinn für Humor brachte ihn immer wieder aus der Fassung.

IV

Am nächsten Morgen hatte Garini schlechte Laune. Sein Rücken schmerzte von dem unbekannten Bett, und Fabbiolas intensives Parfüm, das in jede Ecke ihres Schlafzimmers gekrochen zu sein schien, hatte ihm Kopfschmerzen verursacht. Außerdem fehlte ihm Carlina … vor allem ihre verwuschelten Locken, wenn sie ihm Guten Morgen sagte, und ihr warmer Körper in seinen Armen. *Wir müssen wirklich bald eine Wohnung finden.* Aber durch den neuen Fall würde er keine Zeit haben, auf Wohnungssuche zu gehen.

Garini seufzte unglücklich und konzentrierte sich auf seine Arbeit. Zuerst gab er eine Pressemitteilung heraus, in der er die Öffentlichkeit um Hilfe bat. Jeder, der am Montagnachmittag irgendetwas Ungewöhnliches oder Verdächtiges um den San-Niccolò-Turm gesehen hatte, sollte sich umgehend bei der Polizei melden. Er stellte sicher, dass die Pressemitteilung nicht nur gedruckt wurde, sondern auch im Radio und im Fernsehen erschien und an Reiseveranstalter weitergleitet wurde, deren Busreisen einen Aufenthalt an der Piazzale Michelangelo vorsahen. Vielleicht hatte ja doch jemand etwas bemerkt, trotz des Dauerregens. Dann schaffte er es, ein einigermaßen aktuelles Bild von Fabbiola aufzutreiben, und rief Piedro zu sich.

»Ich habe heute eine wichtige Aufgabe für dich, Piedro«, sagte er, als sein Angestellter mit seinem üblichen Mangel an Begeisterung ins Büro schlurfte.

»Ganz alleine? Vater sagte, dass ich in Ihrer Nähe bleiben solle.«

Garini zwang sich, ruhig zu bleiben. »Ich gebe dir eine wichtige Aufgabe ganz für dich alleine, denn die Leute werden mit dir offener reden. Sie wissen, dass du keine Verbindung zu den Mantonis hast. Ich möchte, dass du die Straßen um den San-Niccolò-Turm herum abgehst und Ladeninhaber, Passanten und Kellner befragst, ob sie diese Person gestern Nachmittag gesehen haben.«

Piedro nahm das Bild auf, dann schaute er hoch. »*Signora* Mantoni-Ashley?« Er unterdrückte ein Grinsen. »Also ist sie wirklich die Hauptverdächtige?«

Garini bemühte sich, kein Zeichen der Ermattung zu zeigen, obwohl er sich plötzlich hundemüde fühlte. »Ja. Wenn du irgendjemanden findest, der sich an sie erinnern kann, nimm alle Details auf. Vor allem die Uhrzeit ist wichtig. Bringe sie dazu, sich so gut wie möglich zu erinnern.«

Piedro nickte. »Okay.«

Garini seufzte. Er musste dem Hinweis mit der fehlenden Stricknadel nachgehen, ob er wollte oder nicht.

Sein nächster Schritt war es, Ugo zu finden und mehr Informationen aus ihm herauszuholen. Seiner Meinung nach war das deutlich dringender, als Fabbiolas Alibi zu überprüfen, denn Ugo schien ihm verdächtiger als Fabbiola – immerhin gehörte er zum engen Familienkreis. Bis jetzt hatte zwar nichts darauf hingewiesen, dass die Mutter-Sohn-Beziehung in irgendeiner Form überschattet gewesen war, aber Garini hatte auch noch nicht tiefer gebohrt. Ugos Angriff auf Fabbiola beim gemeinsamen Essen hatte offenbart, dass er schnell gewalttätig werden konnte, und mit seiner Größe wäre es ein Leichtes für ihn gewesen, seine zierliche Mutter über die Brüstung zu werfen – vielleicht sogar versehentlich.

Er entschied sich, anstelle von Piedro Alfonso mitzunehmen. Alfonso hatte erst vor einigen Monaten angefangen, aber er war sehr groß und so muskulös, dass er schon fast dick aussah. Falls Ugo wieder aggressiv werden sollte, würde er es mit jemandem in seiner eigenen Gewichtsklasse aufnehmen müssen.

Onkel Teos Wegbeschreibung führte sie zu einem luxuriösen Gebäude auf der Via de' Benci.

Die Glastüren glänzten genau wie der Marmor in der Lobby, und die Luft roch intensiv nach dem teuren Blumenarrangement, das auf einem runden Tisch mitten in der Lobby stand. Garini atmete tief ein. Lilien. Er mochte Lilien nicht. Der Geruch war zu schwer, zu überwältigend, und erinnerte ihn immer an Beerdigungen.

Ein Rezeptionist in Uniform, der von dem großen Tresen fast verschluckt wurde, fragte, womit er helfen könne, und kündigte den Besuch per Telefon an. Garini erwartete halb, dass Ugo sich verleugnen lassen würde, aber innerhalb von zwei Minuten bekamen sie die Information, dass sie hochgehen konnten.

Ugo schaute sie wie ein wütender Löwe an, aber er ließ sie in die Wohnung und stand mit verschränkten Armen vor ihnen. Garini schaute sich um. Die Ottimas besaßen eine Penthousewohnung mit bogenförmigen Fenstern, die über zwei Stockwerke reichten und einen beeindruckend schönen Blick über das Santa-Croce-Viertel boten. Es war ein wenig wie in einer umgebauten Kirche.

Ich kann mir nicht vorstellen, dass Ugo bereit ist, diese Herrlichkeit gegen Carlinas Wohnung auszutauschen. Olga hat es bestimmt nur gesagt, um Carlina zu reizen. Ein bitteres Gefühl stieg in ihm hoch. Er wusste, wie sehr Carlina ihre kleine Wohnung und das Haus auf der Via delle Pinzochere liebte. Mühsam schob er den Gedanken fort und begann das Interview in gewohnter Form.

»Wir sind gekommen, um weitere Informationen zu erhalten, die zum Mörder Ihrer Mutter führen können, und wir wären für Ihre Unterstützung sehr dankbar. Mein Kollege Alfonso Piccolo wird alles aufschreiben, was Sie sagen. Sie können es dann später gegenlesen und unterschreiben. Ist das für Sie in Ordnung?«

Ugo zuckte mit den Schultern und deutete auf ein schwarzes Ledersofa, das problemlos der halben Polizeitruppe von Florenz Platz geboten hätte. »Ich habe ja wohl keine Wahl, oder? Setzen Sie sich.«

Garini wartete, bis Alfonso Notizblock und Stift herausgeholt hatte, bevor er anfing. »Wann haben Sie Ihre Mutter zuletzt lebend gesehen?«

Ugo starrte mit grimmigem Mund auf seine gefalteten Hände. »Sonntagnachmittag.«

»Wo waren Sie?«

»Hier.«

»Hat sie sich in irgendeiner Form ungewöhnlich benommen? Besorgt? Oder verärgert?«

Ugo schüttelte den Kopf. »Nein.«

»War sie glücklicher und entspannter als sonst?«

»Nein.«

Garini unterdrückte einen Seufzer. Wenn Ugo weiterhin so einsilbig antwortete, würde es schwer werden. »Also sagen Sie, es war alles wie immer?«

»Ja.«

»Und worüber haben Sie sich unterhalten?«

Er zuckte mit den Schultern. »Das Übliche halt. Was ich gegessen hatte. Meinen Job.«

»Was ist Ihr Beruf?«

Ugos Schultern versteiften sich. »Ich bin Konditor.«

Alfonso blinzelte erstaunt, aber er schrieb weiter.

Garini hatte Schwierigkeiten, sich vorzustellen, wie Ugo zarte Küchlein und Marzipanblümchen verarbeitete. Einer Eingebung folgend, fragte er: »Mögen Sie Ihren Beruf?«

Ugo schob das Kinn kämpferisch nach vorne. »Ja.«

»Und was hat Ihre Mutter zu Ihrem Berufswunsch gesagt?«

»Lassen Sie meine Mutter aus dem Spiel.«

Also war Olga von der Arbeit ihres Sohnes nicht begeistert gewesen. Kein Wunder. Sie hatte Ugo vermutlich in irgendeinem prestigeträchtigen Job gesehen, am liebsten bei einer Bank oder einem anderen

Finanzinstitut. »Hat Ihre Mutter Ihnen gesagt, was sie am Montag vorhatte?«

Er schüttelte den Kopf. »Nein.«

»Kein Treffen mit einer Freundin oder irgendetwas in Bezug auf ihre Arbeit?«

»Nein.«

Garini studierte das seltsam flache Gesicht und fragte sich erneut, ob Ugo einfach dumm war oder nur so tat. Er hatte ein gefährliches Temperament, aber im Augenblick schien er sich unter Kontrolle zu haben. »Möchten Sie, dass der Mörder Ihrer Mutter gefunden wird?«

»Ja.«

»Dann würde es helfen, wenn Sie ein wenig ausführlicher antworten würden.«

Ugo starrte auf seine Füße und antwortete nicht.

»Oder denken Sie, dass Ihre Mutter Selbstmord begangen hat?«

Er schüttelte den Kopf und zeigte zum ersten Mal eine Emotion. »Auf keinen Fall.«

Drei Worte. Wahnsinn. Garini unterdrückte erneut einen Seufzer. »Wo waren Sie gestern?«

Ugo schüttelte den Kopf. »Sag ich nicht.«

»Es ist Ihnen aber klar, dass Sie damit ein Verdächtiger sind, oder?«

»Ich habe meine Mutter nicht umgebracht.«

Garini gab auf. Er verschwendete hier seine Zeit. »Noch eine letzte Frage: Wissen Sie, ob Ihre Mutter ein Testament gemacht hat?«

Ugo schaute überrascht, als wäre ihm noch nie so eine Idee gekommen. »Nein.«

»Können Sie mir den Namen des Rechtsanwaltes Ihrer Mutter nennen?«

Ugo runzelte die Stirn und wandte den Kopf.

Garini folgte seinem Blick zu dem verschnörkelten Tisch, der in einer Ecke des Wohnzimmers stand. Der Tisch war nicht viel größer als ein Handtuch, mit dürren Beinen und einer kleinen Schublade. Die vergoldete Oberfläche sah fabrikneu aus und der Stuhl davor wirkte zu ungemütlich, um ihn längere Zeit zu nutzen, obwohl der Sitz mit einem rotgoldenen Brokatstoff bezogen war.

»Ist das der Ort, wo Ihre Mutter ihre Unterlagen aufhob?«

»Nein.«

»Wo hat sie denn dann ihre Sachen aufbewahrt?«

»Sie hatte keine Unterlagen. Sie hatte alles im Kopf.«

Garini beäugte Ugo. »Sie kann nicht alles in diesem Minitisch aufbewahrt haben. Sicherlich gibt es irgendwo ausführlichere Unterlagen. Wir würden sie uns gern ansehen.«

»Nein.« Ugo schob das Kinn nach vorne. »Sie werden sich gar nichts ansehen.« Er sprang auf. »Sie können jetzt gehen.«

Garini biss die Zähne zusammen. »Dann werde ich mit einem Hausdurchsuchungsbefehl zurückkommen, weil ihre Unterlagen uns wichtige Hinweise geben können. Es wäre schön, wenn Sie ein wenig mehr mit uns zusammenarbeiten könnten.«

Ugo starrte ihn an wie ein Stier. »Nein.«

»Nun gut.« Garini riss sich zusammen und stand auf. »Was ist mit der Adresse des Rechtsanwaltes? Werden Sie sie mir geben oder muss ich eine Anzeige in die Zeitung setzen, mit der Bitte, sich bei uns zu melden?«

Ugo presste die Lippen zusammen, dann sagte er, als ob die Worte aus ihm herausgezogen würden: »*Signor* Enterolazzi.«

»Danke. Wir kommen wieder.« Garini ging zur Tür und hielt sie für seinen Kollegen auf. Sobald Alfonso hindurchgegangen war, schloss er die Tür hinter sich, ohne noch einmal zurückzublicken.

Keiner der beiden sagte ein Wort, aber sobald sie wieder auf der Straße und außer Hörweite der Bewohner dieses Halbpalastes waren, schüttelte Alfonso den Kopf. »Dieser Typ ist wahnsinnig dumm und langsam. Wie Teig, irgendwie.«

»Da wäre ich mir nicht so sicher«, sagte Garini. »Vielleicht ist er auch richtig schlau. Aber das werden wir noch herausfinden. Jetzt gehen wir erst mal zu *signor* Enterolazzi.«

In diesem Augenblick klingelte sein Telefon. Es war Piedro. Garini unterdrückte ein ungutes Gefühl. Was hatte Piedro herausgefunden, während er das Bild von Fabbiola herumgezeigt hatte?

»Ja, Piedro?«

»Ich habe den Mörder gefunden!« Piedro schnappte nach Luft, als ob er gerannt wäre. »Können Sie sofort zum Turm kommen?«

Kapitel 8

Als Garini und Alfonso beim Turm ankamen, warf Piedro sich mit der Geschwindigkeit eines Falken, der eine Maus entdeckt hatte, auf sie.

Garini riss die Augen weit auf. *Ich hatte keine Ahnung, dass er so schnell sein kann.*

»Endlich!« Piedros Augen leuchteten. »Ich habe den Mörder gefunden!«

Alfonso schaute sich um. »Wo hast du ihn hingebracht?«

Piedro verdrehte die Augen. »Ich habe niemanden festgenommen. Aber ich habe die Information, die wir benötigen. Kommt mit.« Er nahm Alfonso beim Arm und zog den sehr viel größeren Mann die Straße hinunter, in Richtung der Boboli-Gärten.

Alfonso ließ sich nicht vorwärtszerren. »Wo gehen wir denn hin?«

»Nicht weit.«

Sie liefen für zehn Minuten, bis sie zu einem kleinen Laden in der Via dei Bardi kamen.

»Hier ist es.« Piedro hielt an und strahlte.

»Eine Kurzwarenhandlung?« Garini starrte durch die Schaufenster, die bis zum Bersten mit den verschiedensten Arten von Wolle und Strickmustern gefüllt waren. Der Effekt der bunten Zusammenstellung wurde durch die Farbe der Tür- und Fensterrahmen, ein leuchtendes Türkis, noch verstärkt, obwohl der Anstrich schon etwas verblichen und an einigen Stellen rissig war und abblätterte.

»Ja, eine Kurzwarenhandlung.« Piedro öffnete die Tür und ein melodisches Klingeln erklang.

Eine Dame mittleren Alters schaute ihnen mit traurigen Augen entgegen. Ihr Mund war verkniffen. »Da sind Sie ja wieder.«

»Ja.« Piedro tanzte fast auf den dunklen Verkaufstresen aus Holz zu, der der Frau bis zur Hüfte ging. Der Tresen bestand aus einer Vielzahl von kleinen Schubladen, und die Tischplatte war aus Glas. Unter der Glasplatte befand sich eine Schublade voller durchsichtiger Röhrchen, in denen sich bunte Knöpfe stapelten. Hinter dem Tresen war die ganze Wand von einem Einbauregal bedeckt, in dem Unmengen von Wollknäulen nach Sorte und Farbe sortiert waren.

»Dies ist *signora* Balli«, stellte Piedro die Dame vor. »Und das ist mein Chef, *commissario* Garini.« Er vergaß, Alfonso vorzustellen.

Signora Balli schaute Stefano aus umschatteten Augen an. »Ich hoffe, dass ich Fabbiola nicht in Schwierigkeiten bringe, *commissario*, aber als Ihr Assistent mir ihr Foto zeigte, habe ich sie natürlich sofort erkannt. Wir sind zusammen zur Schule gegangen.« Sie sah, dass Alfonso ein Notizbuch aus der Tasche genommen hatte und sie fragend ansah. »Ja, natürlich können Sie aufschreiben, was ich sage. Ich kenne die Polizeiregeln gut. Mein Sohn arbeitet auch für die Polizei, aber in Rom.«

Sie wandte sich wieder an Garini. »Fabbiola kam am Montag um Viertel nach vier in meinen Laden. Sie ist eine Stammkundin, seit sie vor einigen Monaten das Stricken für sich entdeckt hat.« *Signora* Balli schaute auf ihre Hände und verschränkte sie ineinander.

Garinis Herz sank. Hier war eine ehrliche Zeugin, jemand, den er nicht ignorieren konnte. Und es sah jetzt schon schlecht für Fabbiola aus, obwohl *signora* Balli noch kaum ein Wort gesagt hatte. »Wieso können Sie sich so genau an die Uhrzeit erinnern?«

»Ich muss regelmäßig meine Medizin nehmen, darum stelle ich mir immer einen kleinen Wecker. Ich hatte gerade meine Tabletten geschluckt, als sie hereinkam.«

Garini nickte. »Ich verstehe. Bitte fahren Sie fort.«

»Sie suchte Wolle für ihr neuestes Projekt aus. Anscheinend hat die Strickgruppe entschieden, dass sie eine Decke für die Ponte Vecchio stricken möchten. In Burgunderrot.«

Garini blinzelte. »Eine Decke für die Ponte Vecchio?«

»Ja.« *Signora* Ballis Lippen zuckten. »Ich gebe zu, dass ich einen kleinen Scherz machte und sie fragte, ob sie eine Art Brückenwärmer stricken wolle, so, wie es ja auch Teekannenwärmer gibt, aber sie nahm das Projekt sehr ernst.«

»Ich weiß.« Er seufzte aus tiefstem Herzen. *Sie nimmt alle ihre Projekte sehr ernst.*

»Sie schien ein wenig nervöser als sonst, denn sie schaute ständig auf ihre Uhr, und als es zwanzig vor fünf war, sagte sie, dass sie losmüsse, schnappte sich die Wolle und stürzte davon. Normalerweise hat sie alle Zeit der Welt.«

»Hat sie auch Stricknadeln gekauft?«

»Nein. Nur die Wolle. Und dann ist sie gegangen.«

»Verstehe.« Garini schluckte. *Das sieht nicht gut aus.* »Hat sie sonst noch etwas gesagt? Hat sie eine Verabredung erwähnt oder was sie noch vorhatte?«

Signora Balli schüttelte den Kopf. »Nein.« Sie zögerte, dann sagte sie: »Ich hoffe, ich habe ihr jetzt keine Schwierigkeiten gemacht. Ich war nur so überrascht, als ich ihr Foto sah, dass mir ihr Name herausplatzte. Und dann konnte ich es leider nicht ungeschehen machen.«

»Nein, natürlich nicht.« Garini zwang sich zu einem Lächeln. »Sie haben alles richtig gemacht. Wir werden Ihre Aussage aufnehmen und Sie bitten, sie zu unterschreiben. Es ist möglich, dass Sie sie dann später vor einem Gericht wiederholen müssen.«

Signora Balli wurde blass. »Oh nein.«

»Wir werden Sie informieren.«

Er verließ niedergedrückt den Laden. Es sah so aus, als müsste er Fabbiola noch einmal befragen, dieses Mal ohne Samthandschuhe. Wer wusste, wo das alles enden würde? Er wollte gar nicht an Carlinas Reaktion denken.

Piedro tanzte fast vor Begeisterung. »Das war ein entscheidendes Detail, oder? Die Verbindung, die uns fehlte, das Bindeglied, das alles klar macht!«

Garini zwang sich, zu nicken. »Ja. Gute Arbeit, Piedro.« Er wandte sich an Alfonso. »Bitte kehre zur Polizeistation zurück und beende den Bericht. Wir stoßen dann später dazu.«

Fünfzehn Minuten später steuerte Garini auf das Familienhaus der Mantonis auf der Via delle Pinzochere zu. Piedro folgte ihm auf den Fersen wie ein glücklich hüpfender Terrier. Garini dagegen musste sich zwingen, vorwärtszugehen. Mit trockenem Mund betrachtete er den glänzenden Schlüssel in seiner Hand, der die Tür öffnen würde. Würden sie ihm den Schlüssel wegnehmen, wenn er Fabbiola festnahm? Würde Carlina ihn rauswerfen? Sein Herz zog sich zusammen.

In dem Augenblick, in dem er die schwere Holztür hinter sich geschlossen hatte, trat Onkel Teo aus seiner Wohnung.

»Ach, da bist du ja, Stefano.« Der alte Mann lächelte ihn an. Er sah heute besser aus, nicht mehr so niedergeschlagen. »Ich habe eine kleine Idee, die ich gern mit dir besprechen würde.«

Garini fiel es schwer, ihm in die Augen zu blicken. »Wäre es in Ordnung, wenn wir das ein wenig aufschieben würden?« Seine Stimme klang seltsam. »Ich muss vorher noch etwas erledigen.« *Und danach wirst du vermutlich gar nicht mehr mit mir sprechen wollen.*

»Natürlich.« Onkel Teo schaute ihn unter seinen buschigen Augenbrauen hervor an. »Geht es dir gut, mein Junge?«

Garini räusperte sich. »Ja.«

Es wurde jede Minute schlimmer. Er ging langsam nach oben und wünschte, er wäre am anderen Ende der Welt.

Unglücklicherweise war Fabbiola auch noch zu Hause. Und schlimmer noch, sie war alleine. Er hatte damit gerechnet, dass sie wenigstens ein Familienmitglied an ihrer Seite haben würde, das sie unterstützen könnte. In diesem Fall hätte er Nachsicht zeigen und die Person bleiben lassen können, gegen seine Erfahrung und entgegen der Regeln. Aber er konnte sie schlecht bitten, jemanden zu rufen.

Fabbiola bat sie, auf dem prallen Sofa vor ihr Platz zu nehmen. Sie ließ sich in einen Lehnstuhl fallen und kramte eine formlose Decke in Burgunderrot hervor.

»Was kann ich für dich tun, Stefano?« Sie lächelte ihn an. »Es macht dir doch nichts aus, wenn ich weiterstricke, oder? Wir haben ein großes Projekt und möchten es rechtzeitig fertigstellen. Es geht mir jetzt so viel besser, wo es Olga nicht mehr gibt. Sie war eine echte Bedrohung für die Familie, aber Gott hat auf seinen weisen Wegen dafür gesorgt, dass sie entfernt wurde.«

Garini hielt eine Hand hoch, um den Redefluss zu stoppen. »Ich fürchte, ich habe schlechte Neuigkeiten, Fabbiola. Möchtest du vielleicht einen Anwalt hinzurufen? Ich denke, du solltest einen rechtlichen Beistand an deiner Seite haben.«

Sie hob die Augenbrauen. »Aber nein, warum sollte ich? Wir kennen uns doch, und ich habe nichts zu verbergen.«

»Ich denke dennoch, dass es gut wäre. Könntest du mir den Namen deines Anwalts nennen?«

Sie machte ein ungeduldiges Geräusch wie ein wütendes Kätzchen. »Tscha. Nun hör endlich auf, Blödsinn zu reden, und sag mir, was dich zu mir führt.«

»Bist du damit einverstanden, dass Piedro hier alles aufnimmt, was du sagst?«

Sie warf einen flüchtigen Blick auf Piedro, der das kleine Aufnahmegerät hochhielt. Dann rollte sie mit den Augen. »Na klar. Sprich weiter.«

Ihr Verhalten verwirrte ihn. Sie schien völlig entspannt zu sein, als wäre sie niemals zur entscheidenden Zeit in der Nähe des Turms gewesen. »Wir haben heute einen Zeugen gefunden, der uns mitgeteilt hat, dass du zum Zeitpunkt von Olgas Sturz in der Nähe des San-Niccolò-Turmes gewesen seist.«

Ihr Augen weiteten sich. »Oh.«

»In deiner vorherigen Aussage hast du uns mitgeteilt, dass du den ganzen Tag zu Hause gewesen seist. Möchtest du diese Aussage korrigieren?«

Ihr Blick glitt von seinem Gesicht und sie kicherte nervös. »Du lieber Himmel, wie ernst du klingst. Dann hatte ich's halt vergessen. Jetzt, wo du's sagst, fällt mir ein, dass es stimmt. Ich bin ein wenig einkaufen gegangen. Ist das ein Problem?« Sie blickte auf ihre Arbeit und begann fieberhaft zu stricken. Das Klappern der Stricknadeln klang hart in dem stillen Raum.

»Wo genau bist du gewesen?«

»Ich bin zum Strickladen gegangen, um diese Wolle hier zu kaufen.« Sie hob die burgunderfarbene Masse in die Höhe. »Wir möchten die Ponte Vecchio einwickeln. Es wird wunderbar aussehen. Ich gehe oft in diesen Laden, also ist das gar nicht ungewöhnlich.« Sie zuckte mit den Schultern und schaute nicht hoch. »Deshalb hatte ich's vermutlich auch ganz vergessen.«

»Aber du hattest einen Termin um fünf Uhr.«

Das Klappern der Stricknadeln stoppte. Die plötzliche Stille fühlte sich an, als wäre eine unsichtbare Bedrohung in den Raum getreten. Draußen hupte eine Vespa, aber das betonte die Stille nur noch. Während sich der lautlose Moment hinzog, veränderte sich die Atmosphäre im Raum. Fabbiola setzte sich aufrechter hin und presste die Lippen zusammen.

Garini sah es und erkannte die Zeichen genau – jetzt fuhr sie ihre Schutzwälle hoch. Fabbiola ließ ihre sorgfältig aufgebaute Sorglosigkeit fallen und zog sich hinter ihre Mauer zurück.

Verdammt.

Carlinas Gesicht erschien vor seinem inneren Auge. Würde er sie wegen dieser Sache verlieren? Er ballte die Fäuste. Es durfte ihn nicht beeinflussen. Er kannte seine Pflicht.

»Wer sagt denn, dass ich einen Termin hatte?« Fabbiolas Stimme klang angespannt.

»Der Zeuge sagte das.« Garini sagte mit Absicht nicht »Zeugin«.

»Blödsinn.«

Garini beugte sich nach vorne. »Fabbiola, du hast mich zuvor auch schon angelogen, und ich rate dir, damit jetzt aufzuhören. Ich merke doch, dass du nicht die Wahrheit sagst.«

»Ich hatte keine Verabredung.« Sie biss die Zähne so fest zusammen, dass die Muskeln in ihrem Kiefer sich deutlich nach außen wölbten.

»Wo musstest du pünktlich um fünf Uhr sein?«

»Nirgendwo.«

»Aber du hast den Laden in Eile verlassen.«

Sie biss sich auf die Lippen.

»Wen hast du getroffen, Fabbiola?«

»Niemanden.«

»Du hast überhaupt niemanden getroffen?«

»Richtig.« Sie begegnete trotzig seinem durchdringenden Blick.

»Wohin bist du gegangen?«

Sie schob die Schultern zurück. »Ich möchte Carlina haben. Sie ist die Einzige, die dich kontrollieren kann, wenn du so aussiehst.«

Garini zuckte zusammen. »Du kannst einen Anwalt haben.«

»Ich will keinen Anwalt. Außerdem kenne ich gar keinen. Ich habe noch nie einen gebraucht. Wen sollte ich anrufen? Ich habe keinen Namen und gar nichts.«

»Ich könnte dir eine Liste geben, damit du dir davon einen aussuchen kannst.«

»Pah.« Sie schüttelte den Kopf. »Die kenn ich nicht und denen vertraue ich auch nicht. Ich will Carlina. Warum kann sie nicht hier sein?«

Garini zwang sich, tief Luft zu holen, und entschied sich, die Frage zu ignorieren. »Bitte beantworte meine Frage. Wo bist du am Montag hingegangen, nachdem du den Strickladen verlassen hast?«

Eine Tür knallte und Carlinas Stimme erklang. »*Mamma*! Bist du da?«

Garini schloss die Augen.

Fabbiola wurde wieder munter. »Ich bin im Wohnzimmer, Carlina!«

Carlina schoss wie eine Pistolenkugel in den Raum und kam schlitternd zum Stehen, als sie Garini sah. Ihr Blick ging von ihm zu Piedro, zu dem Aufnahmegerät in Piedros Hand und wieder zu Garini zurück.

»Was ist hier los?« Ihre Stimme klang scharf.

»Setz dich, meine Liebe.« Fabbiola klopfte auf das Kissen neben sich. »Du musst deinen *commissario* hier mal in die Schranken weisen. Er scheint wild entschlossen zu sein, mich ins Gefängnis zu schleppen.«

Carlinas entsetzter Blick flog zu Garini. »Das ist nicht dein Ernst, oder?«

»Wir haben einige Tatsachen erfahren, die es nötig machten, ein weiteres Gespräch zu führen.« Er sah, wie sie unter seinem offiziellen Ton zusammenzuckte, und musste sich zwingen weiterzusprechen. »Ich habe deiner Mutter empfohlen, einen Anwalt hinzuzuziehen, aber —«

»Aber ich habe ihm gesagt, dass ich nur dich brauche, meine Liebe.« Fabbiola nahm den Arm ihrer Tochter. »Immerhin weißt du, wie du ihn zu behandeln hast, wenn er in einer schwierigen Stimmung ist.«

Carlina schüttelte den Kopf, als ob sie ihn freibekommen wollte. »*Mamma*, wenn Stefano sagt, dass du einen Anwalt brauchst, dann solltest du das ernst nehmen. Willst du nicht einen anrufen und –?«

»Auf gar keinen Fall!« Fabbiola presste die Lippen zu einem Strich zusammen. »Ich möchte nur dich, und ich muss sagen, dass ich schwer davon enttäuscht bin, wie zögerlich du mir zu Hilfe kommst.«

»Aber ich bin doch hier, *mamma*, und ich gehe ja gar nicht weg.« Carlina schaute Garini flehend an. »Oder muss ich gehen?«

Ihre Blicke trafen sich. Er konnte sich nicht dazu bringen, sie wegzuschicken, obwohl er wusste, dass es für ihn schwieriger werden würde, weil sie in Kürze die Partei ihrer Mutter ergreifen würden. Aber er schaffte es einfach nicht.

Carlina schluckte sichtbar. »Ich verspreche, kein Wort zu sagen. Ich verspreche, sie nicht zu beeinflussen. Bitte lass mich bleiben.«

Wenn sie bloß nicht so vernünftig wäre, dann wäre es einfacher, sie wegzuschicken. Er nickte kaum merklich, obwohl er es eigentlich nicht wollte. Bevor er weitere Zugeständnisse machen konnte, wandte er sich schnell wieder an Fabbiola.

»Um meine Frage zu wiederholen: Wohin bist du am Montagnachmittag gegangen, als du den Strickladen verlassen hast?«

Erstaunt rief Carlina: »Aber du hast doch gesagt, dass du den ganzen Tag zu Hause gewesen seist, *mamma*!«

Fabbiola zuckte mit den Schultern. »War ich doch nicht. Hatte es vergessen.«

Carlinas Augen weiteten sich vor Schreck.

»Bitte unterbrich uns nicht mehr.« Garini stellte sicher, dass seine Stimme keines der Gefühle offenbarte, die er empfand. »Sonst muss ich dich doch noch bitten zu gehen.«

»Entschuldigung.« Sie sah ihn erstaunt an.

Erstaunt, dass er so kühl und streng zu ihr war. Erstaunt über die plötzliche Distanz zwischen ihnen. Ihr Blick ließ ihn bis in sein Innerstes frieren.

»Fabbiola? Könntest du jetzt bitte meine Frage beantworten?«

»Ich bin nirgendwohin gegangen«, sagte Fabbiola. »Ich ging nur nach Hause.«

»Direkt nach Hause?«

Sie zögerte. »Gewissermaßen. Ich bin ein wenig herumgewandert. Es war ein schöner Tag.«

»Aber es hat doch den ganzen Tag gegossen«, rief Carlina aus. Dann biss sie sich auf die Unterlippe und zog die Schultern zusammen. »Entschuldigung.«

»Ich sage dir auf den Kopf zu, dass du zum San-Niccolò-Turm gegangen bist und dich dort mit Olga getroffen hast.« Garinis Stimme klang wie Stahl.

Fabbiola zuckte so sehr zusammen, dass sie fast vom Stuhl fiel. »Ich hatte keine Verabredung mit Olga!«

»Also gibst du zu, dass du zum Turm gegangen bist?«

Sie schob die Lippen vor. »Das war eine Fangfrage!«

Garini zwang sich, ruhig zu bleiben. »Möchtest du dieses Gespräch aufschieben, bis ein Anwalt dabei sein kann?«

Fabbiola blitzte ihn wütend an. »Wirst du jetzt endlich mal aufhören, von diesem dämlichen Anwalt zu sprechen? Nein! Ich sage es dir jetzt zum letzten Mal, tausendmal nein! Wen sollte ich schon anrufen? Ich kenne keinen Anwalt. Ich brauche auch keinen! Niemand kann sagen, dass ich Olga umgebracht habe. Ja, es ist richtig, dass ich zu dem blöden Turm gegangen bin. Als ich auf die oberste Etage kam, hörte ich einen Schrei. Ich rannte auf die andere Seite, um nach unten zu schauen, und da sah ich, wie sie auf dem Boden lag. Ich habe den lila Regenmantel sofort erkannt. Aber ich war überhaupt nicht in ihrer Nähe! Die hätte ich ja noch nicht mal mit der Kohlenzange angefasst! Sie sprang von ganz alleine da runter.«

Carlina machte ein gurgelndes Geräusch und hielt sich die Hand vor den Mund.

Stefano zwang sich, nur Fabbiola anzusehen. »Du hast gesehen, wie Olga auf dem Boden lag, als du nach unten geschaut hast?«

»Ja«, sagte Fabbiola mürrisch. »Wie gesagt, ich habe den Regenmantel sofort erkannt. Ein Mann beugte sich über sie.«

»Was hast du dann getan?«

Fabbiola schluckte. »Ich bin gegangen.«

»Du bist nicht dageblieben, um zu sehen, ob du ihr helfen kannst?«

»Natürlich nicht. Man kann niemandem helfen, der von einem einhundert Meter hohen Turm springt.«

»Sechzig.«

»Was?«

»Er ist sechzig Meter hoch.«

Sie machte eine ungeduldige Bewegung mit der Hand. »Wie auch immer. Es war jedenfalls klar, dass sie tot sein musste. Ich kann dir gar nicht sagen, wie wütend ich war! Bis zum Ende hat sie mich für ihre Zwecke eingespannt. Sie wollte immer nur Ärger machen, immer und immer! Also verschwand ich, so schnell ich konnte.«

»Inwiefern hat sie dich für ihre Zwecke eingespannt?«

»Na, indem sie mir diesen Brief schickte!«

Garini beugte sich nach vorne. »Welchen Brief?«

Fabbiola zischte ungeduldig. »Am Montagmorgen fand ich einen Brief in meinem Briefkasten. Darin stand, dass ich um fünf Uhr nachmittags am gleichen Tag zum San-Niccolò-Turm kommen solle.«

»Wer hat ihn unterschrieben?«

»Niemand.«

»War der Brief in einem Umschlag?«

»Aber natürlich!«

»Kannst du dich daran erinnern, ob der Brief frankiert und abgestempelt war?«

Fabbiola schüttelte den Kopf. »War er nicht. Ich dachte mir, dass er persönlich abgegeben worden sein musste.«

»Und warum bist du bereitwillig zu einem Treffen mit jemandem gegangen, der noch nicht mal bereit war, persönlich zu unterschreiben?«

»Ich dachte, dass er von jemandem aus meiner Strickgruppe käme. Wir hatten diskutiert, ob wir eine riesige Bauchschleife für den San-Niccolò-Turm stricken sollten – in Himmelblau, von allen fürchterlichen Babyfarben. Einige waren dafür, aber ich wollte lieber die Ponte Vecchio mit einer burgunderroten Decke einwickeln, und darum haben wir uns am Ende für dieses Projekt entschieden. Als ich den Brief las, dachte ich mir, dass jemand diese Entscheidung heimlich unterwandern wollte und ein geheimes Treffen vereinbart hatte. Es gibt da eine Frau in unserer Gruppe, die in allem das Sagen haben will, Bruna. Sie ist eine echte Schlange. Also dachte ich mir, dass ich vielleicht nicht offiziell eingeladen war, aber dass ein anderes loyales Gruppenmitglied mich informieren wollte, ohne persönlich involviert zu werden. Ich war natürlich fuchsteufelswild. Immerhin hatten wir die Entscheidung ja schon getroffen und ich fand es völlig dämlich, das Thema jetzt nicht ruhen zu lassen.«

»Fandest du nicht, dass der Turm ein seltsamer Treffpunkt war? Immerhin kostet er Eintritt.«

Fabbiola schüttelte den Kopf. »Nein. Brunas Mann hatte irgendetwas mit der Renovierung zu tun und hätte uns freien Zutritt gewährt. Das hat sie uns gesagt, als wir die babyblaue Bauchschleife diskutiert haben. Darum fand ich den Brief nicht komisch.«

»Können wir ihn bitte einmal sehen?«

Fabbiola blickte auf ihre Hände. »Ich habe ihn nicht mehr.«

»Du hast ihn nicht mehr?« Garinis Stimme klang scharf. »Warum nicht?«

»Weil darin stand, dass ich ihn sofort nach dem Lesen aufessen soll. Und den Umschlag auch.«

»Du solltest den Brief *aufessen*?« Garini traute seinen Ohren nicht. »Warum um alles in der Welt solltest du das tun?«

Fabbiola zuckte mit den Schultern. »Weiß nicht. Vielleicht wollte das Mitglied, das mich heimlich informiert hatte, keinen Beweis hinterlassen, dass sie mich gewarnt hatte.«

Carlina starrte ihre Mutter an, als ob sie sie noch nie zuvor gesehen hätte. »Hast du den Brief wirklich aufgegessen, *mamma*?«

»Nein.« Fabbiola schüttelte den Kopf. »Es war dickes Papier und ich wollte es nicht so lange kauen. Ich habe ihn verbrannt.«

Garini lehnte sich zurück. »Du hast den Brief verbrannt!«

»Ja. Und den Umschlag auch.«

»Wann hast du das gemacht?«

»Direkt nachdem ich ihn erhalten hatte. Es fühlte sich gut an. Und dann bin ich losgegangen, um die burgunderrote Wolle für die Brücke zu kaufen, damit die anderen im Team nicht darauf bestehen konnten, mit der babyblauen Bauchschleife anzufangen. Ich schuf Fakten, die man nicht so einfach von der Hand weisen kann.« Fabbiola klang rundum zufrieden, als sie sich an ihre Strategie erinnerte. »Aber als ich Olga mit ihrem dämlichen Regenmantel da unten liegen sah, wurde mir blitzartig klar, dass sie das alles organisiert hatte. Sie hat mich ausgenutzt!« Ihr Gesicht wurde hart.

»War noch irgendjemand sonst auf dem Turm, während du da warst?«

»Nein.« Fabbiola schüttelte den Kopf. »Nur ich.«

»Also denkst du, dass Olga freiwillig gesprungen ist, in der Sekunde, wo du oben auf den Stufen erschienen bist?«

Fabbiola zögerte. »Scheint so.«

»Aber das ist nicht sehr wahrscheinlich, oder?«

»Wieso?«

»In Olgas Leben war doch alles in Ordnung. Ein frische Romanze, ein erfolgreicher Job … Sie war nicht der Typ, der sich das Leben nahm. Sie hatte gar keinen Anlass dazu.«

Fabbiola zuckte mit den Schultern. »Wer weiß, was sie für Dämonen im Kopf hatte. Vielleicht hat der Teufel sich ja auch ihrer bemächtigt und sie dazu gebracht, zu springen.« Fabbiola neigte den Kopf zur Seite. »Oder ein Engel hat sie sanft über die Kante geschoben, um uns vor ihren verschlagenen Plänen zu schützen. Ja, diese Erklärung gefällt mir noch besser.«

Garini biss die Zähne zusammen und entschied sich, brutal zu sein. »Fabbiola, ist dir klar, dass du die Hauptverdächtige am Mord von Olga Ottima bist?«

Fabbiola fuhr zurück und starrte ihn an. »Was? Ich? Nein!«

Carlina ergriff die Hand ihrer Mutter und hielt sie tröstend fest. Ihr ängstlicher Blick verließ keine Sekunde lang Garinis Gesicht.

Garini beugte sich nach vorne. »Warum habt ihr einander so sehr gehasst?«

»Ich habe Olga nicht gehasst«, sagte Fabbiola mit Würde. »Sie hasste mich.«

Garinis Blick traf für einen bedeutungsvollen Augenblick auf Carlinas. Er unterdrückte ein Seufzen. *Wie kann sie sich nur so sehr selbst betrügen? Oder ist alles nur vorgetäuscht?*

»Nun gut«, sagte er. »Dann erzähle mir, warum Olga dich so sehr hasste.«

Fabbiola zuckte ungeduldig mit den Schultern. »Sie hat völlig übertrieben.«

Garini biss die Zähne zusammen. »Erzähl mir einfach, was geschehen ist.«

»Sie hat überreagiert.«

»Fabbiola –«

»*Mamma* –«

Sie sprachen beide gleichzeitig und brachen ab.

Dann sprach Carlina weiter. »Bitte erzähle Stefano genau, was geschehen ist, *mamma*. Es ist wichtig.«

Fabbiola rollte genervt die Augen zur Decke, aber dann seufzte sie und zuckte mit den Schultern. »Also gut. Es war in unserem letzten Schuljahr. Wir waren in der gleichen Schulklasse, und sie war die Freundin von Nico.«

»Nico?«, fragte Carlina.

Fabbiola nickte. »Ja. Nico de Niro. Wir mochten ihn alle. Er war sehr charmant. Keiner konnte verstehen, warum er mit Olga ausging, die nun wirklich das gewisse Nichts hatte. Immer schon. Aber Männer sind ja bekanntlich blind, nicht wahr?« Sie schaute Garini an, als erwartete sie von ihm eine Bestätigung.

Er reagierte noch nicht einmal mit einem Wimpernschlag.

»Wie dem auch sei.« Fabbiola machte eine weite Armbewegung, als ob sie die Blindheit der Männer vom Tisch fegen wollte. »Am letzten Freitagmorgen, unserem allerletzten Schultag, kam Nico zu mir und fragte mich, ob ich an dem Abend mit ihm tanzen gehen wolle. Ich war sprachlos, denn jeder wusste ja, dass er mit Olga ging. Also habe ich ihn gefragt, was denn Olga davon halte, und er sagte mir, dass es zwischen ihnen aus sei.«

»War das auch wirklich so?«, fragte Carlina. »Und wenn ja, wie kam es, dass du nichts davon wusstest?«

Fabbiola zuckte mit den Schultern. »Ich dachte mir, dass er es ja wohl am besten wissen müsse. Außerdem mochte ich ihn. Er war viel zu gut für sie, da waren wir uns alle einig. Und ich wollte gern ausgehen, also sagte ich Ja. Aber an dem Abend erschien Olga auch. Sie war so wütend, dass sie mich angriff, indem sie mir auf den Rücken sprang und mich umwarf. Ich versuchte, mich zu verteidigen, und die anderen versuchten, uns auseinanderzubringen, aber sie war wie ein Wolf, eine reißende Irre.«

»Was hat Nico getan?«, fragte Carlina.

»Gar nichts. Er stand an der Seite und schaute zu. Aber die anderen sagten, dass er einen richtig komischen Gesichtsausdruck gehabt habe. Als ob er vor etwas Angst hätte. Ich kann das nicht beurteilen, denn ich war zu sehr damit beschäftigt, mich zu verteidigen. Irgendwann schafften es dann einige Leute, Olga unter Kontrolle zu bekommen. Ich werde niemals vergessen, wie sie dastand, von mehreren starken Männern zurückgehalten, und uns verfluchte. Sie sagte, ich hätte ihr Leben zerstört. Sie sagte, sie würde mir nie vergeben. Ich wusste gar nicht, wie mir geschah. Mein bestes Kleid war zerrissen und sie hatte mich so stark gekratzt, dass ich blutete. Ich hatte nichts, gar nichts getan, um Nico von ihr fortzulocken, aber Olga hörte gar nicht zu.« Fabbiola brach ab und starrte auf ihre Hände.

Carlina beugte sich nach vorne. »Und was geschah dann?«

»Am nächsten Morgen verschwand Nico. Keiner wusste, wohin er gegangen war. Seine Mutter kam zu mir und sagte mir, dass ich das Leben ihres Sohnes zerstört hätte. Olga verbreitete überall wilde Geschichten, wie sie sich an mir rächen würde. Alle redeten und redeten und sagten, dass ich etwas Fürchterliches getan haben müsse. Dass ich Olga Nico gestohlen hätte. Es war eine schreckliche Zeit.«

Garini lehnte sich zurück. »Aber das ist Jahrzehnte her. Ich finde es kaum vorstellbar, dass dieses Ereignis, so erschütternd es auch gewesen sein mag, heute noch Auswirkungen hat.«

Fabbiola verengte die Augen und funkelte ihn an. »Das ist nur, weil du so emotionslos bist. Dir fehlt eben die Leidenschaft.«

Carlina hob die Augenbrauen und ließ die Hand ihrer Mutter fallen.

Fabbiola schien es nicht zu bemerken.

»Du musst wissen, dass das erst der Anfang der Geschichte war. Olga wurde danach ganz seltsam. Sie lernte einen älteren Mann kennen, der ziemlich reich war, und innerhalb von drei Monaten heiratete sie ihn. Es war eine unglückliche Ehe, zumindest sagte ihre Mutter das jedes Mal, wenn ich sie auf dem Markt traf. Ich glaube, dass Olga sich irgendwie an Nico rächen wollte, indem sie aus purer Gehässigkeit so schnell heiratete. Aber der Plan ging nach hinten los. Als Nico mitbekam – wie genau, wissen wir nicht –, dass Olga verheiratet war, kam er zurück. Und er war auch verheiratet. Seine Frau war hinreißend, eine echte Schönheit und sehr intelligent. Olga spuckte Gift und Galle. Sie tat alles, um dem jungen Paar das Leben schwer zu machen. Dann starb ihr Mann, kurz nach der Geburt ihres Sohns Ugo. Er hatte einen Herzinfarkt.« Fabbiola lächelte ein wenig. »Wir haben alle gesagt, dass er vermutlich den Tod einer langen Ehe mit Olga vorgezogen hat.«

»Trotzdem ist all das schon vor Jahrzehnten geschehen.« Garini wollte, dass sie ihm zustimmte, dass sie bestätigte, wie wenig diese alten Gefühle heute noch zählten. Wenn sie dies tat, hätte sie ein schwächeres Motiv. Konnte sie das denn nicht sehen?

»Es mag schon sein, dass es lange her war, aber Olga war ja wie ein Elefant. Sie vergaß keine einzige Beleidigung. Als sie auf Onkel Teos Geburtstagsfeier erschien – und ich bin sicher, dass sie nicht eingeladen war! –, wusste ich sofort, dass das Teil ihrer groß angelegten Racheaktion war.«

Garini biss die Zähne zusammen. »Über dreißig Jahre später? Das klingt sehr unwahrscheinlich.«

Fabbiola beugte sich nach vorne. »Überhaupt nicht! Sie liebte es, die Leute zu zerstören, die nicht mit ihr zusammenarbeiteten. Ich kenne Tausende von Geschichten, die das bestätigen. Nimm doch zum Beispiel Carlinas Freundin Francesca. Olga hat ihre Familie fast ruiniert, als sie sie zwang, das Ferienhaus offiziell zu melden.«

»Aber das war ihr Job, Fabbiola. Sie arbeitete immerhin für die *finanza*.«

Fabbiola nickte. »Richtig. Sie arbeitete für den Teufel.«

Garini hielt sich mit Mühe unter Kontrolle. »Der Staat ist nicht der Teufel, Fabbiola.«

»Pah.« Fabbiola schnalzte mit der Zunge. »Das sagst du. Aber du arbeitest ja auch für ihn.«

Carlina setzte sich gerade hin. »Stefano! Meinst du, dass vielleicht Francescas Vater Olga umgebracht hat?«

Er blickte sie ruhig an. »Ich prüfe jede Möglichkeit, das kannst du mir glauben.« *Aber das würde noch lange nicht die Stricknadel erklären.*

Kapitel 9

I

Am nächsten Morgen auf der Polizeistation riss Cervi die Tür zu Garinis Büro weit auf und strahlte ihn an. »Gut gemacht.«

Stefano blinzelte. *Gut gemacht?* Er konnte sich nicht erinnern, wann sein Chef ihm das letzte Mal ein Kompliment gemacht hatte. Und wovon um Himmels willen sprach Cervi? Er war immer noch damit beschäftigt, seinen Bericht zu schreiben.

»Piedro hat mir alles erzählt.« Cervi hüpfte so temperamentvoll in den Raum, dass sein schwarz gefärbtes Haar in kleinen Wellen auf seinem Kopf flatterte. »Was für ein Riesenglück. Gute Arbeit. Aber das sage ich ja immer – wenn man dranbleibt und seine Hausaufgaben macht, dann wird es ein Erfolg!« Er rieb sich die Hände. »So eine schnelle Verhaftung ist gut für unseren Ruf.«

Garini räusperte sich. »Verhaftung? Ich habe niemanden verhaftet.«

Cervi blieb der Mund offen stehen. »Was? Sie haben sie nicht verhaftet? Warum um alles in der Welt nicht? Sie wird schon das Land verlassen haben! Vielleicht hat sie auch weitere Personen umgebracht! Nun sagen Sie mir bloß nicht, dass Sie wegen Ihrer persönlichen Verbindung zu dem Fall die Verhaftung hinausgezögert haben.« Er reckte die Brust vor und breitete seine Arme weit aus. »Nein, nein, das ist Ihrer nicht würdig. Ich erwarte ein gewisses Maß an Professionalität. Ich erwarte echte Hingabe an Ihre Aufgaben, an die ethischen Grundsätze, die –«

»Ich bin von ihrer Schuld nicht überzeugt.«

»Nicht überzeugt?« Cervi schlug beide Hände gleichzeitig flach auf den Tisch, sodass er Garini überragte. »Was brauchen Sie denn noch, um überzeugt zu werden? Ist eine fehlende Stricknadel ein zu offensichtliches Indiz für Sie? Sie hatte ein Motiv, sie war zur entscheidenden Zeit an der richtigen Stelle, sie hatte eine Waffe und sie ließ sie im Körper des Opfers stecken … Was brauchen Sie denn noch? Zwanzig Leute, die dabei zusahen, wie sie ihr Opfer über die Zinnen geworfen hat? Ganz abgesehen davon, haben Sie vergessen, dass wir schon eine Beschwerde über die mutmaßliche Täterin in den Akten haben? Olga Ottima hat persönlich aufnehmen lassen, dass Fabbiola Mantoni versuchte, sie vor einigen Tagen die Treppe hinunterzuwerfen und dass sie sich darum das Handgelenk verstaucht habe. *Signora* Ottima bat uns ausdrücklich, es als einen Mordversuch einzustufen. Angesichts der jüngsten Ereignisse können wir mit Sicherheit davon ausgehen, dass sie die Lage richtig eingeschätzt hat. Wenn wir *signora* Ottima geglaubt hätten, wäre sie heute vielleicht noch am Leben. Wir können uns keine weiteren Fehler mehr leisten, Garini. Ich frage Sie jetzt ein letztes Mal: Worauf warten Sie noch?«

Garini stand auf, ging langsam um den Tisch herum und verschränkte die Arme vor der Brust. Jetzt konnte er auf Cervi hinabblicken. Er würde sich von seinem Boss nicht einschüchtern lassen. »Fabbiola Mantoni-Ashley sagt, dass sie durch einen anonymen Brief zum Turm bestellt wurde.«

»Ach ja, der berühmte Brief!« Cervi schnaubte. »Das ist lächerlich – absolut zum Lachen! Sie wissen ganz genau, dass sie zuerst gelogen hat! Erst als Sie sie mit der Wahrheit konfrontierten, kam sie mit dieser verrückten Geschichte an, die noch nicht mal ein Kind glauben würde. Piedro hat mir davon erzählt.

Ein Brief, den sie verschlucken sollte! Das ist lächerlich, absolut lächerlich! Ich frage mich, aus welchem Film sie diese Idee hat.«

»Es ist mir klar, dass alle Indizien gegen sie sprechen.« Garini biss die Zähne zusammen. »Aber ich bin dennoch nicht überzeugt.«

Cervi warf beide Hände in die Luft, ballte die Fäuste und schüttelte sie in Richtung Decke. »Nicht überzeugt, sagt er! Nicht überzeugt! Und warum nicht, mein lieber Herr *supercommissario*? Warum sind Sie immer noch nicht überzeugt, obwohl es doch genügend Beweise für ihre Schuld gibt?«

Garini schüttelte den Kopf. »Weil ich sie kenne. Es passt nicht zu ihr.«

»Ha!« Cervi zeigte auf Garini. »Sie kennen sie, dass ich nicht lache! Wie viele Menschen kennen wir wirklich? Wer wäre denn nicht in der Lage, jemanden umzubringen, wenn er bis an die Grenzen gereizt wird? Sie wären erstaunt, wenn wir einen Test machen würden!«

»Sie ist viel zu chaotisch, um so einen komplizierten Mord zu planen.«

»Aber das ist doch kein komplizierter Mord! Sie bittet ihr Opfer, zu einem geheimen Treffen am Turm zu kommen, und ist dumm genug, fünf Minuten vorher einkaufen zu gehen. Das ist nicht kompliziert. Das ist einfach nur dämlich. Frauen! Immer müssen sie einkaufen gehen, sind gar nicht in der Lage, sich zurückzuhalten, unfähig –«

»Aber sehen Sie denn nicht, dass das genau der Grund ist, warum sie unschuldig sein könnte?« Stefano ließ nicht locker. »Sie mag ja unorganisiert sein, aber beschränkt ist sie nicht.«

Cervi zuckte mit den Schultern. »Also hat sie's vielleicht im Affekt getan. Mir doch egal. Aber ich bin überzeugt, dass sie die Mörderin ist. Daran gibt es gar keinen Zweifel.«

Garini schüttelte den Kopf. »Das glaube ich nicht. Es ist irgendwie … falsch. Die ganze Sache ist unglaubwürdig. Ich weigere mich einfach zu glauben, dass Fabbiola Mantoni-Ashley eine Mörderin ist.«

»Jetzt hören Sie mir mal gut zu, mein Junge.« Cervi beugte sich vor. »Es ist ja gut und schön, wenn man Gefühle und Überzeugungen hat, aber in diesem Fall gibt es nun wirklich ausreichend Beweise. Sie hätten sie schon gestern festnehmen sollen! Ich kann nur beten, dass diese Verzögerung noch keinen unwiderruflichen Schaden angerichtet hat. Wenn sie die Stadt heute Nacht verlassen hat, wird die ganze Toskana über uns lachen. Ich hoffe nur, dass Rom es nicht auch noch mitbekommt!«

»Sie hat die Stadt nicht verlassen«, sagte Garini. »Ich habe sie heute Morgen gesehen.«

»Was? Heute Morgen? Wieso sind Sie denn so früh zu ihr gegangen, wenn Sie sie nicht festnehmen wollten?«

»Ich wohne dort.«

Cervis Augen weiteten sich. »Sie wohnen dort? Das wusste ich nicht! Wie kommt es, dass Sie in dem gleichen Haus wie eine Mörderin leben?«

Garini beherrschte sich mit Mühe. »Sie wissen, dass ich mit ihrer Tochter Caroline Ashley ausgehe. Sie lebt in der obersten Etage des Hauses.«

»Ja, schon, aber –«

»Ich hatte einen Wasserrohrbruch in meiner Wohnung. Darum bin ich vor einigen Tagen zu ihr gezogen.«

»Dann stellen Sie bitte sicher, dass Sie wieder ausziehen! Sie sollten nicht in einem Haus wohnen, das das Zentrum einer Morduntersuchung ist!«

Ein besseres Stichwort bekomme ich nicht. »Ich bin ganz Ihrer Meinung, *signor* Cervi.« Stefano zwang sich zu einem Lächeln. »Das habe ich die ganze Zeit schon gesagt. Am einfachsten wäre es, Sergio den Fall zu übergeben. Dann haben wir auch nicht den Schatten eines Zweifels, dass diese Untersuchung korrekt geführt wird, ganz ohne Rücksicht auf persönliche Gefühle und Beziehungen.«

»Ich akzeptiere bei keiner meiner Untersuchungen auch nur den Schatten eines Zweifels, Garini!« Cervis Gesicht wurde dunkelrot. »Ich ordne hiermit an, dass Sie diese Frau festnehmen. Auf der Stelle!«

Garini schluckte. »Ich würde gern erst einmal mit dem Rechtsanwalt des Opfers sprechen, *signor* Enterolazzi. Vielleicht kommt ja ein neuer Aspekt zutage, der –«

»Jetzt!« Cervis Puls begann, sichtbar am Hals zu pochen. »Und wenn ich ›jetzt‹ sage, dann meine ich das auch so!«

»Es besteht keinerlei Fluchtgefahr. Wir könnten –«

»Keinerlei Fluchtgefahr? Den Mantonis ist alles zuzutrauen! Setzen Sie sie in Untersuchungshaft. Auf der Stelle! Das ist mein letztes Wort!« Cervi verließ den Raum und knallte die Tür hinter sich zu.

Garini ließ den Kopf in die Hände fallen. Dann nahm er den Hörer auf und stählte sich innerlich. Die ganze Sache würde jetzt hässliche Züge annehmen.

II

»Carlina, ich bin es.« Seine Stimme klang angespannt.

Ihr Herz machte einen Purzelbaum. »Stefano? Was ist geschehen? Warum klingst du so –?«

Er unterbrach sie, bevor sie ihren Eindruck in Worte fassen konnte. »Ich habe schlechte Neuigkeiten, aber ich kann es dir nicht am Telefon sagen. Könntest du bitte zur Wohnung deiner Mutter kommen? Jetzt? Und erzähle niemandem, dass du kommst. Mach dich einfach auf den Weg.«

»Aber der Laden! Ich kann doch nicht mitten am Tag schließen!«

»Tu es diesmal.«

Sie hörte ein leises Klicken, dann war die Verbindung unterbrochen. Carlina blinzelte. Noch nie zuvor hatte Stefano so mit ihr gesprochen. Was um alles in der Welt ging hier vor? Ein Teil von ihr war verärgert, ein anderer Teil besorgt. *Er hat einen guten Grund für sein Verhalten,* sagte eine überzeugte Stimme in ihr. *Jetzt beeil dich mal lieber.*

Sie versuchte, ihre Assistentin zu erreichen, die an diesem Vormittag freihatte, aber sie erwischte sie nicht. Stattdessen hinterließ sie eine Nachricht, zuckte mit den Schultern, hing das Schild an der Eingangstür auf »Bin gleich zurück« und schloss den Laden ab. *Ich hoffe, er hat einen wirklich guten Grund dafür.*

Fünfzehn Minuten später parkte sie die Vespa vor der Haustür und sah Garini von der anderen Seite ankommen. Er war zu Fuß, gefolgt von seinem dämlichen Assistenten Piedro, und sah aus wie ein personifiziertes Gewitter. Piedro hingegen strahlte, als ob er gerade drei zusätzliche Urlaubstage angeboten bekommen hätte. *Seltsam.*

Sie beeilte sich, um sie noch vor der Tür einzuholen. »Stefano!«

Sein Blick bohrte sich in den ihren, dann nahm er ihren Arm in einen schmerzhaften Griff. »Ach, du bist auch hier. Nun, das können wir jetzt nicht ändern.«

Aber du hast mir doch gesagt, dass ich kommen soll! Die Worte lagen ihr schon auf der Zunge, als sein warnender Blick sie stoppte. Irgendetwas ging hier vor, das sie nicht verstand. Der Druck auf ihrem Arm wurde stärker.

»Bist du auf dem Weg zu deiner Mutter?«

Sie starrte ihn völlig verwirrt an.

Er nickte ihr kaum sichtbar zu.

»Ja.« Ihr Hals war trocken.

»Dann lass uns hochgehen.«

Er wartete, bis sie die Tür mit ihrem Schlüssel geöffnet hatte, und stieg dann als Erster die Treppe hoch. Piedro bildete das Schlusslicht.

Als sie bei Benedettas Wohnung ankamen, schoss Fabbiola aus der Tür. »Ich habe zu wenig Wolle«, keuchte sie. »Ich muss noch mal ins Wollgeschäft gehen. Hoffentlich hat sie die gleiche Farbe noch.« Sie hielt an, als ob sie jetzt erst bemerkt hätte, dass der Weg nach unten von drei Leuten versperrt war. »Carlina! Warum bist du nicht im Laden? Ist etwas geschehen? Warum ist Stefano hier? Warum –?«

Garini räusperte sich. »Ich verhafte Sie, Fabbiola Mantoni-Ashley, für den Mord an Olga Ottima. Alles, was Sie sagen, kann vor Gericht gegen Sie verwendet werden und –«

Fabbiolas Schrei übertönte seine nächsten Worte. »Was? Das ist ja wohl ein schlechter Scherz!«

Carlina starrte Stefano an, unfähig, die Neuigkeit zu verarbeiten. Aber sein verschlossenes Gesicht sagte mehr als tausend Worte. *Oh Madonna, es ist ihm ernst!* Die Treppe verschwand unter ihr und Dunkelheit breitete sich in ihrem Gesichtsfeld aus.

Eine Hand legte sich auf ihre Schulter und schüttelte sie, dann hörte sie Stefanos Stimme ganz nah an ihrem Ohr.

»Das geht gar nicht, Carlina. Ich brauche dich jetzt.«

Die Dunkelheit verzog sich, und sie starrte direkt in seine hellen Augen. »Okay.«

»Ich komme nicht mit!« Fabbiola schrie es fast. »Ich weigere mich mitzukommen!«

Carlina legte eine Hand auf den Arm ihrer Mutter. »*Mamma,* bitte. Ich bin sicher, dass es sich nur um ein Missverständnis handelt. Sie werden es schnell genug aufklären können.«

»Was?« Fabbiola schüttelte sie ab. »Steckst du mit ihm unter einer Decke? Hast du mitbekommen, dass dein kostbarer Freund mich ins Gefängnis stecken will? Mich!«

»Was ist hier los?« Onkel Teos ruhige Stimme kam von unten. Er war die Treppe hochgestiegen und stand zwei Stufen unter ihnen, sich am Geländer festklammernd.

Garini holte tief Luft. »Ich bedaure es sehr, aber ich muss Fabbiola für den Mord an Olga festnehmen.« Er biss sichtbar die Zähne zusammen. »Es war nicht meine Entscheidung.«

Onkel Teo wurde weiß. »Das muss ein Missverständnis sein.«

»Ich suche weiter.« Garini versprach es. »Aber im Augenblick muss ich so handeln.«

Piedro schaute Garini überrascht an. »Sie werden weitersuchen?« Seine Stimme klang ungläubig. »Aber die Fakten sind doch ganz eindeutig! Sie muss es gewesen sein! Niemand anders kann es getan haben!«

Fabbiola machte einen Schritt nach vorne, bis sie ihn fast gegen die Wand drückte. »Du dummes Hundejunges! Was weißt du denn schon? Wie kannst du es wagen, einfach zu behaupten, dass ich Olga umgebracht hätte?«

Garini nahm sie am Arm und zog sie sanft zurück. »Fabbiola, bitte. Er hat recht. Die Fakten sprechen leider eine eindeutige Sprache. Und deshalb muss ich dich jetzt mitnehmen.«

Carlina fand mit Mühe ihre Stimme. »Wo wirst du sie hinbringen?«

»Ins Untersuchungsgefängnis in Sollicciano. Dort muss sie bis zur Gerichtsverhandlung bleiben.«

Fabbiola wurde blass. »Es ist dir ernst, oder?«

Er nickte. »Leider ja.«

»Möchtest du mich in Handschellen legen? Was werden die Nachbarn sagen? Sie werden alle sehen, dass ich wie eine Kriminelle abgeführt und in ein Polizeiauto gestoßen werde. Ich habe nichts gemacht! Gar nichts!« Fabbiola bedeckte ihr Gesicht mit den Händen. Ihre Schultern schüttelten sich.

Carlina legte einen Arm um ihre Mutter. »Shhh.« Sie wusste nicht, was sie sonst sagen sollte. Es klang alles flach und falsch.

»Wir haben das Auto zwei Straßen weiter geparkt. Wenn du ruhig mitkommst, wird niemand etwas bemerken«, sagte Garini.

Fabbiola hob den Kopf. »Ich muss erst noch packen!«

»Du wirst nicht viel brauchen«, sagte Garini. »Ich schlage vor, dass Carlina alles einpackt, was du brauchst, und uns dann folgt.«

Fabbiola schaute ihn an. »Darf ich meine eigenen Sachen tragen?«

Garini nickte. »In Sollicciano, ja.«

»Gut.« Fabbiola zog Carlina nahe an sich heran und flüsterte ihr etwas ins Ohr.

Piedro sprang vor. »Es ist nicht erlaubt, geheime Botschaften zu flüstern, nachdem man verhaftet worden ist.«

Garini zuckte zusammen. Der eine Erfolg in seiner Karriere hatte Piedro nicht gutgetan.

Fabbiola wurde rot. »Das ist eine delikate Sache.«

Piedro richtete sich hoch auf und öffnete den Mund, aber bevor er etwas sagen konnte, ließ Garini eine Hand auf seine Schulter fallen. »Ist schon gut, Piedro.« Dann wandte er sich an Fabbiola. »Können wir jetzt gehen?«

Fabbiola zögerte und schaute sich um, als suchte sie nach etwas. »Noch nicht. Ich habe mein Strickzeug vergessen. Ich muss es doch mitnehmen!«

Piedros Mund blieb offen stehen. »Im Gefängnis darf nicht gestrickt werden.«

»Was?« Fabbiola sprang ihm fast ins Gesicht. »Warum nicht? Was kann denn wohl friedlicher sein, als zu stricken?«

»Sie haben Olga mit Ihrer Stricknadel erstochen!« Piedro starrte sie fassungslos an. »Also ist es natürlich nicht erlaubt! Das ist ja so, als ob man einem Mörder ein Messer gibt, wenn er ins Gefängnis geht.«

Die Worte fielen wie eine Bombe. Einen Augenblick lang waren alle wie erstarrt.

Dann holte Onkel Teo scharf Luft. »Olga wurde erstochen?«

»Ja«, sagte Garini. »Eine Stricknadel wurde in ihrem Körper gefunden. Und Fabbiola vermisst seit Montag eine Stricknadel.«

Fabbiola starrte ihn an. »Aber du kannst nicht beweisen, dass es meine Stricknadel ist!«

»Das ist richtig, das können wir nicht.« Seine Stimme war schwer. »Aber es ist die richtige Größe, und der Zeitpunkt passt auch. Es tut mir wirklich leid, Fabbiola, aber aufgrund all dieser Indizien muss ich dich verhaften.«

Fabbiola starrte ihn an.

Garini beugte sich nach vorne. »Denk nach, Fabbiola. Du warst die Einzige, die nahe genug dran war, um irgendetwas zu sehen. Bist du sicher, dass du niemanden gesehen hast, der sich davongeschlichen hat?«

Fabbiola runzelte die Stirn und schaute in die Ferne, während sie versuchte, sich zu erinnern. »Ich habe gar nicht in ihre Richtung geschaut, als ich hochkam. Sie war auf der Seite des Turms, die zum Arno zeigt, während ich auf der anderen Seite war, die Richtung Hügel geht. Es war schwierig, überhaupt etwas in der Distanz auszumachen, weil es so nebelig war. Ich habe mich erst umgedreht, als ich jemanden schreien hörte.«

»Und dann? Was hast du dann gesehen?« Er drängte sie weiter. *Bitte sag, dass du einen Schatten gesehen hast. Irgendetwas.*

»Nichts. Ich sah gar nichts.«

»Die Aussichtsfläche ist nicht groß und sehr übersichtlich. Wenn jemand Olga über den Rand gestoßen hätte, hättest du ihn oder sie sehen müssen, oder?«

Fabbiola schüttelte verwirrt den Kopf. »Ja, ich denke schon. Aber da war niemand.«

»War es vielleicht zu nebelig, um jemanden zu sehen? Hätte sich eine Person rasch davonstehlen können?« *Nun komm schon. Sag Ja. Es ist deine letzte Chance.*

»Nein. Ich konnte das andere Ende der Plattform gut sehen. Da war niemand.«

Carlina schluckte. »Dann muss es Selbstmord gewesen sein.«

Garini schaute sie fast mitleidig an. »War Olga denn der Typ, sich umzubringen?«

»Nein.« Onkel Teo, Carlina und Fabbiola antworteten alle gleichzeitig.

Garini nickte langsam. »Das war auch mein Eindruck.«

Fabbiola schüttelte wieder den Kopf. »Ich weiß wirklich nicht, wie sie das geschafft hat. Selbst nach ihrem Tod schafft sie es, das Leben anderer Leute zu zerstören.« Sie stand auf. »Nun gut. Ich komme mit, Stefano.« Sie schaute ihm gerade in die Augen. »Aber du hast die falsche Person. Ich habe Olga nicht umgebracht.«

Kapitel 10

I

Garini seufzte tief auf, als sie das Gefängnis verließen, und blickte auf Carlina neben sich.

Sie ging mit gesenktem Kopf und hängenden Schultern. Er sehnte sich danach, den Arm um sie zu legen, sie ganz nah an sich zu ziehen und zu trösten, aber er hatte Angst, dass sie ihm ins Gesicht schlagen oder, schlimmer noch, sich mit einem Ausdruck von Abscheu im Gesicht abwenden würde. Er hatte gerade ihre Mutter verhaftet, gegen seine Überzeugung, gegen seine Instinkte. Hatte sie wirklich verstanden, dass es nicht in seiner Macht gestanden hatte, diese Festnahme zu vermeiden?

»Es tut mir so leid, Carlina.«

Sie blieb stehen und schaute ihn mit riesigen Augen an. »Wird sie ganz alleine bleiben müssen, den ganzen Tag lang, Stefano? Ich glaube nicht, dass sie das aushält.«

»Nein.« Er schüttelte den Kopf. »Sie sind nur nachts in ihren Zellen und sie wird ihre mit zwei oder drei anderen Leuten teilen. Von neun Uhr morgens bis zum Abend wird sie die Möglichkeit haben, sich mit anderen auszutauschen.«

»Gut.« Sie holte zittrig Luft.

»Carlina?«

»Ja?«

Er musste es einfach fragen. »Was hat Fabbiola dir vorhin ins Ohr geflüstert, als ich sie festnehmen musste?«

Carlina schaute ihn mit einem schiefen Lächeln an. Es war nur ein Abklatsch ihres normalen, sorgenfreien Lachens. »Sie sagte mir, dass ich nicht die Unterwäsche einpacken solle, die sie selbst gestrickt hat.«

Er verstand kein Wort. »Die Unterwäsche, die sie selbst gestrickt hat?«

»Ja.« Carlina nickte. »Weißt du, sie kam zu Temptation und bot mir an, selbst gestrickte Unterwäsche für mich anzufertigen, aber ich sagte ihr, sie solle sie erst einmal selbst ausprobieren. Anscheinend hat sie's ausprobiert und …«

»Und was?«

Sie schaute auf. »Ich denke mal, sie hat festgestellt, dass die Wäsche fürchterlich kratzt, also wollte sie sicherstellen, dass ich sie auf keinen Fall einpacke.«

Er lächelte sie an, glücklich über das leichte Schmunzeln in ihrer Stimme. »Jetzt verstehe ich, warum sie ihre Worte nicht vor Piedro wiederholen wollte.«

»Ja, das wäre zu peinlich gewesen.« Carlina blickte auf ihre Füße und dann wieder hoch. »Stefano. Glaubst du … glaubst du, dass sie es getan hat?«

Sein Hals tat weh. »Nein.«

»Aber warum hast du sie dann festgenommen?«

»Weil mein Chef mir den Auftrag gegeben hat. Ich habe mit aller Macht versucht, um die Sache herumzukommen. Wirklich. Aber er wollte einfach nicht zuhören. Es half natürlich nicht, dass die entscheidende Information von seinem Sohn kam.«

»Von Piedro?«

»Ja.« Garini seufzte. »Er ist ja nicht der Hellste, und Cervi weiß das. Also war er natürlich begeistert, dass sein Sohn den entscheidenden Hinweis fand, um den Fall abzuschließen.«

»Aber was hat er denn bloß gefunden?«

»Er sprach mit der Frau in dem Wollgeschäft, in dem Fabbiola kurz vor dem Mord einkaufte. Das bewies, dass Fabbiola vor dem Tatzeitpunkt in unmittelbarer Nähe war, obwohl sie behauptet hat, den ganzen Tag zu Hause gewesen zu sein. Der Rest war dann nur noch Routine.«

»Verdammt.« Carlina presste die Lippen zusammen. Dann schaute sie hoch. »Stefano?«

»Hmm?«

»Warum glaubst du trotzdem nicht, dass sie die Mörderin ist?«

Langsam schüttelte er den Kopf. »Ich kann es dir nicht genau sagen, aber irgendetwas stimmt nicht. Ich fühle es, aber ich kann es nicht konkret benennen.«

Sie schaute ihn mit schief gelegtem Kopf an, wie ein Spatz, der auf einen Brotkrumen hofft. »Also denkst du, dass *mamma* nicht in der Lage ist, jemanden zu ermorden?«

»Ganz und gar nicht.« Er zögerte keine Sekunde. »Ich glaube, dass sie durchaus fähig ist, einen Mord zu begehen, ganz besonders, wenn es um Olga geht. In den letzten Tagen gab es ausreichend Wut und Frustration in eurem Haus, um diverse Morde zu rechtfertigen.« Er schaute sie reumütig an. »Aber sie würde es in einem Wutanfall tun, und der Mord auf dem Turm wurde im Detail geplant, bis hin zur letzten Minute. Darum fühlt es sich so falsch an.«

Carlina packte seinen Arm. »Finde den richtigen Mörder, Stefano.« Sie starrte ihn an.

Er schluckte. »Ich werde alles tun, was ich kann. Das verspreche ich.«

»Und kannst du mich jetzt bitte in deine Arme nehmen und ganz fest halten? Ich brauche eine Umarmung.«

Eine Last fiel von seinem Herzen. Er öffnete die Arme weit. »Komm her.«

II

Dreißig Minuten später betrat Garini das Büro von Enterolazzi & Enterolazzi. Olgas Rechtsanwalt hatte sein Büro in einem historischen Gebäude auf der Via dei Pescioni. Von der glänzenden Messingplakette an der Tür über die bunten Flaggen, die über dem Eingang gehisst waren, bis hin zu der teuren Holztäfelung an der Wand sah alles nach Macht und Geld aus. Enterolazzi selbst war in einen makellosen dunkelblauen Anzug gekleidet, mit einer Weste aus Brokat sowie passender Krawatte und Einstecktuch. Seine dunkelbraunen Schuhe glänzten, als er auf Garini zutrat, um ihm die Hand zu schütteln. Sein weißes Haar lag sorgfältig in weichen Wellen arrangiert, zurückgekämmt von einer hohen Stirn. Schwere Lider verdeckten seine scharfen Augen teilweise.

»*Commissario* Garini«, sagte er mit weicher Stimme. »Ich habe Sie erwartet. Sie sind hier, um alles über das Testament von Olga Ottima zu erfahren.«

»Das ist richtig.« Garini ließ sich auf dem staksigen Stuhl nieder, in dessen Richtung *signor* Enterolazzi mit einer Handbewegung zeigte. »Wie Sie wissen, untersuchen wir die Umstände ihres Todes.«

Der Rechtsanwalt schüttelte den Kopf und zog seine Mundwinkel nach unten. »So ein trauriger Fall. Sie war eine wunderbare Frau.«

Garini schaute ihn scharf an. War das nur eine Floskel oder glaubte er es wirklich? Wenn er aus Überzeugung sprach, war er Teil einer verschwindend geringen Minderheit in Florenz. »Ich habe gehört, dass sie nicht überall beliebt war«, sagte er probeweise, um die Lage zu sondieren.

Enterolazzi hob die Augenbrauen. »Ach, wirklich? Ich fand es immer sehr einfach, mit ihr zusammenzuarbeiten. Sie wusste, was sie wollte, und änderte nicht ständig ihre Meinung. Sehr effizient.«

Das kann ich mir gut vorstellen. »War sie schon seit vielen Jahren Ihre Kundin?«

»Oh ja.« Der betagte Rechtsanwalt nickte. »Ich kannte Olga Ottima seit fast dreißig Jahren. Sie hat einmal gesagt, dass sie mir mehr als irgendjemandem sonst vertraut.« Ein kleines Lächeln grub sich in seine Mundwinkel, während er sich erinnerte. »So eine kleine Frau, aber so viel Kraft. Ich bewunderte sie wirklich.«

Damit hatte Garini eine weitere Person neben Olgas Sohn gefunden, die wirklich um die Verstorbene trauerte. Er runzelte die Stirn. Vielleicht würde er dieses Wissen später noch einmal nutzen können.

»Aber Sie sind ja hier, um alles über das Testament zu erfahren.« Der Rechtsanwalt nahm hinter seinem riesigen Schreibtisch Platz, zog langsam eine Akte über die glänzend polierte Oberfläche aus Walnussholz, setzte sich eine schwarze Hornbrille auf die Nase und schlug in Ruhe die erste Seite auf. »Es ist sehr einfach«, sagte er. »Signora Ottima hinterließ ihrem Sohn Ugo ihr gesamtes Vermögen. Dazu gehören die Wohnung hier in Florenz, ein Haus am Gardasee und diverse Investitionen und Anlagevermögen im Wert von ungefähr vierhunderttausend Euro.«

Garini nickte. *Das ist kein schlechtes Erbe.* Er hatte erwartet, dass die gewiefte Olga genug Geld angesammelt hatte, um in gutem Stil zu leben.

»Der größte Teil kommt allerdings von ihrer Lebensversicherung.«

»Ihre Lebensversicherung?« Garini setzte sich aufrechter hin. Das waren Neuigkeiten.

»Ja.« Enterolazzi nickte. »Sie hat eine sehr hohe Lebensversicherung abgeschlossen, als ihr Sohn noch klein war, um sicherzustellen, dass es ihm finanziell gutging, falls ihr etwas zustoßen sollte. Das war direkt nach dem Tod ihres Mannes.«

»Und wie viel ist das?«

»Fast achthunderttausend Euro.«

Garini starrte ihn an. Damit war Ugo Millionär. »Weiß er um dieses Erbe?«

Enterolazzi zögerte.

»Sie können es mir ruhig verraten«, sagte Garini. »Ansonsten frage ich Ugo selbst.«

Enterolazzi schaute Garini an, ohne ein Wort zu sagen.

Garini konnte fast die Gedanken hinter seiner Stirn sehen. Falls Garini Ugo verhörte, würde Ugo ohne Zweifel die Wahrheit sagen, aber sich gleichzeitig in einem schlechten Licht präsentieren, da er nicht mit der Intelligenz gesegnet war, die seine Mutter auszeichnete. Es war besser, wenn Enterolazzi diesen Teil übernahm.

»Ja, er wusste davon.« Enterolazzi gab es nur zögernd zu.

»Wann hat er von der Lebensversicherung erfahren?«

Enterolazzi schaute auf die glänzend polierte Tischfläche vor sich und schob die Akte zwei Millimeter zur Seite. »Er sagte, dass seine Mutter ihm ungefähr eine Woche vor ihrem Tod davon erzählt habe.«

Garini sprang auf. »Eine Woche vor ihrem Tod? Warum sagte sie es ihm ausgerechnet jetzt, nach so vielen Jahren des Schweigens?«

Enterolazzi zuckte mit den Schultern. »Ich weiß es nicht. Ich habe ihm die gleiche Frage gestellt, aber er konnte sie mir nicht beantworten. Vielleicht hatte sie eine Vorahnung?«

Hoffnung erfüllte Garini. Hier war ein Motiv. Ein wunderbares Motiv. Vielleicht gab es doch noch eine Möglichkeit, Carlinas Mutter aus dem Gefängnis zu holen.

Der Rechtsanwalt schaute ihn aus verengten Augen an. »Ich sehe schon, was Sie denken, aber Sie können mir eines glauben: Ugo hätte seiner Mutter niemals auch nur ein Haar gekrümmt. Er hatte viel zu viel Ehrfurcht vor ihr.«

»Das mag ja sein.« Garinis Stimme klang flach. »Aber ich habe auch gesehen, wie schnell er einen Wutanfall bekommen kann.«

Enterolazzi presste die Lippen zusammen. Anscheinend kannte er Ugos Wutanfälle ebenfalls.

Garini nickte ihm kurz zu und wandte sich zur Tür. »Vielen Dank für die Informationen. Sie haben mir sehr geholfen.«

Enterolazzi kam um den Schreibtisch herum und legte eine Hand auf Garinis Arm. »Würden Sie mich bitte über die weiteren Ergebnisse der Untersuchung auf dem Laufenden halten, *commissario*?«

Garini schaute den perfekt gekleideten Mann an. Er war so klein, dass er nach unten blicken musste. »Warum?«

Enterolazzi wurde rot. »Sagen wir einfach, dass ich mich für den Jungen verantwortlich fühle. Ich kenne ihn, seit er ein Dreikäsehoch war, und ich habe seiner Mutter versprochen, ein Auge auf ihn zu haben, falls ihr etwas zustoßen sollte.«

Garini nickte. »Gut. Ich informiere Sie, wenn etwas geschieht, das Ugo betrifft.«

Er verließ das Büro des Anwalts mit einem viel leichteren Herzen. Die Sonne hatte die Steine der historischen Hauswände erwärmt, und ein unbestimmter Blumenduft hing in der Luft. Er atmete tief ein. Frühling. Es war Frühling. Und er hatte einen neuen Hinweis gefunden, etwas, das ihm unter Umständen helfen konnte, diese ganze Geschichte zu entwirren.

Er fischte sein Handy aus der Tasche, denn er konnte einfach nicht anders, er musste Carlina mitteilen, dass es zumindest einen Hoffnungsschimmer gab, selbst wenn es gegen die Vorschriften war, ihr irgendetwas zu verraten. Ihr verhärmtes Gesicht hatte ihn tief getroffen und dass sie ihm nicht ein einziges Wort des Vorwurfs gesagt hatte, machte die Sache irgendwie noch schlimmer.

»Carlina? Ich bin's.«

»*Ciao*.« Ihre Stimme klang angespannt. »Gibt es Neuigkeiten?«

»Eine Kleinigkeit.« Er versuchte, es nicht so wichtig klingen zu lassen, damit sie sich nicht zu viele Hoffnungen machte. »Ich habe gerade mit Olgas Rechtsanwalt gesprochen.«

»Oh.«

»Er sagte mir, dass Ugo eine bedeutende Summe aus einer Lebensversicherung erbt.«

Sie verstand sofort. »Das gibt ihm ein Motiv!«

»Ja. Ich werde sein Alibi auf den Prüfstand stellen. Ich kann nicht versprechen, dass daraus etwas wird, aber ich werde mein Bestes tun.«

»Vielen Dank, Stefano.« Sie holte tief Luft. »Danke, dass du mich informiert hast.«

»Behalte es für dich«, warnte er. »Offiziell weißt du nichts.«

»Verstanden.«

»Ich melde mich, sobald ich mehr weiß. Es kann sein, dass ich heute erst spät nach Hause komme.«

»Natürlich. Viel Glück.«

Carlina legte auf und schob die Schultern zurück. Wie lieb von ihm, extra anzurufen. Also gab es einen Hoffnungsstreifen am Horizont. Einen ganz blassen, aber immerhin.

Sie öffnete die Tür von Temptation weit und stellte sich für einen Augenblick auf den Bürgersteig, die warme Frühlingssonne genießend. Doch ein plötzlicher Gedanke an ihre Mutter ernüchterte sie. Ihre arme *mamma*. Konnte sie auch die Sonne genießen, in irgendeinen Hof gehen? Oder war sie den ganzen Tag drinnen eingeschlossen? Sie würde Stefano fragen müssen. Wie bald konnte sie sie besuchen gehen? Wenn Stefano nur schnell den richtigen Mörder finden würde.

Sie runzelte die Stirn. War es möglich, dass Ugo seine Mutter umgebracht hatte? Kraft hatte er genug. Falls er einen Wutanfall gehabt hatte, war das durchaus denkbar. Und ein Motiv besaß er auch. War es nicht so, dass die meisten Morde durch enge Familienmitglieder geschahen? Carlina nickte vor sich hin. Ja. Das klang alles sehr logisch. Jetzt mussten sie es nur noch beweisen.

Sie hob den Kopf und erstarrte. Vor ihr stand Ugo.

Carlina blinzelte und kniff sich in den Arm. Nein, es war keine Fata Morgana. Es war Ugo höchstpersönlich. Sie schluckte. Ihr Mund war plötzlich wie ausgetrocknet.

»*Ciao*.« Ugo schaute über ihre Schulter, als hätte er etwas Spannendes auf der Straße entdeckt.

Carlina drehte sich um und blickte die Via de' Tornabuoni entlang. Einige Touristen schlenderten die Straße hinab, schauten in die Schaufenster der Luxusgeschäfte, plauderten miteinander. Nichts Besonderes. Sie wandte sich wieder Ugo zu, der jetzt auf seine Füße starrte.

Carlina folgte seinem Blick. Wieder sah sie nichts Bemerkenswertes, nur die krummen Pflastersteine. »*Ciao*, Ugo.« Ihre Stimme klang rau.

Es gibt keinen Grund, Angst zu haben. Ich bin hier in Sichtweite von ganz vielen Leuten. Mir kann nichts passieren. Außerdem muss er ja mittlerweile wissen, dass mamma *für den Mord an seiner Mutter verhaftet worden ist. Er wiegt sich in Sicherheit.*

»Äh.« Ugo verlagerte sein Gewicht von einem Bein auf das andere, schaute sie für den Bruchteil einer Sekunde an und senkte sofort wieder den Kopf. »Äh.«

»Ja?« Carlina runzelte die Stirn. Es klang, als wäre er nervös. Aber was hatte er für einen Grund, um nervös zu sein? Oder war das alles nur gespielt? Sie schaute prüfend in sein Gesicht. Es erinnerte wirklich stark an einen Bullen. Nein, er war nicht Schauspieler genug, um vorzugeben, dass er nur ein Nervenbündel war. Aber wovor hatte er denn dann bloß Angst? Die plötzliche Erkenntnis, dass er noch unsicherer war als sie, ließ sie ihre eigenen Ängste vergessen. »Was kann ich für dich tun?«

»Äh.« Ugo schnappte nach Luft wie ein Fisch auf dem Trockenen. »Dein … dein Laden.«

»Ja?« Carlina blickte ins Schaufenster. Ein cremefarbener Spitzen-BH mit einem schokoladenfarbenen Streifen am Rand dekorierte ihre dunkle Schaufensterpuppe. Hatte er damit ein Problem? »Was ist mit meinem Laden?«

»Ich …« Er schluckte schwer. »Ich möchte etwas kaufen.«

Carlina starrte ihn an, als ob er ihr den Wunsch offenbart hätte, sich in eine Katze zu verwandeln. *Also weiß er noch gar nicht, dass* mamma *festgenommen wurde. Wenn er das wüsste, wäre er nicht hier, um etwas von mir zu kaufen.* »Oh.«

Sie riss sich zusammen und schaffte es, sich auf ihren Job zu konzentrieren. Ugo war nur ein ganz normaler Kunde, der nervös war, weil er sich in die Welt weiblicher Unterwäsche begeben sollte! Wie dämlich sie war!

»Natürlich«, fuhr sie fort. Vielleicht wollte er ja ein paar Boxershorts für sich kaufen. Sie hatte eine kleine Auswahl für Männer, aber vermutlich nicht in Ugos Riesenformat. Sie räusperte sich. »Ist … ist es für dich oder –?«

Ugo hob beide Hände, als ob er einen Schlag abwehren wollte. »Oh nein. Nein, nein. Es ist für … meine Freundin.« Ein feuriges Rot kroch von unten an aufwärts, bedeckte seinen massiven Hals und reichte bis zu seinen Wangen.

Carlina hatte Mühe, ihren Unterkiefer davor zu bewahren, auf die Brust zu klappen. Ugo hatte eine Freundin? Davon hatte sie ja noch nie etwas gehört! Hatte seine Mutter von ihrer Existenz gewusst? Sie trat einen Schritt zurück und machte eine einladende Bewegung mit der Hand. »Kein Problem. Komm rein. Wir werden etwas für sie finden.«

Er stampfte durch die Tür wie ein tollpatschiger Riese. Seine Augen weiteten sich, als er die Unterhöschen und BHs sah, die die Wände dekorierten, dann konzentrierte er sich auf die Kasse, als ob sie der einzige sichere Blickpunkt in dem ganzen Laden sei.

Carlina wurde klar, dass sie einige erprobte Entspannungstechniken anwenden musste, bevor Ugo in der Lage sein würde, ihr mitzuteilen, was er benötigte. »Möchtest du ein Glas Wasser haben?«

»Danke.« Ugo fixierte weiterhin die Kasse, als stünde sie zum Verkauf.

Es war nicht ganz klar, ob er »Ja, danke« oder »Nein, danke« meinte, aber Carlina entschied sich, sein Leben nicht noch schwieriger zu machen. Sie ging in den kleinen Lagerraum im hinteren Bereich des Ladens, fand zwei hohe Gläser mit dem Temptation-Logo und füllte sie mit Wasser aus dem kleinen Kühlschrank unter dem Tresen.

»Bitte schön.«

Das zarte Glas verschwand fast in seiner Pranke, bevor er den Inhalt hinunterkippte.

Ich hoffe, er muss jetzt nicht niesen, sonst wird das Glas in tausend Stücke zerquetscht.

Carlina lächelte ihn fröhlich an. »Hast du schon eine Vorstellung dessen, was du ihr gern schenken würdest?«

Seine breiten Wangen wurden wieder rot. »Sie hat gesagt, dass sie Unterwäsche mag. Also wollte ich sie überraschen.«

»Was für eine tolle Idee.« Carlina lächelte ihn ermutigend an. »Ich bin mir sicher, dass sie sich darüber freuen wird. Kennst du ihre Größe?«

Er streckte seine Hand aus und hielt sie ungefähr auf Hüfthöhe. »Sie ist ganz klein.«

Wenn sie so klein ist, muss sie eine Liliputanerin sein. In Gedanken fügte Carlina mindestens zwanzig Zentimeter hinzu. »Ist sie eher dünn oder ein wenig rundlicher?«

Die Frage schien ihn aus dem Gleichgewicht zu bringen, aber nach einer langen Pause schaffte er es zu sagen: »Sie ist nicht dick.«

Was auch immer das bedeuten mag. Carlina war klar, dass der Ausdruck »nicht dick« so ziemlich alles beschreiben konnte, von magersüchtig bis hin zu kurvig. Es hing alles von der Kultur und dem persönlichen Geschmack ab. »Also würdest du sagen, dass sie vermutlich eher S als M trägt?«

Er nickte einmal kurz. »Ja. S.«

Anscheinend war er ein Typ, der es mochte, wenn seine Freundinnen wie seine Mutter aussahen.

»Gut.« Carlina nahm ein Modell von der Wand, das polarisierte, um schneller herauszufinden, was er wirklich haben wollte. Es war ein durchsichtiges Material in einem dunklen Gelb mit ein wenig weißer Spitze am Rand. »Würde dieses ihr wohl gefallen?«

Er zuckte zurück. »Oh nein. Sie … sie mag schwarz.«

Jetzt kamen sie vorwärts. »Kein Problem.« Carlina hängte den gelben BH wieder zurück und ging zum nächsten Haken. »Wie wäre es denn hiermit?«

Es war das gleiche Modell, das auch im Schaufenster ausgestellt war, doch dieses Mal war es aus schwarzer Spitze mit einem cremefarbenen Akzent.

Ugo nickte. »Ja. Dieses da. Francesca wird das mögen.«

Carlinas Kopf schoss hoch. »Francesca? Deine Freundin heißt Francesca?«

Er nickte.

»Aber …« Carlina schluckte schwer. »Ist sie zufälligerweise Glasbläserin?«

Ganz langsam breitete sich ein Lächeln über sein Gesicht. »Ja, das ist sie. Sie hat mir gesagt, dass sie deinen Laden lieber mag als jeden anderen in der Stadt. Ich denke mal, du kennst sie?«

Carlinas Herz hämmerte. *Das ist doch nicht möglich. Er kann einfach nicht Francescas neuer Freund sein!* Was um alles in der Welt sah sie bloß in ihm?

Aber Francesca hatte ja schon immer für große und breite Männer geschwärmt. Sie starrte Ugo sprachlos an.

»Ja, ich kenne sie.« Sie räusperte sich. »Francesca ist eine meiner besten Freundinnen.« *Und sie hat sich in einen Mörder verliebt! Oh mein Gott. Ich muss sie warnen.*

Er nickte. »Ist S die richtige Größe für sie?«

»Ja. Ja, das ist richtig.« Mit zitternden Fingern wickelte Carlina den BH und das passende Höschen in das knisternde Seidenpapier mit dem glänzenden Temptation-Logo. Sie konnte es immer noch nicht ganz glauben. Vielleicht gab es ja ein Missverständnis? Sie räusperte sich. »Francesca sagte, sie habe dich bei einem Treffen des Stadtrates kennengelernt.«

Er nickte wieder. »Ja, das stimmt.«

»Aber … aber bist du … bist du denn auch ein Kunsthandwerker?« Carlina hatte keinen blassen Schimmer, ob er überhaupt arbeitete. Sie war davon ausgegangen, dass er in Vollzeit Sohn war.

»Ja. Ich bin Konditor.«

Carlina blinzelte. »Konditor?« Es war unvorstellbar.

»Ja. Oder auch Zuckerbäcker.« Er lächelte und entspannte sich sichtbar, das erste Mal überhaupt. »Ich habe mit Francesca darüber gelacht. Sie macht Blumen aus Glas, und ich mache sie aus Marzipan.«

»Verstehe.« Carlina schluckte. Es klang alles so harmlos, aber sie hatte ihn schon in Aktion erlebt, als er sich quer über den Tisch geworfen hatte, um ihre Mutter zu erwürgen.

Ich muss mehr über ihn herausfinden. Francesca konnte in Gefahr sein. Vielleicht würde er ja ein wenig mehr sprechen, würde unwissentlich etwas verraten, das Stefano half, den Fall aufzuklären. Sie schaute auf die Uhr. Es war fast Zeit für die Mittagspause …

Bevor sie ihre Meinung ändern konnte, hörte sie sich selbst sagen: »Möchtest du mit mir einen Happen essen gehen, nur schnell gegenüber, in *La Piccola Trattoria*?« Sie kannte den jungen Kellner, Enrique, gut. Falls Ugo Schwierigkeiten machen sollte, konnte sie sich darauf verlassen, dass Enrique ihr zu Hilfe eilen würde.

Ugo versteifte sich und wurde wieder rot. »Äh.«

Äh scheint sein Lieblingswort zu sein. Carlina lächelte ihn an und hoffte, dass es ermutigend wirkte.

Ugo blickte sie an. Es war das erste Mal, dass er ihr direkt ins Gesicht sah.

Und plötzlich schien er ganz anders zu sein, viel selbstsicherer, entschiedener und irgendwie auch – skrupellos. Ja, das war das Wort, nach dem sie gesucht hatte. Carlinas Mund wurde trocken. *Vielleicht ist es eine schlechte Idee, ihn zum Essen einzuladen.*

»Warum nicht?« Ugo sprach ganz langsam.

Es klang, als ob er mehr als nur einen schnellen Lunch im Kopf hatte.

Carlina zwang sich zu nicken. *Es ist direkt gegenüber. Es kann gar nichts passieren. Enrique ist ja da.*

Doch als sie in der *trattoria* Platz genommen hatten, kam ein kleiner dünner Stock von einem Mann an ihren Tisch und reichte ihnen die Speisekarten. Er war ungefähr so groß wie Ugos Oberschenkel.

»Wo ist Enrique?« Carlina hoffte, dass ihre Stimme nicht so panisch klang, wie sie sich fühlte.

»Er ist im Urlaub«, sagte der Kellner ohne Interesse. »Was möchten Sie essen?«

Carlina bestellte *spaghetti alle vongole*. Vielleicht konnte sie die Muschelschalen mit ihren scharfen Rändern als eine Art Waffe benutzen, wenn es hart auf hart kam.

Ugo nahm *spaghetti all'arrabbiata* und bat den Kellner, das Gericht besonders scharf zuzubereiten. Dann wandte er sich an Carlina.

Plötzlich fühlte sie sich wie die Hauptverdächtige, die ausgefragt werden sollte. Um zu vermeiden, dass er ihr eine Frage stellte, die sie nicht beantworten wollte, warf sie sich mit der ersten Sache, die ihr in den Kopf kam, in die Unterhaltung. »Es tut mir so leid, dass deine Mutter gestorben ist.«

Sein Gesicht verriet keinerlei Emotionen. »Wirklich? Aber du konntest sie doch nicht leiden.«

Carlina war betroffen, aber dann entschied sie sich, genauso ehrlich zu antworten. »Das stimmt. Aber es tut mir leid für dich. Sie war deine Mutter.«

»Ja.« Er starrte vor sich hin, sein Gesicht völlig ausdruckslos. »Meine Mutter.«

Carlina versuchte, in seinem Gesicht zu lesen und seine Gefühle zu verstehen, aber sie konnte die Unbeweglichkeit seines flachen Gesichts nicht ergründen. »Du wirst sie sehr vermissen.«

Er kratzte sich am Kopf. »Ja. Und nein. Sie war nicht immer ganz einfach.«

Das ist die Untertreibung des Jahres. Carlina nickte und entschied sich, dass ein subtiler Ansatz in diesem Fall verlorene Liebesmüh wäre. »Hast du dich oft mit ihr gestritten?«

Ugo fuhr zurück. »Ich –« Er brach ab und runzelte die Stirn. »Ich wollte mit dir über Francesca sprechen. Du hast gesagt, dass sie von mir erzählt hat?«

Carlina unterdrückte einen Seufzer. Er hatte offensichtlich beschlossen, das Thema mit seiner Mutter für beendet zu erklären. Was für ein Jammer. Vielleicht konnte sie noch einmal darauf zurückkommen, wenn sie ihm im Gegenzug einige Antworten gab. »Ja, das hat sie, aber wirklich nicht viel. Sie –«

»Da bist du ja!« Garini erschien aus dem Nichts und beugte sich nach vorne, um Carlina einen schnellen Kuss auf die Wange zu geben.

Carlina schnappte vor Überraschung nach Luft. »Stefano! Wo kommst du denn her?«

Er legte eine Hand auf ihre Schulter und drückte sie fester als nötig. »Ich war gerade in der Gegend und dachte, ich schneie mal kurz herein. Als ich das Schild an der Tür von Temptation sah, habe ich mich umgesehen und euch zwei durchs Fenster entdeckt.« Sein Puls schlug sichtbar an seinem Hals. »Habt ihr schon bestellt? Ich möchte auch etwas essen.« Er zog sich einen Stuhl heran und fiel nonchalant hinein.

Carlina ließ sich von seinem entspannten Geplauder nicht täuschen. *Er ist wütend auf mich.*

Ugo senkte die Augenbrauen und blickte Garini voller Hass an. »Ich werde auf keinen Fall mit dir essen. Du solltest den Mörder meiner Mutter finden, nicht hier herumsitzen und essen, als ob es nichts Wichtigeres auf der Welt gäbe.« Er stand so schnell auf, dass sein Stuhl umfiel, und stürmte aus dem Restaurant.

»Na, so was!« Carlina wandte sich an Stefano. »Jetzt schau mal, was du angestellt hast! Gerade ist er ein wenig aufgetaut, und da kommst du und –«

Stefanos Gesicht wurde weiß. »Was glaubst du eigentlich, was du hier tust, Carlina?« Seine Stimme war leise, aber sie zitterte vor unterdrückter Wut. »Vor nicht ganz einer halben Stunde habe ich dir gesagt, dass Ugo vielleicht der Mörder seiner Mutter ist! Und du drehst dich auf dem Absatz um und gehst mit ihm essen. Bist du denn völlig wahnsinnig geworden?«

»Er kam zu mir in den Laden!« Carlina fühlte, wie ihre Wangen sich röteten. »Stell dir nur vor, er ist der neue Freund von Francesca! Sie hat mir erzählt, dass sie jetzt einen Freund hat, aber ich hätte nie und nimmer geglaubt, dass er es ist. Und als Ugo mir das erzählte, musste ich einfach versuchen, mehr herauszufinden. Vielleicht ist sie in Gefahr. Tatsächlich –«

»Jetzt hör mir mal gut zu, mein Mädchen«, unterbrach Garini sie. »Du bist diejenige, die in Gefahr ist, wenn du mit jemandem essen gehst, der dich in zwei Stücke brechen kann, wenn er dich mal locker in die Finger nimmt. Hast du dir darüber denn gar keine Gedanken gemacht?«

»Natürlich habe ich das!« Carlina ballte die Fäuste. »Aber wir sind hier völlig sichtbar, wo alle mich kennen. Hier kann mir gar nichts geschehen.«

»Natürlich nicht.« Garini schüttelte den Kopf. »Du bist doch verrückt. Ich verbiete dir, in der Stadt umherzuziehen und deine Nase in Dinge zu stecken, die dich nichts angehen!«

»Es geht mich etwas an!« Carlinas Stimme schallte durch die *trattoria*. »Meine Mutter ist im Gefängnis, weil du sie festgenommen hast! Ich kann hier nicht einfach herumsitzen und darauf warten, dass irgendein Gott kommt und alles wieder gut macht!«

»Nicht irgendein Gott.« Garinis Lippen waren blass. »Aber du könntest ein wenig Vertrauen in mich haben. Ich habe dir gesagt, dass ich mich damit nicht zufriedengeben würde.«

»Ja, das hast du mir gesagt. Aber du weißt, dass ich Dinge tun kann, die für dich unmöglich wären! Schau mal, wie weit wir gekommen sind, als du am Horizont erschienen bist! Er ist aufgesprungen und weggerannt, gerade als ich ihn ein wenig näher kennenlernen konnte. Du bist im falschesten Augenblick aufgetaucht.«

Garini verengte die Augen. »Ach ja?«

»Ja!« Carlina funkelte ihn an. »Und ich hätte eine Menge mehr herausgefunden, wenn du hier nicht als rettender Engel oder so erschienen wärst. Das war absolut nicht nötig!«

Garini stand auf. »Dies ist eine Morduntersuchung, Carlina, nicht irgendein lustiges Spiel. Es ist gefährlich und ich befehle dir, dich da herauszuhalten.«

Ihre Brust schwoll vor Empörung an. »Du hast mir gar nichts zu befehlen! Sei nicht so ein Macho! Akzeptier stattdessen einfach meine Hilfe und gib zu, dass ich viel mehr herausfinden kann als du, weil ich nicht offiziell auftrete.«

»Pah!« Garini biss die Zähne so fest zusammen, dass die Muskeln seines Unterkiefers sichtbar wurden. »Jeder weiß doch, dass wir zusammen sind. Was glaubst du denn, wie weit du damit kommst? Nein, mein Mädchen, eines solltest du in deinen Kopf bekommen: Du hilfst mir überhaupt nicht, indem du dich in meine Untersuchung mischst. Stattdessen bringst du dich in Gefahr. Also hör sofort damit auf.«

»Die *spaghetti all'arrabbiata*.« Der Kellner knallte den dampfenden Teller auf den Tisch, dann schaute er sich um. »Wo ist denn der andere Herr?«

Carlina sprang auf. »Er ist gegangen. Und ich gehe jetzt auch.« Sie schnappte sich ihre Handtasche und rannte aus dem Restaurant. *Stefano der Superheld kann sich um die beiden Gerichte kümmern.*

III

»*Commissario* Garini?«

»Ja?« Garini erkannte die Stimme nicht und wünschte, er hätte die Rezeptionistin Gloria gebeten, den Namen zu wiederholen. Er hatte zu viel zu tun und keine Zeit für nutzlose Plaudereien. Aber der Streit mit Carlina tat noch weh und er hatte Mühe, sich auf die Arbeit zu konzentrieren. Natürlich war es schrecklich, dass er gezwungen worden war, ihre Mutter zu verhaften, aber konnte sie ihm nicht ein klein wenig mehr vertrauen?

»Mein Name ist Frani«, sagte die Stimme am Telefon. »Ich bin der Psychologe in *Sollicciano* und verantwortlich für die Gefangenen.« Der knappe Ton sprach Bände über die Einstellung des Mannes.

Garini zuckte zusammen. Das konnte nichts Gutes bedeuten. »Ist alles in Ordnung?«

»Nein, *commissario*, gar nichts ist in Ordnung, absolut gar nichts.« Franis Stimme klang grimmig. »Seit Sie uns Fabbiola Mantoni-Ashley gebracht haben, ist dieses Gefängnis nicht mehr die Institution, die es einmal war.«

»Was ist passiert?« Garini hörte, dass seine Stimme schärfer klang, als er eigentlich wollte.

»Nicht viel, *commissario*, wenn man davon absieht, dass *signora* Mantoni-Ashley heftig danach verlangt, stricken zu dürfen.«

»Sie können sie nicht stricken lassen«, unterbrach Garini. »Das ist zu gefährlich. Das Opfer wurde mit einer Stricknadel im Körper gefunden.«

»Dessen bin ich mir bewusst, *commissario*.« Frani klang bissig. »Denn ich lese die Akten. Aber als man ihr die Hintergründe erklärte, sagte sie, sie müsse sich ja irgendwie beschäftigen. Wir schlugen diverse Möglichkeiten vor, doch die hat sie alle abgelehnt, weil sie ihr zu langweilig waren. Stattdessen hat sie einen A-cappella-Chor gegründet.«

Garini blinzelte. »Was?«

»Einen Chor, der keine instrumentale Unterstützung benötigt. Da wir keine Instrumente erlauben, hat sie diese Form der Musik gewählt.« Frani klang trocken. »Jetzt hat sie alle Insassen nach Stimmlagen organisiert und komponiert Texte.«

»Es könnte schlimmer sein«, sagte Garini erleichtert. »Ich meine, singen ist ja nun wirklich keine schlechte Beschäftigung, oder?«

»Das hängt davon ab«, sagte Frani. »Denn Frau Mantoni-Ashley hat diverse Melodien von beliebten Liedern genommen und die Texte auf eine Art verändert, die Ihnen sehr viel Unbehagen bereiten würde, wenn Sie sie hören könnten.«

»Oh.« Garini schluckte. Eine Schwiegermutter im Gefängnis war schlimm genug. Wenn sie Lieder komponierte, die die Polizei diffamierten, wurde es noch schlimmer.

»Ich dachte nur, dass ich Sie informiere. Sie proben gerade – vierstimmige Harmonien.«

»Ich wusste gar nicht, dass sie singen kann.«

»Kann sie nicht.« Franis Stimme klang trocken. »Im Moment kämpfen eine Nutte und ein Drogendealer um die Solos. Ich wäre Ihnen dankbar, wenn Sie sie von hier entfernen könnten, bevor sie öffentlich auftreten möchte.«

»Ich tue mein Möglichstes.«

Garini beendete die Unterhaltung mit einem unguten Gefühl im Bauch. Die Überflutung seiner Wohnung, der Krach mit Carlina, die Verhaftung von Fabbiola ganz entgegen seiner Überzeugung – das alles sorgte dafür, dass er sich kreuzunglücklich fühlte. Als das Telefon erneut klingelte und er Onkel Teos Nummer erkannte, stöhnte er. Vermutlich würde der Familienpatriarch ebenfalls alles in seiner Macht Stehende tun, um ihn dazu zu bringen, Fabbiola sofort freizulassen. Wenn er es bloß tun könnte.

Garini unterdrückte den Impuls, das Telefon klingeln zu lassen, und antwortete stattdessen, indem er ohne Anrede direkt ins Telefon blaffte: »Es tut mir wirklich leid, aber ich kann Fabbiola nicht freilassen. Ich verspreche, alles zu tun, was ich kann, um ausreichend Beweise zu finden, die sie entlasten, aber ich kann keine Wunder bewirken.«

»Ich bin sicher, dass du bald eine Lösung finden wirst, mein Junge.« Onkel Teos sanfte Stimme nahm ihm komplett den Wind aus den Segeln. »Und ich kann mir vorstellen, wie schwierig es im Moment für dich ist. Macht Carlina dir das Leben zur Hölle?«

»Nein, ich meine … ja.« Garini fand es schwer, sich auf das plötzliche Verständnis einzustellen, wo er doch mit heftiger Opposition gerechnet hatte. Diese Mantonis waren wirklich völlig unvorhersehbar.

Onkel Teo seufzte. »Ich vertraue dir, Stefano. Du wirst sie schon noch herausholen. Außerdem ist sie im Gefängnis vielleicht sicherer als zu Hause.«

»Wie meinst du das?«

»Nun, es ist ja offensichtlich, dass der Mörder Fabbiola als Sündenbock vorgeschoben hat. Wenn sie nicht festgenommen worden wäre, hätte der Mörder sich vielleicht andere Mittel und Wege überlegt, um sie aus dem Weg zu räumen.«

Garini atmete langsam aus. Auf diesen Gedanken war er noch nicht gekommen. In seiner Hast, weitere Indizien zu finden, hatte er sich nicht die Zeit genommen, einmal in Ruhe nachzudenken. *Madonna*, er musste sich wirklich in den Griff bekommen und sich nicht mehr von seinen Gefühlen blenden lassen.

»Würdest du Carlina diese Überlegung mitteilen?«, fragte er. »Ich bin sicher, dass der Gedanke sie trösten wird.«

»Das mache ich gern. Aber ich rufe aus einem ganz anderen Grund an. Ich weiß, dass du damit beschäftigt bist, den Fall aufzuklären, und deshalb keine Zeit hast, dir Wohnungen anzusehen. Ich habe vielleicht eine Lösung für dich und Carlina.«

Plötzlich verstand Garini, was Onkel Teo bezweckte. Er machte sein Leben nicht zur Hölle wie die anderen Mantonis. Stattdessen hing er ihm eine Möhre vor die Nase. »Verstehe ich richtig, dass du mir die Wohnung unter der Bedingung anbietest, dass ich für Fabbiolas Freilassung sorge?«

Onkel Teo hustete einmal trocken. »So würde ich es nicht formulieren. Aber falls du sie nicht herausbekommen solltest, wird die Nähe zu uns sicherlich eine Schwierigkeit darstellen.«

Garini sog scharf die Luft ein. Wie vorsichtig Onkel Teo es formuliert hatte. Um es brutal auszudrücken: Er konnte seine Beziehung zu Carlina vergessen, wenn er Olgas Mörder nicht fand. Er hatte sich etwas vorgemacht, als er dachte, dass sein Job sich nicht auf ihre Beziehung auswirken würde, hatte sogar die Augen vor den Spannungen verschlossen, die Fabbiolas Verhaftung mit sich brachte, aber der alte Mann hatte natürlich recht. Unter gar keinen Umständen würde Carlina ihr Leben mit dem Mann teilen, der dafür verantwortlich war, dass ihre Mutter hinter Gitter gekommen war. Ein Abgrund tat sich vor ihm auf.

»Ich verstehe.« Garinis Kehle schmerzte.

»Denk mal darüber nach«, sagte Onkel Teo. »Und wenn du einen Augenblick Zeit hast, zeige ich dir die Wohnung. Ich denke, es wäre eine Lösung für all eure Probleme.«

»Verstanden. Danke. Ich melde mich.« Garini hängte auf und ließ den Kopf in die Hände sinken. *Eine Lösung für all meine Probleme. Na klar.*

Er seufzte und wandte sich wieder den Berichten zu, die er gelesen hatte, als der Psychologe vom *Sollicciano* anrief. Mehr als zweihundert Touristen und mindestens die Hälfte aller Einwohner von Florenz hatten verdächtige Menschen zur Tatzeit am San-Niccolò-Turm gesehen. Ein gefährlich aussehender Araber mit einer Maschinenpistole, ein Buckeliger mit finsterem Blick, ein unschuldig wirkender Jugendlicher mit einer Peitsche, eine große Frau mit hochhackigen Schuhen und einem Pelzmantel, aber einem Schlafanzug darunter, ein Riese mit weißem Haar und ein Mann mit Tattoos im Gesicht waren nur einige der fantastischeren Schilderungen. Garini seufzte erneut und schob die Unterlagen zur Seite. Was für ein Schrott.

Er schloss die Augen und ließ in Gedanken noch einmal die Fakten Revue passieren. Alles deutete auf Fabbiola hin, aber irgendwo musste ein Fehler sein. Er musste ihn nur finden. Er musste es einfach schaffen.

Sein Instinkt führte ihn zu Ugo, Olgas Sohn. Ein Erbe von einer Million war eine verführerische Sache. Und Olga war nun wirklich keine einfache Mutter gewesen. Wenn Carlina recht hatte und er sich Hals über Kopf verliebt hatte, war das vielleicht der Auslöser gewesen. Olga hatte es ohne Zweifel gut gefunden, einen *mammone* zu haben, ein Muttersöhnchen, das sein ganzes Leben unter ihren Fittichen verbrachte, das niemals alleine loszog, niemals eine Familie gründete.

Verdammt, Carlina hatte recht gehabt. Sie hatte ihm einen wichtigen Hinweis gegeben. Aber dennoch zog er es vor, dass sie sich nicht einmischte. Sie unterschätzte die Gefahr.

Garini presste die Lippen zusammen, als er sich an ihren Streit erinnerte. Wie konnte sie ihm nur vorwerfen, ein Macho zu sein, wo er sie doch nur schützen wollte? Immerhin war es sein Job, Kriminelle zu jagen. Sie war dafür nicht ausgebildet. Wenn er ein Pilot in Not wäre, würde sie ja auch nicht einfach ins Cockpit marschieren und versuchen, das Flugzeug selbst zu steuern, ohne die leiseste Ahnung, wie sie vorgehen sollte. Warum bekam sie einfach nicht in ihren Kopf, dass eine Morduntersuchung kein Hobby war, das jeder mal ausprobieren konnte? Er war nicht überängstlich und er versuchte auch nicht, sie einzuengen. Er versuchte nur, sie vor den Folgen völligen Wahnsinns zu bewahren. Warum verstand sie das nicht?

Garini schüttelte den Kopf und zwang sich, weiterzulesen. Vielleicht würde er in diesem ganzen Blödsinn doch einen Hinweis finden, der ihm half, das Rätsel zu lösen. Er musste weitersuchen. Er brauchte nur eine kleine Inspiration. War das zu viel verlangt?

Doch um dreiundzwanzig Uhr wusste er, dass er eine Pause machen musste. Er hatte nichts Vielversprechendes gefunden. Seine Augen fühlten sich an, als ob jemand Sand hineingestreut hätte, und er stellte fest, dass er mehrere Seiten umgeblättert hatte, ohne auch nur ein Wort aufzunehmen. *Verdammt.* Cervi würde ihn nicht viel länger an Olgas Fall arbeiten lassen. Er erwartete von ihm, dass er die Sache abschloss, und ließ ihn nur deshalb noch in Ruhe, weil er dachte, dass Garini damit beschäftigt war, die Formalitäten abzuwickeln, die eine Verhaftung mit sich brachte. Aber er konnte nicht mehr, er musste eine Pause machen, nur ein paar Stunden. *Zeit, nach Hause zu gehen.*

Er erstarrte mitten in der Bewegung. Zu Hause, das war im Moment Carlinas Wohnung. Er hatte nicht das Gefühl, dass er dort willkommen sein würde, nicht nach dem Streit, den sie gehabt hatten. Verdammt.

Er brauchte zehn Minuten, um eine SMS zu verfassen, die nicht so klang, als hätte er ihre Beziehung aufgegeben, aber ihr trotzdem mitteilte, dass er nicht nach Hause kommen würde. »Arbeite länger. Warte nicht auf mich. Ich vermisse dich.«

Dann ging er in seine eigene Wohnung. Seine Füße waren schwer, als er sich die Treppen nach oben schleppte, und als er ins Schlafzimmer kam, musste er die Luft anhalten. Die nasse Decke und Matratze hatten angefangen zu stinken und die schimmelige Atmosphäre brachte ihn zum Würgen. Außerdem waren neue Wasserflecken an der Decke. *Niemals.*

Garini drehte sich auf dem Absatz um und buchte ein Zimmer im Hotel nebenan. So musste sich ein Verstoßener in seiner Heimatstadt fühlen.

IV

Um sechs Uhr am nächsten Morgen war Garini zurück im Büro und ging noch einmal alle Unterlagen durch, aber es war nutzlos. Kein einziger Hinweis setzte sein müdes Hirn unter Strom. Um neun Uhr war er erschöpft und geradezu dankbar, als das Telefon klingelte und Gloria am Apparat war.

»Eine Dame will dich sehen.« Gloria klang gelangweilt wie immer.

»Hat sie gesagt, worum es geht?«

»Den Mord an Olga Ottima.«

»Hat sie noch mehr verraten?«

»Nö.«

Garini unterdrückte einen Seufzer. »Okay. Schick sie hoch.«

Gloria machte ein seltsames Geräusch in ihrer Kehle. »Ich kann sie nicht hochschicken. Sie hat darum gebeten, dass du zu ihr kommst. Hat sich benommen wie 'ne Königin, die dich zu sich zitiert.«

»Sie bat mich, zu ihr zu kommen? Hast du die Adresse?«

»Nein. Sie meinte, du kennst sie. Ich soll dir nur ausrichten, dass Tante Violetta um einen Besuch bittet.«

Garini unterdrückte ein Stöhnen. *Oh nein. Noch ein Mantoni-Familienmitglied, wild entschlossen, mich unter Druck zu setzen.*

Dann setzte er sich aufrecht hin. Vielleicht auch nicht. Er musste es endlich schaffen, die persönlichen Aspekte aus dieser Untersuchung herauszuhalten, wenn er sie klar beurteilen wollte. Tante Violetta hatte Olga während ihrer Geburtstagsfeier bedroht. Sie hatte gesagt, dass sie eine »Lösung« für Onkel Teo finden würde. War es möglich, dass sie diese Drohung in die Tat umgesetzt hatte? Garini runzelte die Stirn. Nach allem, was er bis jetzt gesehen hatte, würde Omar alles tun, worum Tante Violetta ihn bat. Falls Omar wirklich Olga umgebracht hatte, war Violetta jetzt in echten Schwierigkeiten. Ihre geliebte Fabbiola im Gefängnis und ihr geliebter Sohn der Täter.

»Ich fahre sofort zu ihr.«

Garini legte auf und sprang auf sein Motorrad, um zu Violettas Villa zu fahren. Piedro nahm er mit Absicht nicht mit. Sollte Cervi ruhig einen Anfall bekommen, das war ihm egal. Wer wusste schon, was Tante Violetta zu erzählen hatte? Vielleicht gab es doch Licht am Ende des Tunnels.

Omar öffnete ihm die Tür und neigte den Kopf wie ein königlicher Butler. Wieder erinnerte ihn das dunkle, unbewegliche Gesicht an ein tödliches Stück wunderschönen Holzes. Als Omar sich umdrehte, um die Tür zu schließen, roch Garini den Hauch eines teuren Aftershave. Es erinnerte ihn daran, dass Omar vielleicht wie ein Diener aussah und oft auch so handelte, dass er aber gleichzeitig Tante Violettas geliebter Sohn und Erbe war.

Garini folgte Omar in das Wohnzimmer, das an der Rückseite der Villa lag und seltsam leer wirkte. Doch dann fiel ihm ein, dass ein Rollstuhl viel Platz benötigte, und das war vermutlich der Grund dafür, dass die Möbel so weit auseinander standen. Durch die offenen Terrassenfenster fiel die Sonne hinein und mitten in einem der breiten Sonnenstrahlen saß Tante Violetta auf einem Sofa, das mit verblichenem Brokat bezogen war. Heute trug sie ein schwarzes Kleid aus so vielen Schichten, dass sie unter dem ganzen Material fast verschwand.

»*Commissario!*« Es klang wie ein Bellen.

Garini neigte den Kopf. »*Signora.*« Er konnte sie nicht Tante Violetta nennen. An den Blitzen, die ihre Augen verschossen, war jetzt schon zu erkennen, dass es kein freundliches Gespräch werden würde.

Omar setzte sich auf das Sofa neben Tante Violetta und lehnte sich zurück, die langen Beine ausgestreckt. Trotzdem wirkte er angespannt.

Violetta presste ihre Lippen zusammen und beugte sich nach vorne. »Ich habe Sie gebeten herzukommen, weil ich herausfinden wollte, wie Sie so unglaublich dämlich sein konnten, Fabbiola zu verhaften.«

Garini schaute sie für einen langen Moment an. Er konnte sich entweder auf die offizielle Position zurückziehen und sich weigern, Informationen herauszugeben, oder er konnte alle Fakten ausbreiten und sehen, wohin es führte. Der letzte Ansatz würde sie eher dazu bringen, etwas zu verraten – und vielleicht einen Hinweis erkennen lassen, von dem er noch nichts wusste.

»Lassen Sie mich den Fall nur auf Basis der Tatsachen darstellen«, sagte er. »Und dann mögen Sie selbst entscheiden.«

»Einen Augenblick.« Sie wandte sich an Omar, einen fragenden Ausdruck im Gesicht. Er nickte, stand auf und kehrte mit einem Hörgerät zurück, das er ihr überreichte. Sie steckte es sich ins Ohr und drehte daran herum, dann beugte sie sich mit grimmigem Gesicht nach vorne. »Legen Sie los.«

»Olga Ottima brachte die ganze Mantoni-Familie in Aufruhr, als sie sich mit Onkel Teo anfreundete. Erstens wegen der alten Geschichte mit Fabbiola während der Schulzeit. Zweitens, weil sie für die *finanza* arbeitete und Informationen sammelte. Und drittens, weil sie der ganzen Familie gegenüber bösartige Bemerkungen machte, wann immer Onkel Teo außer Hörweite war. Die Familie war absolut aufgebracht.«

Tante Violetta hörte mit einer Aufmerksamkeit zu, die unter allen anderen Umständen schmeichelhaft gewesen wäre. »Hat sie auch Carlina aufgebracht?«

Für den Bruchteil eines Augenblicks sah Garini wieder Carlinas wütendes Gesicht vor sich, wie sie durch die Wohnung tigerte, direkt nach dem Zusammenstoß mit Olga. Er hörte ihre Stimme, die sagte: ›Ich werde Olga mit meinen bloßen Händen erwürgen!‹. Langsam nickte er. »Sehr sogar.«

Tante Violetta presste ihre runzeligen Lippen zusammen, bis sie nur noch eine einzige Linie waren. »Dann war es in der Tat schlimm. Sprechen Sie weiter.«

»Am Montagmorgen fand Fabbiola einen Brief in ihrem Briefkasten. Er wurde von Hand zugestellt und bat sie, um siebzehn Uhr zum San-Niccolò-Turm zu kommen. In dem Brief stand, dass sie ihn direkt nach dem Lesen aufessen solle.«

Tante Violetta schnaubte verächtlich.

»Fabbiola aß ihn nicht auf; sie verbrannte ihn. Und sie hielt die Verabredung ein, weil sie glaubte, dass der Brief von jemandem aus ihrer Strickgruppe geschrieben worden war. Nach ihrer Aussage stieg sie auf den Turm, sah niemanden und gar nichts, weil sie in die falsche Richtung blickte, hörte einen Schrei, rannte zur anderen Seite des Turms, blickte nach unten und sah Olga unten liegen. Sie erkannte sie an ihrem bunten Regenmantel. In diesem Augenblick bekam sie es mit der Angst zu tun, rannte weg und erzählte uns, dass sie den ganzen Tag zu Hause geblieben sei. Später jedoch wurde sie von einer Ladenbesitzerin in der Nähe identifiziert und schließlich gestand sie die ganze Geschichte so, wie ich sie gerade berichtet habe.«

Tante Violettas Mund verzog sich.

»Als Olgas Leiche zur Obduktion kam, stellte sich heraus, dass in ihrem Körper eine Stricknadel steckte. Sie hatte genau die gleiche Größe wie die Stricknadel, die Fabbiola vermisste.«

»*Che cazzo.*«

Garini tat so, als hätte er den Fluch nicht gehört. *Wenigstens sagt sie mir jetzt nicht mehr, dass ich ein Dummkopf sei.* »Basierend auf diesen Tatsachen wurde mir der Auftrag erteilt, Fabbiola festzunehmen.«

Violettas milchige Augen fokussierten sich auf ihn. »Und Sie glauben, dass sie es getan hat?«

Garini schüttelte langsam den Kopf. »Nein. Aber sie hatte ein Motiv und eine Waffe, und sie war zur richtigen Zeit am Tatort. Es ist schwierig, sie aus dieser Sache herauszuholen, wenn wir nicht jemanden finden, der als Täter besser passt.«

»Ah.« Einen Augenblick lang starrte die alte Frau vor sich hin. Dann fragte sie: »Und warum glauben Sie, dass sie es nicht getan hat?«

»Es war zu organisiert. Die … Psychologie, wenn man es so nennen kann, passt nicht. Oder vielleicht sollte man es besser die Struktur nennen. Die Struktur dieses Mordes passt nicht zu Fabbiolas Charakter.«

Tante Violetta nickte vor sich hin. »Ich habe mich in meinem ersten Eindruck von Ihnen doch nicht getäuscht. Sie sind intelligent. Ein wenig zu verkrustet vielleicht, aber schlau.«

Zu verkrustet, ich glaub's ja nicht. Garini beugte sich nach vorne. »Tatsächlich freue ich mich, dass Sie mich zu sich gerufen haben. Ich versuche immer noch, zu den Wurzeln zu finden, zurück zu dem, was vor dreißig Jahren geschah. Es erscheint mir unglaublich, dass Olga über so lange Zeit an ihrem Groll festgehalten haben soll. Das ist nicht normal.«

Tante Violetta schüttelte langsam den Kopf. »Sie können Olga nicht mit normalen Maßstäben messen. Sei war verrückt. Ich meine, wirklich krank.« Ihr Blick wurde schärfer, als sie seinen skeptischen Gesichtsausdruck bemerkte. »Komplett gaga, um es mit anderen Worten zu sagen.«

Garini runzelte die Stirn. »Auf mich wirkte sie nicht so.«

»Darum war sie so gefährlich. Man sah es ihr nicht auf den ersten Blick an.« Tante Violetta starrte vor sich hin. »Ich habe mal mit Nico gesprochen.«

»Nico de Niro, Olgas Freund?«

»Ja.« Tante Violetta nickte. »Ich kannte seine Mutter und traf ihn bei ihr zu Hause. Ich nahm ihn zur Seite und stellte ihm einige Fragen.«

Das kann ich mir gut vorstellen. »Und was hat er gesagt?«

»Er sagte, dass er Angst vor Olga hatte.«

»Angst vor ihr?«

»Ja. Sie habe ihn erdrückt, wollte alles. Er hatte keine Luft mehr zum Atmen. Also versuchte er schon drei Monate, bevor er Fabbiola zu dem Tanzabend aufforderte, mit ihr Schluss zu machen.« Ein trockener Husten schüttelte Violetta und ließ dann nach. »Aber Olga wollte davon gar nichts hören. Sie drohte, sich umzubringen. Er gab nach und versprach, bei ihr zu bleiben. Doch als die Wochen vergingen, fühlte er sich mehr und mehr unter Druck gesetzt. Er konnte seine Seele nicht mehr sein Eigen nennen, so nannte er es. Und dann habe er gemerkt, dass Fabbiola Interesse an ihm hatte. Er wusste, dass Fabbiola stark und durchsetzungsfähig war, und stellte sich vor, dass sie Olga etwas entgegensetzen konnte. Da die Schule nun vorbei war, wären sie auch nicht mehr gezwungen, sich jeden Tag zu begegnen. Also lud er Fabbiola zu dem Tanzabend ein.«

»Sie meinen, er nutzte sie wie … wie eine Schachfigur?«

»Genau.« Tante Violetta nickte. »Aber als Olga an dem Abend auftauchte und Fabbiola zu Boden schlug, wurde ihm klar, dass ihm die Dinge über den Kopf gewachsen waren. Also entschied er sich, alle Brücken hinter sich zu abzubrechen, und verließ die Stadt.«

Garini runzelte die Stirn. »Fabbiola hat gesagt, dass Nicos Mutter ihr immer vorgeworfen habe, sie habe ihren Sohn vertrieben. Das passt nicht zu Ihrer Geschichte.«

Tante Violetta hob eine runzelige Augenbraue. »Seine Mutter hatte den IQ eines Gänseblümchens. Sie sah niemals weiter als bis zu ihrer Nase. Außerdem legte Olga immer sehr großen Wert darauf, charmant zu sein, wenn sie in der Nähe war.«

Garini nickte. Diese Seite von Olga hatte er live und in Farbe gesehen. »Sind Sie immer noch in Kontakt mit Nicos Mutter?«

»Sie ist schon vor Jahren an Krebs gestorben. Und bevor Sie mich fragen: Auch Nico und seine Frau sind tot. Ein Autounfall. Ich habe mich immer gefragt, ob Olga das organisiert hat, aber man kann natürlich nichts beweisen. Aber Sie sehen, es ist keiner mehr da, den man fragen könnte.« Sie blickte vor sich hin. »Wissen Sie, obwohl Olga wirklich krank war, hatte sie in einem Punkt recht: Man stellt in seiner Jugend die Weichen für den Rest des Lebens. Man wählt den Beruf und Partner bis zum Tod – zumindest hofft man das. Und selbst wenn die Ehe in die Brüche gehen sollte, wird sie dennoch immer ein wichtiger Teil des Lebens bleiben, den man nie vergessen wird. Und es wird Narben auf der Seele hinterlassen.«

Garini runzelte die Stirn. Er hatte das Gefühl, dass Tante Violetta aus Erfahrung sprach.

»Fragen Sie sich nicht manchmal, wie Ihr Leben verlaufen wäre, wenn nur eine Kleinigkeit anders gewesen wäre?« Der Blick aus ihren alten Augen schien ihn fast aufzuspießen, aber sie wartete nicht auf seine Antwort. »Nur ein winziges Detail und schon läuft alles aus dem Ruder. Ich wette, dass Olga Jahre damit verbracht hat, an diesen Abend zurückzudenken und daran, welche Konsequenzen er für ihr Leben hatte. Sie hätte sich niemals eingestanden, dass ihr eigenes Verhalten für Nicos Flucht aus der Stadt verantwortlich war.« Sie seufzte und schüttelte sich. »Na, wie dem auch sei. Sie können jedenfalls nicht mehr mit Nico und seiner Frau sprechen.«

»Verstehe.« Garini nickte. »Also muss ich einfach glauben, was Sie mir erzählen.«

»Sie könnten es schlechter treffen.« Tante Violetta sah aus wie eine Katze, die gerade Sahne geschleckt hatte.

Um den selbstzufriedenen Ausdruck von ihrem Gesicht zu wischen, fragte Garini: »Übrigens, was haben denn *Sie* am Montag gemacht?«

Tante Violetta fing an zu lachen, bis ihr ganzer Körper wackelte und das alte Sofa dazu. »Sie fragen mich nicht ernsthaft, ob ich auf einen Turm gestiegen bin und eine Frau über die Brüstung geworfen habe, oder? In meinem Zustand?«

»Es kann durchaus sein, dass Sie es nicht persönlich gemacht haben.« Garinis Stimme war ganz ruhig. »Sie haben Olga während Ihrer Geburtstagsfeier hinausgeworfen. Sie haben gesagt, Sie würden eine Lösung für das Problem finden. Und Sie haben einen Sohn, der bereit ist, alles für Sie zu tun.«

Violettas Lachen stoppte, als ob es jemand abgeschnitten hätte.

Garini schaute Omar in die Augen. Omar zuckte nicht mit der Wimper, aber die Atmosphäre im Raum wandelte sich. Bis jetzt hatte Tante Violetta den Ablauf mit fester Hand bestimmt. Nun hatte Garini die Oberhand. »Wo warst Du am Montag zwischen sechzehn und siebzehn Uhr, Omar?« Da sie ungefähr das gleiche Alter hatten, hatten sie sich von Anfang an geduzt.

»Er war hier bei mir«, sagte Tante Violetta. »Das kann ich beschwören.«

»Natürlich können Sie das.« Garini versuchte gar nicht erst, die Ironie in seiner Stimme zu verbergen.

Tante Violetta neigte den Kopf zur Seite und wechselte abrupt das Thema. »Ich hatte gerade eine Idee. Wie wäre es denn, wenn wir den Mord mir anhängen? Ich könnte Fabbiolas Platz einnehmen.«

Garini schloss die Augen und entschied sich, sie mit ihren eigenen Waffen zu schlagen – Ehrlichkeit, ungemildert von Höflichkeit. »Sie sind zu alt.«

»Was?« Tante Violetta richtete sich auf. »Ich bin doch nicht zu alt, um einen Mord zu begehen!«

»Sie haben selbst vor einer Minute gesagt, dass Sie niemals auf den Turm hinaufgekommen wären, ganz zu schweigen davon, dass Sie Olga nicht über die Brüstung hätten hieven können.«

»Püh.« Tante Violetta schüttelte den Kopf. »Sie wären erstaunt, was ich alles tun kann, wenn ich es nur will. Ich bin absolut nicht zu alt, um einen Mord zu begehen. Ich bin nur zu alt, um ins Gefängnis zu kommen.« Sie kicherte. »Stimmt das denn nicht? Hat unser lieber Premierminister Berlusconi das Gesetz nicht so verändert, dass Leute über siebzig nicht mehr ins Gefängnis gehen müssen? Ein schlauer Mann. Er hat es nur angepasst, damit er selbst nicht eingebuchtet wird.«

Garini schaffte es, nicht die Augen zu verdrehen. »Ja, das stimmt. Aber man muss stattdessen Sozialarbeit leisten.«

Tante Violetta hob ihr Kinn. »Das sollen sie nur versuchen! Ich bin immerhin im Rollstuhl, das wäre ja wohl kaum praktisch umsetzbar.« Sie strahlte ihn an. »Jetzt haben wir die Lösung, *commissario*! Sie nehmen einfach mich fest und lassen Fabbiola frei. Perfekt!«

V

Carlina reichte einen weiteren BH über die Tür der Umkleidekabine. »Versuchen Sie einmal diese Größe. Vielleicht passt sie besser.«

Eine Hand schnappte sich den BH, dann kam ein Jaulen aus der Kabine. »Körbchengröße A? So weit ist es gekommen? Meine Brüste sind zu einem winzigen A geschrumpft? Ich hätte nie gedacht, dass das Alter mir so etwas antun würde.«

»Dieses Modell ist sehr schön geschnitten, mit einer ganz dezenten Polsterung.« Carlina versuchte, beruhigend zu klingen. »Niemand wird es bemerken.«

»Was ist mit dem Verschluss? Ist da Nickel bei? Ich habe eine Nickelallergie.«

»Nein.« Carlina beherrschte sich. »Der Verschluss enthält kein Nickel.«

»Sind Sie sicher?«

»Absolut. Ich habe selbst eine Nickelallergie und nutze das Modell schon seit Monaten.«

»Seit Monaten? Also ist es ein altes Modell?«

Carlina biss die Zähne zusammen. »Es ist einer der Bestseller der Basiskollektion. Soll ich Ihnen ein anderes Modell bringen, das gerade erst herausgekommen ist?«

»Nö. Lassen Sie mal.«

Carlina schloss für einen Augenblick die Augen. Sie fand es heute schwierig, sich auf ihren Job zu konzentrieren. Den ganzen Tag lang hatte sie sich schon gefühlt, als ob eine schwere Wolke über ihr schwebte, die sich in einem Gewitter zu entladen drohte. Der Streit mit Stefano gab ihr das Gefühl, nicht im Gleichgewicht zu sein, nicht in Harmonie mit der Welt, wie sie es eigentlich sein sollte. Seine Nachricht gestern Abend hatte sie ein wenig getröstet, aber seine Abwesenheit war wie eine frisch aufgerissene Wunde. Gott sei Dank war ihre Assistentin Elena von ihrer Weltreise zurückgekehrt. Vor zwei Wochen hatte sie angerufen und Carlina mitgeteilt, dass sie kein Geld mehr habe, und hatte gefragt, ob Carlina sie noch einmal einstellen würde. Carlina hatte sofort zugesagt und freute sich darauf, die nächsten Tage etwas ruhiger angehen zu lassen, jetzt, wo Elena sich wieder mit dem Laden vertraut gemacht hatte. Tatsächlich konnte sie sogar schon heute Nachmittag gehen und sie alleine lassen.

Carlina rieb sich die Stirn und versuchte, die Kopfschmerzen, die sich aufbauten, wegzumassieren. Vielleicht war der Wetterwechsel zu abrupt gewesen. Die plötzliche Hitze, kombiniert mit gelben Wolken, die alles irgendwie dumpf aussehen ließen, schuf eine bedrückende Atmosphäre und erfüllte sie mit einer dunklen Vorahnung.

In diesem Augenblick berührte jemand sie an der Schulter.

Carlina schrie vor Schreck auf und fuhr herum, erschrocken von der geräuschlosen Erscheinung. Dann erkannte sie die zierliche Frau vor sich.

»Francesca!« Sie beugte sich vor und küsste sie auf beide Wangen. »Wie geht es dir?« Sie versuchte, ihre flatternden Nerven hinter einem breiten Grinsen zu verstecken. Wie um alles in der Welt sollte sie das Gespräch auf Ugo bringen? Wollte sie wirklich dafür verantwortlich sein, das Lächeln auf Francescas leuchtendem Gesicht ersterben zu lassen?

»Hi, Carlina!« Francesca strahlte sie an. »Ugo hat mir gesagt, dass er dich getroffen hat! Ich bin so froh, dass du ihn schon kennengelernt hast. Ist er nicht wunderbar?«

Carlina schluckte, aber bevor sie eine sorgfältige Antwort formulieren konnte, fuhr Francesca schon eifrig fort.

»War das nicht süß, dass er Unterwäsche von Temptation für mich gekauft hat?« Francesca wurde ganz rosig im Gesicht. »Er ist so aufmerksam! Und ich weiß, dass er sehr schüchtern ist, also muss es ihn echt Überwindung gekostet haben!«

»Ja, das hat es.« Carlina war froh, wenigstens eine Aussage bestätigen zu können, sodass sie nicht wie eine Spielverderberin aussah.

»Ich habe mich entschieden, noch ein Set der gleichen Unterwäsche zu kaufen. Sie ist so bequem, und ich liebe das Design.«

Carlina räusperte sich. »Sehr gern.«

Der Vorhang der Umkleidekabine wurde zur Seite gefegt und eine zerraufte Kundin schoss heraus. »In diesem Laden hier passt einer Frau mit normaler Größe absolut gar nichts.« Sie durchquerte den winzigen Laden wie ein Blitz und war schon zur Tür hinaus, bevor Carlina den Mund öffnen konnte.

»Mannomann.« Francesca riss die Augen auf. »Verstehe ich richtig, dass wir keine Frauen mit normaler Größe sind?«

Carlina lachte. »Ganz offensichtlich nicht.« Sie ging in die Umkleidekabine und hob die Sachen auf, die überall verteilt herumlagen.

Francesca schaute sich die Modelle an, die ausgestellt waren. »Du kannst dir gar nicht vorstellen, wie glücklich ich bin. Ugo ist so ein Teddybär. Er sieht ganz taff aus, aber unter der rauen Schale ist er total lieb.«

Ach ja? Carlina war froh, dass sie sich bücken konnte, und Francescas Blick nicht begegnen musste.

Francesca hob die Hand und schob die Bügel zur Seite, um ihre Größe zu finden, während sie weitersprach. »Du hättest ihn am Montag erleben sollen. Er war total durcheinander, weil er sich mit seiner Mutter gestritten hatte.«

Carlina erstarrte mitten in der Bewegung. *Montag? Der Tag, an dem Olga umgebracht worden war?* Sie schaffte es kaum, ein ermutigendes Geräusch von sich zu geben.

Francesca war immer noch mit den verschiedenen Modellen beschäftigt. »Verdammt, das hier scheint es nicht in S zu geben. Glaubst du, es ist ausverkauft?«

»Lass mich mal im Lager nachsehen.« Carlina ging zum Lagerraum im hinteren Bereich des Ladens und rief über die Schulter: »Worum ging es denn in dem Streit mit seiner Mutter?«

Francesca folgte ihr und lehnte sich gegen den Türrahmen. »Es klingt, als ob sie ein echter Drachen

wäre. Ich freue mich gar nicht darauf, sie kennenzulernen, das kann ich dir sagen.«

*Also hat er ihr nichts gesagt? Francesca weiß
noch nicht einmal, dass Ugos Mutter umgebracht
wurde? Was ist denn das für eine Beziehung?* Carlina
richtete sich auf und starrte ihre Freundin an. »Aber
—«

»Ach, ich weiß schon.« Francesca zuckte mit den
Schultern. »Es sollte keine Rolle spielen, aber es gibt
ja nun wirklich genug Mütter, die es schaffen, einen
Keil zwischen die Freundschaften ihrer kostbaren
Söhne zu treiben. Egal, ich hoffe trotzdem, dass ich
mit ihr auskommen werde. Was meinst du?« Hoffnung und Zweifel zeichneten sich auf ihrem Gesicht
ab, als sie ihre Freundin ansah.

Carlina wandte sich ab. *Ich muss es ihr sagen.
Aber wie mache ich das bloß?*

Doch Francesca sprach schon weiter, zu sehr in
ihre Gedanken versunken, um Carlinas ungewöhnliches Verhalten zu bemerken. »Im Moment ist es wohl
nicht der richtige Augenblick. Anscheinend herrscht
bei ihnen gerade Funkstille.«

Darauf kannst du Gift nehmen.

»Weißt du, Ugo träumt davon, ein kleines Hotel
mit einem Café zu eröffnen. Sie haben sogar ein Haus
am Gardasee, ganz in der Nähe von Bardolino, das
man renovieren und perfekt dafür nutzen könnte.«

Carlina blinzelte. Ugo als Hotelbesitzer? Sie konnte sich nicht vorstellen, dass er irgendjemandem das
Gefühl geben könnte, willkommen zu sein.

»… aber seine Mutter ist total dagegen. Sie hat
ihm tatsächlich gesagt, dass er zu dumm sei, um ein
eigenes Geschäft zu führen.« Francescas Stimme war
empört. »Kannst du dir das vorstellen? Was ist das für
eine Mutter, die so zu ihrem Sohn spricht?«

Carlina öffnete den Mund, aber sie brachte keine
Silbe hervor.

»Ugo war stocksauer. Eigentlich ist es ihr Haus,
doch sie braucht es gar nicht. Anscheinend hat sie

jede Menge Geld, aber er bekommt davon nichts ab, wenn er nicht genau das tut, was sie will. Sie entscheidet, was passiert.« Francesca verschränkte die Arme. »Ich finde, es ist allerhöchste Zeit, sie in die Schranken zu weisen. Anscheinend hat er das am Sonntag versucht, aber sie hat ihn nur ausgelacht und ihm gesagt, dass er ohne sie sowieso nichts zustande bekommen würde. Kannst du dir das vorstellen? So gemein!«

Carlina fühlte sich wie ein Fisch an Land, so sehr schnappte sie nach Luft. Sie starrte die Regalreihen vor sich an, ohne etwas zu sehen. *Ich muss Stefano anrufen.*

»Ach, da ist es ja!« Francesca griff blitzschnell über ihre Schulter und schnappte sich die richtige Verpackung aus dem Regal. »Mann, bin ich froh, dass du meine Größe noch hast!« Ihr Blick fiel auf ihre Uhr. »Oh *Madonna*! Ich bin zu spät! Ich muss sofort los!«

»Einen Augenblick!« Carlina griff ihren Arm und hielt sie fest. »Ich muss dir etwas sagen.«

»Muss es jetzt sein?« Francesca schaute wieder auf die Uhr. »Ich habe Ugo versprochen, ihn zu treffen und –«

»Es geht um Ugo.« Carlina schluckte. »Er –« Sie brach ab, unsicher, wie sie es ihr schonend beibringen sollte. Sie wollte nicht das Leuchten aus Francescas Gesicht wischen und zusehen, wie sie wieder so unglücklich wurde wie noch vor einer Woche. *Was ist das Leben doch für eine Berg- und Talfahrt.* Sie biss sich auf die Lippe.

»Was ist los? Warum bist du so blass?«

»Kennst du Ugos Nachnamen?«

Francesca starrte sie an. »Was ist das denn für eine Frage? Natürlich kenne ich seinen Nachnamen. Er heißt Tadori.«

Carlina blinzelte, für einen Augenblick aus dem Konzept gebracht. Dann verstand sie: Olga hatte nach dem Tod ihres Mannes wieder ihren Mädchennamen benutzt und so hatte Francesca keine Verbindung herstellen können, selbst wenn sie über das Fernsehen oder die Zeitung von dem Mord gehört hatte. »Seine Mutter ist Olga Ottima.«

Francesca schnappte nach Luft. »Nein!«

»Doch.« Carlina nickte. »Aber ich habe leider noch schlechtere Nachrichten. Hier, setz dich erst mal hin.« Sie nahm den Klappstuhl von der Wand und schob ihre blasse Freundin auf den Sitz. »Ich fürchte, es wird noch schlimmer.«

»Schlimmer? Was kann denn schlimmer sein?« Francescas Stimme hob sich klagend. »Ich werde ihn niemals zu Hause vorstellen können! Meine Mutter wird mich umbringen! Sie wollte Olga Ottima niemals wiedersehen. Niemals!«

»Das muss sie auch nicht.« Carlina versuchte zu schlucken, aber ihr Hals war zu trocken. »Olga wurde am Montag umgebracht.«

Francescas Augen weiteten sich, bis man das Weiße rund um die Iris sehen konnte. »Das ist doch wohl ein Scherz.«

»Nein. Und meine Mutter ist im Gefängnis, weil alle Indizien dafür sprechen, dass sie die Mörderin ist.«

Ihre Freundin presste beide Hände vor den Mund und schüttelte sprachlos den Kopf.

Carlina starrte sie an und biss sich auf die Lippe. *Ich muss ihr sagen, dass Ugo gefährlich ist. Und ein Millionär, jetzt, wo seine Mutter tot ist. Ich muss ihr sagen, dass er ein Tatverdächtiger ist. Sie muss ganz vorsichtig sein.*

Bist du denn völlig wahnsinnig geworden?, schrie eine andere Stimme in ihr. *Das sind vertrauliche Informationen. Stefano hat es dir nur erzählt, damit du dich ein wenig besser fühlst. Er wäre total wütend auf dich, wenn du es Francesca sagst. Das Erste, was sie tun würde, wäre, zu Ugo zu gehen und ihn zu konfrontieren. Halt bloß deine Klappe!*

Francesca starrte sie an und kam ohne Umschweife zu dem Punkt, der sie am meisten interessierte. »Willst du mir etwa sagen, dass er es weiß?«

Carlina nickte. »Ja, natürlich.«

Francesca sprang auf. »Und er hat mir kein einziges Wort davon gesagt? Das glaube ich einfach nicht!« Sie stürmte aus dem kleinen Lagerraum und lief auf die Straße. »Ich bringe ihn um!«

»Francesca, warte!« Carlina rannte ihr hinterher, doch Francesca sprang auf ihre Vespa und brauste die Straße hinab, bevor sie sie stoppen konnte. »Du musst vorsichtig sein!« Carlina winkte mit beiden Armen, um Francescas Aufmerksamkeit zu erregen, und schrie, so laut sie konnte: »Er kann gefährlich werden!«

Eine Gruppe chinesischer Touristen blieb stehen und starrte sie voller Verwunderung an, dann schoben sie ihre glänzenden Sonnenbrillen zurecht und setzten plaudernd ihren langsamen Spaziergang die Via dei Tornabuoni herunter fort, indem sie einen weiten Bogen um sie machten.

Mit zitternden Händen nahm Carlina ihr Telefon heraus, um Francesca eine SMS zu schreiben. »Ugo wird verdächtigt, seine Mutter umgebracht zu haben!« Nein. Das konnte sie nicht senden, das würde alles verraten. Sie löschte die Nachricht und versuchte es erneut. »Ugo bekommt Wutanfälle. Riskiere bitte nichts.« Das war in Ordnung, dagegen konnte auch Garini nichts haben. Sie wusste, dass Ugo unkontrollierbare Anfälle hatte, das hatte sie ja schon lange vor dem Mord an seiner Mutter miterlebt. Aber würde Francesca es glauben? Sie bezweifelte es. Vielleicht sollte sie ihr folgen und sicherstellen, dass sie nicht mit Ugo alleine blieb? Aber wohin war sie gefahren? Wo war Ugo gerade?

Carlina lehnte sich gegen die Wand und holte tief Luft. *Beruhige dich. Atme tief ein. Jetzt aus. Wie gehe ich am besten vor?*

Stefano! Er muss mir helfen! Sie drückte die erste Taste, unter der sie ihn einprogrammiert hatte. Wie gut, dass er ihr mal gesagt hatte, sie solle dafür sorgen, dass er ganz oben in ihrer Liste stand. Um ihn zu necken, hatte sie ihn als »Aaanstrengender Inspektor« einprogrammiert. Schon fühlte sie sich ein wenig besser. Ihre Hand schwitzte, während sie darauf wartete, dass die Verbindung hergestellt wurde.

Besetzt. *Verdammt.*

»Carlina!«

Carlina zuckte zusammen, dann entspannte sie sich, als sie ihre Assistentin Elena erkannte, die neben ihr aufgetaucht war.

»Wieso bist du hier draußen? Und warum bist du so blass?« Elena schaute ihre Chefin mit einem verwirrten Stirnrunzeln an.

»Gott sei Dank, dass du da bist!« Carlina packte sie am Arm. »Ich muss Francesca mit Ugo helfen. Es ist eilig. Hast du was dagegen, auf den Laden aufzupassen?«

»Kein Problem, aber wer ist Francesca? Und wer ist Ugo? Und –«

»Danke!« Carlina rannte zurück ins Geschäft, schnappte sich ihren Schlüssel und ihre Handtasche und lief wieder raus. »Ich mache das wieder gut!«

Sie schrie die letzten Worte, während sie sich auf die Vespa warf, den Helm mit dem Leopardenmuster auf ihren Kopf knallte und den Motor anwarf. Sie brach mehr Verkehrsregeln als jemals zuvor und kam in Rekordzeit bei der Polizeistation an. Sie rannte hinein, den Helm immer noch auf dem Kopf.

Der Eingang zur Polizeistation war eng. Es war nicht klar, ob das Teil des Konzepts war, um sicherzustellen, dass keine Massen hineinstürmten, oder ob es sich einfach so ergeben hatte, weil das Gebäude so alt war. Zu ihrer Rechten saß eine Rezeptionistin in einer Art Glaskasten, der mit einer kleinen Öffnung versehen war. Carlina wäre am liebsten hineingehuscht, ohne gesehen zu werden, aber ein Drehkreuz sorgte dafür, dass der Eingang zu den Büros dahinter versperrt war. *Vermutlich eine Art Sicherheitsmaßnahme.*

Die Frau in dem Glaskasten hob ihren Kopf wie ein Hund, der Gefahr wittert. Ihr T-Shirt war so tief ausgeschnitten, dass ihr Dekolleté die ganze Öffnung auszufüllen schien.

»Ich muss zu *commissario* Garini! Es ist dringend!« Carlina schnappte nach Luft, mehr aus Nervosität als durch den kurzen Sprint von ihrer Vespa bis zum Eingang.

»Nehmen Sie Ihren Helm ab!« Die Rezeptionistin rollte ihren Stuhl zurück, eine Hand irgendwo unter dem Tisch.

»Was? Ach, Entschuldigung. Natürlich.« Carlina riss ihn herunter. »Ich muss ganz eilig mit *commissario* Garini sprechen. Es geht um den Mord an Olga Ottima.«

Die Rezeptionistin runzelte die Stirn. »Wer sind Sie?«

»Ich heiße Caroline Ashley.«

»Oh.« Die Rezeptionistin hob die Augenbrauen und musterte sie von oben bis unten.

Carlina fuhr sich durch die dunklen Locken, aber sie erwiderte den Blick mit einer gewissen Härte. »Wie gesagt, es ist sehr dringend.«

»Erwartet er Sie?«

»Nein, aber es ist wichtig. Ich muss ihn sofort sehen.«

Die Rezeptionistin unterdrückte ein Gähnen. »Ich schaue mal, was ich tun kann.« Sie wählte eine Nummer, lauschte eine halbe Sekunde, dann legte sie auf. »Besetzt.«

»Egal.« Carlina hüpfte vor Ungeduld fast auf der Stelle. Sie fühlte, wie ihr der Schweiß zwischen den Schulterblättern herunterlief. Es war viel zu heiß und stickig in dem kleinen Eingangsbereich. Außerdem roch es nach Käse. Altem Käse. »Lassen Sie mich nur rasch zu ihm raufgehen und dann erkläre ich ihm alles persönlich, sobald er aufgelegt hat.«

»Ich fürchte, das kann ich nicht tun. Zivilisten haben keinen Zugang zu diesem Teil des Gebäudes.«

Carlina biss die Zähne zusammen. »Dann gehen Sie bitte persönlich hoch und bitten Sie ihn, herunterzukommen. Es ist wirklich dringend.«

Die Rezeptionistin schüttelte in Zeitlupe den Kopf. »Ich darf meinen Platz nicht verlassen.«

Carlina beugte sich nach vorne, bis sie Auge in Auge mit dem Dekolleté war. Wenn die Glaswand nicht zwischen ihnen gewesen wäre, hätte sie versucht, die Dame am Nacken zu packen und zu schütteln. »Jetzt hören Sie mir mal zu. Es ist Ihre Aufgabe, wichtige Nachrichten an die Polizisten weiterzuleiten, die hier arbeiten, oder nicht?«

»Ja.«

»Nun, ich habe eine wichtige Nachricht für *commissario* Garini. Es ist mir egal, wie Sie es anstellen, aber Sie müssen sie weiterleiten, und zwar sofort.«

Die Rezeptionistin seufzte, schüttelte den Kopf und stand auf. »Wenn alle Leute so schlechte Manieren wie Sie hätten …« Sie beendete den Satz nicht, sondern ging ohne ein weiteres Wort.

Carlina starrte ihrem Rücken hinterher. *Und was jetzt?*

Zwei Minuten später war das Dekolleté zurück. »Er ist beschäftigt.«

Carlina trommelte mit den Fingern gegen die Fensterscheibe. »Haben Sie mit ihm gesprochen?«

»Natürlich!« Endlich zeigte die Rezeptionistin ein wenig Temperament.

»Und was hat er gesagt?«

»Dass er beschäftigt ist. Er ruft Sie an, sobald er Zeit hat.«

Carlina fühlte sich, als hätte sie eine Ohrfeige erhalten. Wie konnte Stefano sie nur in die Warteschleife hängen? Wie konnte er sie so falsch einschätzen? Sie war noch nie zuvor auf diese Art und Weise auf seine Arbeit gestürmt. Konnte er nicht sehen, dass es um etwas immens Wichtiges gehen musste? »Haben Sie ihm gesagt, dass es ausgesprochen eilig ist?«

Die Rezeptionistin erlaubte es sich, die Augen gen Himmel zu verdrehen. »Natürlich.«

»Und?«

»Und gar nichts. Er ist beschäftigt. Er ruft Sie an. Das habe ich Ihnen schon gesagt.« Die Dame wandte sich ab und fing an, einen Stapel Briefe zu sortieren.

»Na gut.« Carlina fühlte sich gedemütigt. Er hatte entschieden, dass sie nicht wichtig genug war. Vielleicht hatte ihr Streit ihn dazu gebracht, die Dinge nicht mehr objektiv zu beurteilen. Heiße Tränen – halb Wut, halb Verzweiflung – brannten in ihren Augen.

Sie drehte sich auf dem Absatz um, bevor der Drachen vor ihr sie sehen konnte, und verließ die Polizeistation. Was nun? Sie musste Francesca finden. Wenn Ugo einen Wutanfall bekam, wusste keiner, wie es ausgehen würde.

Sie rief Francesca auf ihrem Handy an, aber es klingelte eine Ewigkeit, ohne dass jemand antwortete. Carlina ballte die Fäuste, während in ihr das Gefühl einer unmittelbar bevorstehenden Katastrophe heranwuchs. Vielleicht hatte Ugo sie ja schon erwischt. Vielleicht hatte er sie halb tot geschlagen, sodass sie nicht mehr antworten konnte. Carlina versuchte, zitternd Luft zu holen, um sich zu beruhigen. Wenn sie nur wüsste, wo ihre Freundin sich gerade befand!

Vielleicht sollte sie es zuerst bei Francesca zu Hause probieren. Sie sprang wieder auf ihre Vespa und fuhr eilig Richtung Osten, zur Via Francesco de Sanctis, wo Francesca eine kleine Wohnung im obersten Geschoss hatte. Aber als sie die Klingel läutete und gleichzeitig ihre Freundin auf dem Handy anrief, geschah gar nichts. *Verdammt.*

Carlina schob sich die verschwitzen Haare aus der Stirn und versuchte, sich zu beruhigen. Sie musste jetzt einfach akzeptieren, dass sie weder Garini noch

Francesca erreichen konnte. Sie konnte genauso gut zu Temptation zurückkehren – dort würde man sie als Erstes suchen, wenn man sie brauchte. Ihr Kopf sagte ihr, dass dies die richtige Entscheidung sei, aber während sie zurückfuhr und das Santa-Croce-Viertel durchquerte, blieb das Gefühl bestehen, dass sie nicht aktiv genug war, dass irgendwo in der Stadt Gefahr lauerte und dass sie etwas tun musste. Sie fühlte sich, als ob man ihr befohlen hätte, sich hinzusetzen, während sie umherlaufen und alles tun wollte, was in ihrer Macht stand, keine Möglichkeit außer Acht lassend.

Dann fiel Carlina Onkel Teo ein. Sie fuhr bei der ersten Gelegenheit an den Bordstein, direkt vor einer *gelateria* mit einer langen Reihe an Touristen davor, die auf ihr Eis warteten, und rupfte ihr Telefon aus der Tasche.

»Onkel Teo, ich bin's. Sag mal, ich muss dringend wissen, wo Ugo wohnt. Kennst du die Adresse?«

»Carlina, meine Liebe. Wie geht es dir?«

Carlina verdrehte die Augen. »Gut, gut, aber ich bin in Eile. Kannst du's mir rasch sagen? Wo wohnt er?«

»Ugo? Lass mich mal nachdenken …« Onkel Teo räusperte sich umständlich. »Ich glaube, ja, ich denke tatsächlich, dass er sich die Wohnung mit seiner Mutter geteilt hat. Ich war nie dort, aber Olga hat es mal erwähnt, als wir in dem kleinen Restaurant unten am Ende der Straße essen waren. Wir hatten einen wunderbaren Abend, und das Essen war einfach großartig. Ich hatte *tagliatelle alla* –«

»Ja, Onkel Teo, ich bin sicher, dass es toll war, aber kannst du mir davon bitte ein anderes Mal berichten? Erinnerst du dich an die Adresse? Ugos Adresse? Es ist wichtig.« Sie war kurz davor, ihm zu sagen, dass es um Francesca ging, die in Gefahr war, aber in letzter Sekunde hielt sie die Worte zurück, die ihr schon auf der Zunge lagen. Wenn sie das ausplauderte, war völlig unvorhersehbar, wie Onkel Teo reagieren würde. Außerdem wusste sie ja gar nicht sicher, dass Francesca in Gefahr war. Es war nur ein Gefühl. Ein verdammt hartnäckiges allerdings.

»Aber dazu wollte ich doch gerade kommen, *cara*.« Onkel Teo klang ein wenig verletzt. »Ich habe mich jetzt erinnert. Es ist die Via de' Benci. Weißt du wo? Nicht weit von –«

»Ja, ich weiß. Tausend Dank! Ich muss auflegen, wir sprechen uns heute Abend!« Sie legte auf, ließ das Telefon in ihre Tasche zurückfallen und startete die Vespa. Die Via de' Benci war nicht weit weg und wenn sie Glück hatte, hatte Francesca ihr Fahrzeug vor dem Gebäude geparkt.

Fünf Minuten später bog Carlina in die Straße ein. Ihr Instinkt hatte recht behalten. Sie entdeckte Francescas Vespa vor einem luxuriösen Wohnblock und hielt mit quietschenden Bremsen an. Jetzt musste sie nur noch einen winzigen Parkplatz für ihre Vespa finden, dann konnte sie ihre Freundin suchen. Doch die enge Straße war vollgestopft mit parkenden Fahrzeugen, und lange Streifen des Bürgersteigs waren von Restauranttischen belegt. Während sie noch in der Mitte der Straße stand und eine Lösung suchte, näherte sich von hinten ein Auto.

Der Fahrer drückte auf die Hupe, hielt seinen Kopf aus dem Fenster und brüllte: »Hey, ich hoffe, Sie träumen schön? Legen Sie mal'n Schlag zu, ja?«

Carlina winkte ihm entschuldigend zu und versuchte, ihre Vespa an die Seite zu fahren, sodass er vorbeikam, aber der Fahrer fuhr fort zu hupen und zu fluchen. »Wo hast du denn deinen Führerschein gewonnen, Mädchen? Jedes Kind sieht doch, dass du niemals in diese Lücke passt. Nun fahr schon, Mädel, mach hinne!« Er schüttelte den Kopf und drückte so lange auf die Hupe, dass der Lärm von den Häusern zurückhallte und in Carlinas Ohren dröhnte.

Carlina biss die Zähne zusammen und fuhr mit Vollgas die Straße hinab. Es war eine Einbahnstraße, und sie musste einmal um den Block fahren, um wieder zurückzukommen.

Dafür brauchte sie nur zwei Minuten, doch eine Last fiel ihr vom Herzen, als sie sah, dass Francescas Vespa immer noch an der gleichen Stelle stand. Zumindest war sie ihrer Freundin jetzt nahe. Dieses Mal fuhr sie die Straße in Zeitlupe hinab und schaffte es, drei Häuser weiter unten einen Parkplatz zu finden. Sie stellte die Vespa dort ab und ging zurück zu Francescas Maschine.

Plötzlich wurde ihr klar, dass sie sich ausgesprochen dumm benahm. Jetzt wäre der richtige Augenblick, um die Polizei zu rufen und nicht Hals über Kopf in eine potenziell gefährliche Situation zu stolpern.

Aber das habe ich doch getan, rief ihr Herz. *Und Garini wollte nichts davon hören!*

Noch einmal versuchte sie, ihn zu erreichen, doch diesmal wurde sie sofort auf den Anrufbeantworter umgeleitet. Entnervt hängte sie auf. Was sollte sie sagen? *Hör mal, ich mache mir Sorgen um Francesca und werde Ugo überwältigen, falls er sie angreifen sollte?* Garini würden einen Anfall bekommen.

Sie biss sich auf die Unterlippe und merkte, dass sie vergessen hatte, Onkel Teo um die richtige Hausnummer zu bitten. Francesca war hier in der Gegend. Nicht weit weg. Vielleicht brauchte sie ihre Hilfe. Vielleicht schlug Ugo sie gerade jetzt zusammen, während sie hier auf dem Bürgerstand stand und zauderte. Carlina schüttelte sich.

Nein, sie konnte nicht warten. Ihr Bauchgefühl sagte ihr, dass etwas nicht stimmte, und die Angst in ihr erreichte einen neuen Höchststand. Sie wollte ihre Freundin sehen, wollte sie berühren, wollte sichergehen, dass alles gut war. Wieder versuchte sie, sie anzurufen, und wieder ging keiner ans Telefon.

Vielleicht halfen ja die Namensschilder an den Häusern weiter. Vielleicht konnte sie zumindest herausfinden, ob Ugo wirklich hier wohnte. Das konnte nicht gefährlich sein, immerhin war sie in Sichtweite der Leute, die vorbeiliefen oder in den Restaurants ganz in der Nähe saßen. Die Tische waren wie große Inseln von dekorativen Metallstangen eingefasst, die eine optische Trennung schafften, obwohl sie praktisch mitten auf der Straße standen. Carlina ging zu dem Haus, das direkt neben Francescas Vespa stand, und überflog die glänzenden Messingschilder neben der schweren Holztür. Mercoli – Rossi – Alberi – Enlingua – Tenante.

Carlina stockte beim letzten Namen. Wie war noch der Nachname von Ugo gewesen? Jedenfalls nicht Ottima. Irgendetwas mit T. War es Tenante? Sie runzelte die Stirn und versuchte, sich an die Unterhaltung mit Francesca zu erinnern. Nein. Das war es nicht gewesen. Sie wusste es nicht mehr genau, aber wenn sie den Namen sah, würde sie ihn wiedererkennen – das hoffte sie zumindest.

Carlina schüttelte den Kopf und ging zum nächsten Haus über. Es hatte riesige Glastüren, ein Foyer aus Marmor mit großen Palmen, und es duftete förmlich nach Luxus. Sie zuckte mit den Schultern und wandte sich ab. Wenn Ugo und Olga in diesem Haus gelebt hätten, hätte nichts sie dazu gebracht, bei den Mantonis einzuziehen. Sie erinnerte sich noch an ihren Streit mit Olga und welch eine wilde Wut sie erfasst hatte, als Olga kurzerhand über ihre Wohnung verfügt und vorgeschlagen hatte, dass Ugo dort einziehen solle. *Was für eine Frechheit.*

Ihre Gedanken flogen zu Stefano. Er hatte sich immer noch nicht gemeldet. Hatte er sie abgeschrieben als jemand, der nicht zählte, nicht wichtig war? Sie wusste nicht, wo er die Nacht verbracht hatte. In seiner alten Wohnung? Ganz woanders? Ein Gewicht drückte auf ihre Schultern und nagelte sie auf dem Bürgersteig fest. Tränen stiegen in ihre Augen, als sie auf ihre Füße starrte. War ihre Beziehung gescheitert?

Ohne Vorwarnung schoss jemand aus der Luxusresidenz und rannte so nahe an ihr vorbei, dass Carlina fast die Balance verlor. Ihr Hirn registrierte das vertraute Parfüm, erkannte das tränenüberströmte Gesicht, als Francesca an ihr vorbeirannte. Doch bevor sie auch nur die Hand ausstrecken konnte, schlüpfte ihre Freundin ihr zum zweiten Mal an diesem Tag durch die Finger.

»Francesca, warte!« Carlina rannte hinter ihr her, nicht sicher, ob sie sie gehört hatte.

Ohne einen Blick zurück warf Francesca sich auf ihre Vespa, setzte noch nicht einmal ihren Helm auf und startete den Motor. Ganz konzentriert darauf, aus der Parklücke zu kommen, sah sie nicht, dass Carlina auf sie zu rannte.

Später konnte Carlina nicht mehr sagen, wie alles gekommen war. Sie stolperte über einen unebenen Stein auf dem Bürgersteig und fiel mit voller Wucht nach vorne, mit dem Kopf auf die dekorativen Metallrahmen, die die Restauranttische von der Straße trennten.

Dann wurde alles schwarz.

Als sie wieder zu sich kam, bemerkte sie als Erstes einen dumpfen Schmerz irgendwo über ihrer linken Augenbraue. Dann stellt sie fest, dass sie in einer unbequemen Position auf einem harten Stuhl saß. Jemand stöhnte. Es klang vertraut.

Verdammt. Es war ihre eigene Stimme.

»Zeit aufzuwachen«, sagte Ugos Stimme. »Nun komm schon. So schlimm bist du nun auch nicht gestürzt. Ich hab's gesehen. Nur ein kleiner Klaps auf den Kopf, nichts Tragisches.«

Sie riss die Augen auf. *Ugo?*

Er stand vor ihr und verdeckte das Licht, das durch eine Tür hinter ihm fiel. Sie befanden sich in einem schmalen Raum mit riesengroßen Schiebetüren an beiden Seiten. Die Türen – sechs an jeder Seite – waren glänzend weiß und reichten von der Decke bis zum Boden. Diejenige, die ihr am nächsten war, stand ein kleines Stück offen und erlaubte einen Blick auf eine Reihe exklusiver Kleider. Neben der Tür konnte Carlina einen Spiegel erkennen, der ebenfalls vom Fußboden bis zur Decke reichte. Ein Hauch von Olgas Parfüm hing in der Luft. Die Welt fing an zu zittern und für einen Augenblick dachte Carlina, dass sie sich übergeben müsste.

Das ist Olgas begehbarer Kleiderschrank. Ich bin in Ugos Wohnung.

Sie versuchte aufzustehen und stellte entsetzt fest, dass sie an den Stuhl gebunden war. Ihre Füße befanden sich in einer unbequemen Position, jeder an ein Stuhlbein gezurrt, und ihre Unterarme wurden auf die hölzernen Armlehnen gedrückt, von einer dünnen Schnur gehalten, die man normalerweise benutzte, um Tomaten oder grüne Bohnen festzubinden. Die dünne Schnur schnitt schmerzhaft in ihren Arm. Ugo musste mindestens zwei Rollen davon verbraucht haben.

»Endlich.« Ugo zeigte seine Zähne auf eine Art und Weise, die ganz und gar nicht an ein Lächeln erinnerte.

Carlina wurde schlecht vor Angst.

»Das war ein super Sturz«, sagte Ugo. »Du hättest die Massen sehen sollen, die auf dich zugestürzt sind. Alle versuchten zu helfen. Aber ich habe ihnen gesagt, dass wir befreundet sind und dass ich einen Arzt rufen würde. Dann habe ich dich hochgetragen. Sie waren alle überzeugt, dass ich sehr hilfsbereit bin.«

Ugo griff hinter seinen Rücken und zog ein langes, dünnes Messer hervor. Voller Befriedigung starrte er auf das spitz zulaufende Ende. »Und jetzt werden wir uns unterhalten.«

Kapitel 11

I

»Ich habe hier einen japanischen Touristen, der Informationen für Sie hat.« Die Stimme von Garinis Kollegen aus Rom klang gelangweilt, aber vielleicht wirkte es auch nur so über das Telefon. »Er behauptet, dass er einen Mord dokumentiert hat, aber wenn Sie mich fragen, ist das purer Blödsinn. Wir haben natürlich seine Daten geprüft, und das sieht alles so weit ganz in Ordnung aus, aber es ist wirklich ein bisschen zu viel Zufall.«

Garini richtete sich auf. Er hatte kein Mittag gegessen, weil er unbedingt erst die Unterlagen auf seinem Tisch zu Ende hatte lesen wollen, und jetzt nagte der Hunger an seinen Eingeweiden. Er schob den Gedanken beiseite. War das der Hinweis, auf den er so sehnsüchtig gewartet hatte? Mehr als ein Mord war durch Zufälle aufgeklärt worden.

»Was genau sagt der Japaner denn?«

»Ich stelle ihn gern an Sie durch, sodass er es selbst erklären kann. Aber er spricht nur Englisch.«

»Das ist kein Problem. Bitte geben Sie ihn mir.« Garini zog einen Notizblock und Stift zu sich heran.

»Mein Name ist Hiroto Yokoyama.« Die leise Stimme sprach ein sorgfältiges Englisch. »Spreche ich zu – mit der richtigen Person für den Turm-Mord?«

So hatte die Presse ihn genannt – den Turm-Mord. Es war ein griffiger Name, der den Leuten im Kopf blieb und mittlerweile das Hauptthema der Unterhaltungen in den Cafés und auf den Märkten überall im Land war.

»Ja, ich bin für die Aufklärung des Turm-Mordes verantwortlich. Mein Name ist Stefano Garini. Was kann ich für Sie tun?«

Der Japaner zögerte, dann sagte er, ohne seine Stimme zu heben, jede Silbe sorgfältig betonend: »Ich bin Ingenieur, und ich arbeite für die Firma Makanita. Kennen Sie Makanita?«

»Ja, natürlich. Sie ist berühmt für ihre Kameras und professionelle Filmausrüstungen.«

»Das ist korrekt.« Anscheinend war der Japaner zufrieden mit der Antwort. »Ich bin im Urlaub. Ich war am Montag in Florenz. Mit dem Bus.«

»Auf der Piazzale Michelangelo?«

»Ja. Es regnete, aber das war nicht schlimm, denn ich muss eine neue Kamera testen.«

»Eine neue Kamera? Mit einem besonders starken Zoom?«

»Nein. Eine thermografische Kamera.«

»Eine thermografische Kamera?« Garinis Augenbrauen hoben sich. Er wusste, dass es eine Technik gab, die es ermöglichte, Bilder im Dunkeln zu machen, indem sie die Hitze des fotografierten Objektes nutzte, aber diese Kameras waren sehr teuer. »Sie reisen mit einer thermografischen Kamera?«

»Ja. Es ist eine Kamera, die Bilder macht in –« der Japaner suchte nach den richtigen Worten. »In der Nacht, in der Dunkelheit.«

Garini nickte, obwohl Hiroto Yokoyama ihn nicht sehen konnte. »Ich weiß, wie sie arbeiten.«

Der Japaner missverstand ihn, vermutlich, weil er so sehr an die Fragen gewöhnt war. »Sie arbeitet mit Infrarotlicht. Sie zeigt die Hitze, verstehen Sie?«

»Ja.«

»Sie funktioniert auch bei Regen. Und Nebel. Und Rauch. Es ist eine sehr leistungsstarke Kamera. Die neueste Entwicklung, mit ganz klaren Bildern.« Hiroto Yokoyama sprach jetzt schneller. »Sie hat eine höhere Reichweite als jede andere Kamera, die es heute auf dem Markt gibt. Es ist noch ein Prototyp. Wir möchten sie in zwei Monaten herausbringen. Sie können auch einen USB-Stick anschließen und alles speichern und es sich später wieder ansehen. Und wir haben eine Doppel…«

Bevor der Japaner sein komplettes Verkaufsprogramm abspielen konnte, unterbrach ihn Garini. »Wollen Sie mir sagen, dass Sie diese Kamera benutzt haben, um den San-Niccolò-Turm zur Tatzeit zu filmen?«

»Wie bitte?«

»Sie haben diese Kamera am Montag benutzt?« Stefanos Herz schlug schneller.

»Ja.«

»Warum rufen Sie uns erst jetzt an?«

»Weil ich … es nicht bemerkte. Ich habe die Aussicht gefilmt und die Datei gespeichert, um sie meiner Firma zu zeigen, wenn ich wieder zurück bin. Aber dann hat unser Reiseführer etwas von dem Turm-Mord erzählt und gefragt, ob wir etwas gesehen hätten. Aber keiner in unserer Gruppe hat irgendetwas erkennen können, wegen des Regens und des Nebels. Da fiel mir ein, dass ich die Aussicht mit der neuen Prototyp-Kamera gefilmt hatte, und so schaute ich es mir an. Ich habe vorher keine Zeit dafür gehabt, verstehen Sie. Es ist ja sehr viel Material, das ich sichten muss. Ich wollte es mir im Flugzeug ansehen, auf dem Weg nach Hause. Aber als ich meinem Reiseführer den Film zeigte, sagte er, wir müssten es sofort der Polizei mitteilen. Doch da waren wir schon in Rom. Also sagte er, wir sollten hier zur Polizeistation gehen, damit sie uns sagen, was wir tun sollen.«

»Das haben Sie genau richtig gemacht«, sagte Garini. »Aber als Sie sich den Film angesehen haben, was genau haben Sie da gesehen?«

Der Japaner schwieg einen Augenblick. »Keinen Mord«, sagte er schließlich, ganz langsam.

Garinis Herz setzte einen Schlag aus. »Sie haben keinen Mord gesehen?«

»Nein.«

»Aber was haben Sie denn dann gesehen?« Er musste sich zwingen, um die Frage nicht laut herauszuschreien.

»Ich sende Ihnen eine E-Mail mit dem Link zum Video, ja?«

»Ja, bitte! Auf der Stelle, wenn es geht.« Garini bat darum, wieder mit seinem Kollegen verbunden zu werden, und gab ihm die richtige E-Mail Adresse durch. »Bitte senden Sie mir den Link sofort.«

Mit angehaltenem Atem wartete er, bis die E-Mail ankam, dann klickte er auf den Link und wartete darauf, dass die Datei sich öffnete. Gerade, als der Film begann, schlenderte Cervi in sein Büro.

»Sagen Sie mal, Garini –« Er brach ab, als er das Schwarz-Weiß-Bild auf dem Bildschirm sah. »Was ist denn das?«

Garini schaute nicht hoch. »Das ist der San-Niccolò-Turm zur Tatzeit, am Montag um Viertel vor fünf.« Er zeigte auf ein kleines Zeichen unten links im Bild, das Datum und Uhrzeit nannte. »Dies wurde von der Piazzale Michelangelo aus gefilmt, mit einer thermografischen Kamera – der neueste Schrei in japanischer Technologie. Wenn der Film hier das zeigt, was ich hoffe, dann ist es der Beweis, dass Fabbiola Mantoni-Ashley unschuldig ist.«

Der Film zeigte die Skyline von Florenz in Schwarz und Weiß. »Die Gebäude strahlen Wärme ab, und das wird von der Kamera aufgenommen. Die Wärme reicht weiter als das Licht und wird nicht durch Regen und Nebel beeinträchtigt.«

»Ich kenne thermografische Kameras, das brauchen Sie mir nicht zu erklären.« Cervi versuchte gar nicht erst, seine Irritation zu verbergen.

»Ja, aber es ist eine echte Weiterentwicklung. Ich habe noch nie zuvor so ein klares Bild gesehen.«

Garini beugte sich nach vorne. Sein Magen zog sich zusammen, als die Kamera auf den Turm zoomte. Er konnte die Zinnen ganz klar ausmachen, konnte sehen, wie eine Person sich auf der obersten Plattform bewegte.

»Das ist Olga Ottima.« Er zeigte auf die weibliche Figur. »Ich kannte sie. Ich erkenne ihren Gang.«

Cervi nickte und beugte sich nach vorne. Jeder Polizist wurde darin geschult, Details zu bemerken und sich daran zu erinnern, wie ein Mensch sich bewegte. Da dies eine ganz persönliche Eigenart war, die nur schwer verborgen werden konnte, achtete die Polizei ganz besonders darauf.

Schweigend schauten sie zu, wie der Fokus der Kamera vom Turm wegschwenkte und sich wieder auf den Duomo im Hintergrund konzentrierte. Garini stöhnte. »Nun komm schon, zum Turm zurück.«

Der Film machte einen kleinen Sprung, als ob der Fotograf geniest hätte, dann schwenkte die Kamera ganz langsam von links nach rechts, um das volle Panorama einzufangen. Aber in der unteren Filmhälfte war der obere Teil des San-Niccolò-Turms zu sehen. Jetzt erschien eine zweite Frau auf der Plattform, wie ein Flaschengeist. Zuerst wurde ihr Kopf sichtbar, dann ihre Schultern, dann der ganze Oberkörper. Garini wusste durch seinen Besuch beim Turm, dass sie die Stufen hinaufstieg.

Sie hielt an, als sie oben angekommen war, und schaute sich um. Während sie noch wie festgewurzelt dastand, kletterte die Frau im Hintergrund auf die Zinnen und warf sich im freien Fall hinab.

Cervi machte ein ersticktes Geräusch.

Die Frau auf der Treppe drehte sich mit einer schnellen Bewegung zu der Stelle um, von der die andere Frau gesprungen war, dann rannte sie zur Brüstung und schaute nach unten. Mit den Händen vor dem Mund drehte sie sich auf dem Absatz um und rannte zurück, die Treppen hinunter, doppelt so schnell, wie sie gekommen war.

Der Film ging noch fünf Sekunden weiter und beendete das Rundumpanorama in einem langsamen Bogen. Es war klar, dass der Fotograf sich völlig auf den Hintergrund konzentriert hatte und überhaupt nicht bemerkt hatte, was direkt vor ihm geschah. Dann stoppte der Film.

»Es ist genau so geschehen, wie Fabbiola es uns schilderte.« Garinis Mund war trocken. Für einen Augenblick wurde ihm vor Erleichterung und Glück schwindelig. Er wandte sich an seinen Chef. »Die zweite Frau war Fabbiola Mantoni-Ashley. Sie ist unverwechselbar. Sie muss Olgas Schrei gehört und sich deshalb umgedreht haben. Was für ein Jammer, dass die Kamera keine Geräusche aufnimmt.«

Garini schloss für einen Augenblick die Augen, voller Dankbarkeit für die Japaner und ihre Technologie. Jetzt konnten sie Fabbiola freilassen. *Ich kann es gar nicht erwarten, Carlina die gute Nachricht zu sagen.*

»Könnte dieser Film eine Fälschung sein?« Cervis Stimme klang grimmig.

Garini riss die Augen auf. »Was? Natürlich nicht! Wie sollte ein Japaner fälschen, wie zwei Frauen sich bewegen, zwei Frauen, die er noch nie im Leben gesehen hat?«

»Sie wissen nicht, dass er sie noch nie getroffen hat. Haben Sie seinen Hintergrund überprüft? Vielleicht ist er ein ehemaliger Liebhaber von Fabbiola Mantoni-Ashley.«

Ja, und ich arbeite für den russischen Geheimdienst. Garini schluckte die Worte herunter. Manches konnte man seinem Chef einfach nicht sagen, selbst wenn es offensichtlich war, dass er sich an Strohhalmen festklammerte.

»Ich werde seinen Hintergrund sofort prüfen, obwohl die Kollegen in Rom dies schon getan haben, und mir bestätigen lassen, dass alles legitim ist. Ich werde auch herausfinden, ob die Mantoni-Familie irgendwelche japanischen Beziehungen hat.« Garini konnte einfach nicht anders, seine Stimme klang sarkastisch.

»Dann beeilen Sie sich mal damit«, sagte Cervi. »Wir haben schon viel zu viel Zeit verloren und die falsche Person festgenommen, wenn man diesem Video vertrauen kann. Ich stehe nicht gern als Idiot da.« Er drehte sich auf dem Absatz um, bevor Garini auch nur den Mund öffnen konnte.

Doch gerade als Cervi die Hand ausstreckte, um den Türgriff zu erreichen, öffnete die Tür sich von ganz alleine und Gloria schob erst ihr Dekolleté und dann ihr Gesicht durch den Spalt.

»Stefano, deine Freundin war hier.«

Stefanos Kopf schoss hoch. »Carlina? Was meinst du damit, sie war hier? Ist sie schon wieder gegangen?«

»Ja.« Gloria verdrehte die Augen. »Sie war super ungeduldig. Hat gesagt, dass es dringend sei. Und unhöflich war sie auch noch.«

Cervi schaute Garini vorwurfsvoll an. »Sie hätten mit ihr sprechen sollen. Es ist nicht einfach, den Angehörigen entgegenzutreten, aber es ist Teil unserer Bürgerpflicht.«

Stefano biss die Zähne zusammen. »Ich hätte ganz bestimmt auf der Stelle mit ihr gesprochen, wenn ich gewusst hätte, dass sie hier ist.« Er wandte sich an die Rezeptionistin, die sich in den Raum geschoben hatte und nun mit herausgestreckter Brust neben seinem Chef stand. Es sah aus, als ob sie gleich vornüber fallen würde. »Warum hast du es mir nicht sofort gesagt, Gloria?«

Gloria studierte ihre Fingernägel. »Ich dachte, du wärst beschäftigt. Du bist nicht zum Mittagessen gegangen und wenn du das tust, bist du immer tief in einen Fall verstrickt. Und außerdem dachte ich, es sei nur privat, und wir sollen schließlich unsere Arbeitszeit nicht damit verschwenden, Privatgespräche zu führen.« Sie warf Cervi einen selbstgerechten Blick zu. »Also habe ich –«

Garini unterbrach sie. »Wann war sie hier?« *Noch ein falsches Wort, und ich erwürge dich.*

Gloria zog eine Schnute, dann seufzte sie. »Ich weiß nicht. Ist 'ne Weile her. Vielleicht 'ne halbe Stunde?«

Vor einer halben Stunde, und sie hat gesagt, es sei dringend. Er wusste, dass Carlina nur dann so handeln würde, wenn etwas wirklich Wichtiges geschehen war. Stefano sprang auf.

»Wenn sie das nächste Mal kommt, möchte ich sie sofort sprechen. Egal, was ich tue, egal, wer gerade bei mir ist. Ist das klar?« Er riss seine Jacke vom Stuhl. »Ich gehe jetzt sofort zu ihr.«

»Wollten Sie nicht erst mal den Hintergrund des Japaners prüfen?« Cervis Stimme klang sanft.

Garini schlüpfte an ihm vorbei und zur Tür hinaus. Er war über den Punkt hinaus, an dem er zu seinem Chef höflich sein konnte. »Wenn Carlina zu mir ins Büro kommt, hat das die höchste Priorität. Der Japaner kann warten.«

II

Carlina starrte auf das Messer in Ugos Hand, dann zwang sie sich wegzuschauen. Sie biss die Zähne zusammen und hoffte, dass ihre Unterlippe nicht zitterte. Gott sei Dank hatte Ugo sie so festgebunden, sonst würde sie jetzt in ihrem Sitz zittern wie ein kleiner Hase.

Angriff ist die beste Verteidigung.

Sie hob ihr Kinn und schaute ihn geradeheraus an. »Ja, wir werden uns unterhalten, wir zwei, Ugo, und du kannst sofort anfangen. Warum hast du deine Mutter umgebracht?«

»Ich habe meine Mutter nicht umgebracht.« Die harten Muskeln in seinem breiten Kiefer, kombiniert mit den kleinen Augen, ließen ihn wie einen Hai aussehen.

»Aber du hattest einen riesigen Krach mit ihr am Sonntagabend, das gibst du doch zu?«

»Das hat damit gar nichts zu tun!«

»Doch, das hat es.« Carlina funkelte ihn an. »Denn es gibt dir ein perfektes Motiv.«

Er schüttelte den Kopf. »Ich habe meine Mutter nicht umgebracht.«

»Du hast ein Vermögen geerbt, du hattest einen großen Streit mit deiner Mutter und du hast ein völlig unkontrollierbares Temperament.« Carlina redete nicht lange um den heißen Brei herum. »Das sind drei perfekte Voraussetzungen für einen Mord.«

Ugos Gesicht nahm einen hässlich roten Farbton an. »Ich habe mein Temperament sehr wohl unter Kontrolle. Und du solltest nicht vergessen, dass dein lieber Freund deine Mutter für den Mord festgenommen hat, nicht mich.«

Carlina rümpfte die Nase. »Das war ein Fehler. Das werden sie auch bald herausfinden.«

Ugo zeigte mit einem Grinsen seine Zähne. »Ich denke, es ist ganz gut, wenn sie da bleibt, wo sie jetzt ist.«

Carlina entschied sich, auf ihr ursprüngliches Argument zurückzukommen. »Du hast außerdem kein Alibi. Das ist sehr verdächtig. Anstatt uns zu sagen, wo du den Tag verbracht hast, hüllst du dich in Schweigen. Das wirkt gar nicht gut.«

»Ich war mit Francesca zusammen!«

»Ach.« Carlina versuchte, arrogant auszusehen, war sich aber nicht sicher, ob es ihr gelang. »Und warum hast du das nicht zugegeben?«

Ugo starrte sie verwirrt an. »Weil –« Er brach ab.

»Nun?«

»Weil meine Mutter Francesca niemals akzeptiert hätte.«

»Aber deine Mutter war doch schon tot, Ugo.« Carlina fragte sich, ob er mehr als nur ein wenig dumm war. Vielleicht war er etwas zurückgeblieben.

Ugo schob wie ein trotziges Kind die Unterlippe nach vorne. »Ich wollte Francesca nicht in die Sache hineinziehen. Ich – wir hatten uns ja gerade erst kennengelernt.«

Carlina legte den Kopf schief und betrachtete ihn. Bis zu einem gewissen Grad machte seine Aussage sogar Sinn. Sie entschied sich, zu ihrer ersten Frage zurückzukehren. »Warum hast du deine Mutter umgebracht?«

Der rote Farbton in seinem Gesicht vertiefte sich. »Ich habe meine Mutter nicht umgebracht! Wie oft muss ich dir das noch sagen?« Er hob das Messer und setzte die Spitze an ihren Hals, genau an die Stelle, wo ihr Blut durch die Arterie pulsierte.

Als sie den leichten Druck des kühlen Metalls auf ihrer Haut spürte, vertrieb panische Angst jeden klaren Gedanken aus ihrem Kopf.

Sprich weiter, Carlina! Sprich weiter!

»An deiner Stelle würde ich mit dem Messer mal ein bisschen vorsichtig sein«, hörte sie sich selbst sagen. »Ich habe nämlich eine Nickelallergie und es könnte sein, dass ich darauf allergisch reagiere.«

Er runzelte die Stirn. »Die Klinge ist aus Edelstahl.«

»Ja, ja, das sagen sie alle.« Carlina hörte sich selbst hektisch brabbeln. »Aber wer weiß, was für eine Legierung sie wirklich benutzt haben. Ich habe neulich mehr darüber gelesen, weil meine Allergie wirklich schlimm ist und es ein neues europäisches Gesetz gibt, das genau bestimmt, wie viel Nickel ein Gegenstand enthalten darf, der die Haut berührt. In der Vergangenheit galt das Gesetz nur für Dinge, die ständig auf der Haut liegen, wie Schmuck zum Beispiel, aber heute müssen auch andere Produkte völlig nickelfrei sein.« Gott sei Dank hatte sie während eines langweiligen Nachmittags im Laden nichts anderes zu lesen gehabt. Carlina warf sich mit Hingabe in die nächste Runde. »Nimm zum Beispiel Kugelschreiber. Du kennst doch diese kleine Metallspitze ganz vorne, kurz bevor die Mine erscheint? Die ist aus Metall. Man denkt ja eigentlich nicht, dass dieser Teil jemals die Haut berührt, denn schließlich soll man ja nicht an seinem Kugelschreiber lutschen oder ihn gegen die Stirn drücken, während man nachdenkt, ich meine, das wäre ja wirklich dämlich, weil man dann ja blau oder schwarz oder rot werden würde, je nachdem, welche Mine man im Kugelschreiber hat.«

Himmel, ich höre mich wie eine Irre an.

»Aber das neue Gesetz besagt, dass selbst dieses winzige Stück Metall da vorne komplett nickelfrei sein muss.« Sie legte eine Pause ein, um nach Luft zu schnappen, und bemerkte erleichtert, dass Ugos Augen glasig geworden waren und das Messer ein wenig herabgesunken war. »Also, du verstehst schon, wenn dieses Messer älter ist, dann ist es absolut möglich, dass es Nickel enthält, denn die neuen Gesetze galten zu der Zeit, zu der es hergestellt wurde, noch nicht und –«

»Mann, du redest echt wie ein Wasserfall.« Ugo hob das Messer wieder an. »Jetzt halt endlich die Klappe.«

Kapitel 12

I

»Oh, *commissario*, ich bin ja so froh, dass Sie da sind!« Elena rannte aus Temptation heraus auf die Straße, um Garini zu begrüßen, noch bevor er von seinem Motorrad absteigen konnte. »Carlina ist in wahnsinniger Eile davongestürzt und seit einer Ewigkeit nicht zurückgekommen! Das ist so gar nicht ihre Art, und ich habe keine Ahnung, was ich tun soll!«

Eine kalte Hand ergriff Garinis Herz. *Verdammte Gloria. Warum hat sie Carlina abgeschmettert? Was wollte Carlina mir bloß so Dringendes sagen?*

»Hat sie Ihnen gesagt, wohin sie gegangen ist?«

»Nein.« Elena schüttelte den Kopf. »Sie hat irgendetwas von Francesca und Ugo gemurmelt, aber ich habe es nicht wirklich verstanden, und sie hatte keine Zeit, es zu erklären.«

Garini ballte die Fäuste. Das war schlimmer als erwartet. »Haben Sie versucht, sie anzurufen?«

»Oh ja, gerade eben erst. Aber sie geht nicht ran. Was soll ich bloß tun?«

»Nichts.« Er drehte die schwere Maschine schon herum, um in die andere Richtung zu fahren. »Schließen Sie den Laden zur normalen Zeit und dann bleiben Sie zu Hause.«

»Ja, aber –«

Garini hörte sie nicht mehr. Er raste die Straße hinab und kam in Rekordzeit bei den Mantonis an, wo er gegen Onkel Teo prallte, der gerade das Haus verlassen wollte.

Onkel Teo strauchelte.

Garini fing den zarten Mann bei den Schultern auf und setzte ihn, so sanft er nur konnte, wieder auf die Füße, obwohl er einen immensen Druck fühlte.

»Ich bitte um Entschuldigung. Ich hoffe, es ist alles in Ordnung? Wo ist Carlina? Ist sie zu Hause?«

Onkel Teo blickte ihn besorgt an. »Nein. Aber sie hat angerufen und nach Ugos Adresse gefragt.«

Garini wurde schlecht. *Oh nein.* »Wann war das?«

»Es ist noch nicht so lange her.« Onkel Teo kratzte sich am Kopf. »Ich glaube, Santa Croce hatte gerade die halbe Stunde geschlagen. Aber vielleicht vertue ich mich da. Vielleicht war es gar nicht die halbe Stunde. Vielleicht –«

Stefano wirbelte auf dem Absatz herum und sprang wieder auf sein Motorrad. »Danke!«

Während er durch die historischen Straßen raste, hämmerte das Herz in seiner Brust, und nur ein einziger Gedanke raste in seinem Kopf herum, wie ein Mantra, wie ein Gebet an einen Gott, an den er nicht wirklich glaubte. »Bitte lass sie in Sicherheit sein. Bitte lass sie in Sicherheit sein.«

Er hielt direkt vor Ugos Luxuswohnung und rannte hinein, dann zeigte er dem Mann hinter der Rezeption seinen Ausweis. »Polizei. Bitte begleiten Sie mich nach oben in die Wohnung von *signora* Ottima und ihrem Sohn.«

Der Rezeptionist fuhr zusammen. »Ich habe nichts falsch gemacht. Ich schwöre, ich –«

»Ja, ja, natürlich nicht. Ich brauche nur einen Zeugen.« Garini schnappte sich den Arm des dürren Männleins und zog ihn hinter sich die Treppe hoch. »Schnell.«

Vor Ugos Wohnung angekommen, drückte er den Klingelknopf so heftig, dass dieser sich verhakte und das Klingeln innen gar nicht wieder aufhörte. Dann schlug er gegen die Tür. »Polizei! Öffnen Sie die Tür!«

Der Rezeptionist machte einen Schritt zurück. »Vielleicht sollte ich besser –«

»Sie bleiben schön hier.« Garini schlug weiterhin mit einer Faust gegen die Tür, während er den Rezeptionist mit der anderen Hand festhielt. »Helfen Sie mir zu klopfen.«

»Klopfen?« Die Stimme des kleinen Mannes wurde schrill. »Das ist kein Klopfen! Sie schlagen ja die Tür ein! Dazu haben Sie kein Recht, denn –«

»Verdammt richtig, dazu habe ich kein Recht.« Garini wusste, dass er seinen Job riskierte, wenn er in die Wohnung eines Zivilisten einbrach, ohne die entsprechenden Unterlagen zu haben. »Aber die Frau, die ich liebe, ist in dieser Wohnung, und ich habe keine Ahnung, was gerade mit ihr geschieht.«

Der Rezeptionist schaute ihn schief an. »Die Frau, die Sie lieben? Meinen Sie die, die ohnmächtig wurde?«

Garini erstarrte mitten in der Bewegung. »Sie wurde ohnmächtig?«

Carlina wird nur ohnmächtig, wenn sie schlechte Neuigkeiten erhält.

»Reden wir von derselben Frau? Dunkle Locken? Augen wie eine Katze?«

»Habe ihre Augen nicht gesehen.« Der Rezeptionist zuckte mit den Schultern. »Sie ist draußen hingefallen und hat sich den Kopf gestoßen. Aber ich glaube schon, dass sie dunkle Locken hatte. Und *signor* Ugo war ganz nett und hat sie hochgehoben und gesagt, dass er einen Arzt rufen würde. Aber der Arzt ist noch nicht gekommen, was mich ein wenig wundert. Tatsächlich –«

Garini wurde blass. »Oh *Madonna*. Treten Sie zurück.« Er schob den Mann zur Seite und trat mit aller Kraft gegen die Tür.

»Das können Sie nicht tun!« Der kleine Mann wrang die Hände. »Sie zerstören Privateigentum!«

»Wenn es falsch ist, komme ich für die Kosten auf.«

Endlich brach das Schloss splitternd aus dem Holzrahmen. Garini zog seine Pistole hervor und trat vorsichtig in die Wohnung. »Ugo! Komm heraus. Du bist umzingelt.«

Der Rezeptionist schaute sich um. »Umzingelt? Von wem?« Er zog sich vorsichtig Richtung Fahrstuhl zurück.

Garini ignorierte ihn und arbeitete sich vor, warf die Türen auf und schaute in die Räume, ohne selbst eine Zielscheibe zu bieten. Er hörte nichts und sah niemanden. Methodisch machte er weiter, bis er ins Schlafzimmer kam. Es war leer. Verdammt.

Unsicherheit ersetzte das Adrenalin, das ihm durch die Adern gepumpt war. Was, wenn sie gar nicht hier war? Wenn dies nur eine wilde Jagd nach Gespenstern war? Er schauderte, als er sich vorstellte, wie er es seinem Chef erklären sollte.

Er war gerade dabei, sich abzuwenden, als er eine schmale Tür im hinteren Bereich des Raumes entdeckte. Sie war genauso tapeziert wie die Wände. Was war das? Ein Wandschrank?

Er trat die Tür auf und sprang zur Seite, dann sah er sie.

Carlina saß auf einem Stuhl in der Mitte des begehbaren Kleiderschranks, von oben bis unten mit Paketschnur festgeschnürt. Ihre Augen waren weit aufgerissen, und neben ihrem Hals befand sich ein glänzendes Messer, gehalten von einem massiven Ugo, der ihn anstarrte.

»Wenn du schießt, schneide ich ihr die Kehle durch«, sagte Ugo.

Garini antwortete nicht. Gedanken schossen durch seinen Kopf, jahrelanges Training kam ihm zur Hilfe.

Es ist möglich, dass er sie verletzt, selbst wenn er schon fällt. Ich kann es nicht riskieren. Ich muss mit ihm sprechen. Lenk ihn ab!

»Warum hast du Carlina festgebunden und bedrohst sie mit einem Messer? Was hat sie dir angetan?«

Ugo sah so aus, als ob er kurz vor einem Schlaganfall stünde. »Sie hat Francesca gegen mich aufgebracht. Sie hat ihr von meiner Mutter erzählt. Sie –«

Carlina wandte den Kopf und starrte ihn an. »Ich habe ihr nichts als die Wahrheit gesagt! Wie lange wolltest du denn deine Mutter und ihren Tod verheimlichen? Sag mir das mal!«

Ugos massiver Kiefer bewegte sich. »Ich hätte es ihr gesagt. Bald. Ich habe auf den richtigen Augenblick gewartet.«

»Der richtige Augenblick für schlechte Neuigkeiten kommt niemals«, sagte Carlina. »Außerdem ist das überhaupt kein Grund. Du hast mich gekidnappt, festgebunden und bedroht. Das ist doch nicht mehr normal. Garini ist hier; du hast jetzt sowieso verloren. Nun lass mich gehen.«

Ugo starrte sie mit so weit aufgerissenen Augen an, dass man das Weiße sehen konnte. Es war offensichtlich, dass ihm die Kontrolle entglitten war und er keine Ahnung hatte, wie er aus dem Chaos herausfinden konnte, in das sein ungebärdiges Temperament ihn geführt hatte.

Garini bewegte sich zentimeterweise auf Ugo zu. Wenn er nur nahe genug an Ugo herankam, sodass er ihm irgendwie das Messer abnehmen konnte. Er musste ein Überraschungsmoment ausnutzen, damit Carlina nicht gefährdet wurde. Seine Hände waren feucht vor Schweiß.

Ugo hörte auf zu reden und drückte das Messer gegen Carlinas Hals. »Beweg dich kein Stück vorwärts, Stefano! Wenn du auch nur einen Schritt machst, wird deine kostbare Freundin hier leiden.«

»Ich habe dir schon gesagt, dass ich gegen Nickel allergisch bin«, fauchte Carlina. »Also nimm jetzt endlich das Messer weg. Und dann werde mal ein wenig vernünftig. Siehst du denn nicht, dass du dich in eine völlig ausweglose Situation manövriert hast? Jetzt bleibt dir nichts anderes übrig, als dieses dämliche Messer abzugeben und darauf zu vertrauen, dass die Leute dich nachsichtig beurteilen werden, weil sie denken, dass der Tod deiner Mutter kurzfristig für geistige Umnachtung gesorgt hat.«

Garini schaute sie mit erhobenen Augenbrauen an. Nickel? Wovon sprach sie bloß?

Ugos Hand zitterte. Er öffnete den Mund, schaffte es aber nicht, auch nur ein Wort hervorzubringen. In diesem Augenblick brach ein kleiner, wutschnaubender Wirbelwind in den Raum.

»Und noch eine Sache!« Francesca schrie die Worte, als wäre sie immer noch mitten im Streitgespräch mit Ugo und hätte das Gebäude niemals überstürzt verlassen. »Wenn du glaubst, dass du meine Familie so beleidigen kannst, und denkst, damit durchzukommen, dann –«

Ugo starrte sie an. Sein Unterkiefer sackte herab.

Garini entschied, dass dies der Moment war, auf den er gewartet hatte, und machte einen Satz nach vorne, während er den Knauf seiner Pistole auf Ugos Handgelenk krachen ließ. Das Messer fiel mit einem Knall auf den Boden.

»Was ist denn hier los?« Erst jetzt nahm Francesca das Ausmaß der Situation wahr. »Ugo! Oh *Madonna*! Was hast du getan? Bist du denn wahnsinnig geworden? Warum ist Carlina festgebunden?«

Ugo schob die Unterlippe nach vorne. »Ich wollte sie bestrafen.«

»Sie bestrafen?« Francesca ging direkt zu ihm, stemmte die Hände in ihre nicht vorhandenen Hüften, stellte sich auf Zehenspitzen und schob ihr Gesicht vor seines. Sie sah aus wie eine Dosis kondensierter Wut – winzig, aber tödlich. »Wieso musst du meine beste Freundin bestrafen? Wieso! Sag's mir!«

Garini nutzte Ugos Unfähigkeit, sich auf irgendetwas anderes als Francesca zu konzentrieren, und schlang ihm schnell ein Paar Handschellen um die Hände. »Hiermit nehme ich dich wegen Freiheitsberaubung und versuchten Angriffs fest.«

Ugo stand da wie ein Mann, der von einer Mauer erschlagen wurde. Er blinzelte einmal, zweimal, dann starrte er auf seine gebundenen Hände, als ob er es nicht glauben könnte.

»Nun siehst du, was du angestellt hast!« Francesca schalt ihn wie einen Fünfjährigen. »Und wieso das alles? Kannst du mir das bitte beantworten?«

Ugo öffnete den Mund und schloss ihn wieder. »Sie ... sie hat dich gegen mich gewendet.«

»Sie hat mich gegen dich gewendet?« Francescas Stimme war mühelos noch sieben Stockwerke weiter unten zu hören. »*Sie* hat mich gegen dich gewendet? Nein, mein Lieber, das hast du ganz alleine geschafft! Warum warst du nicht ehrlich? Warum hast du mir nicht von deiner Mutter erzählt? Und von dem Mord? Warum?«

Ugos Gesicht wurde weiß, während er die zornige Frau vor sich anstarrte. »Ich wollte dich beschützen.«

»Mich beschützen?« Francesca schrie so laut, dass die dünne Tür in ihren Scharnieren rasselte. »Von allen Schnapsideen dieser Welt! Du bist ein Feigling! Du wolltest allen Unannehmlichkeiten ausweichen. Gib es zu!«

Er schaute auf den Boden. »Ich dachte, es wäre leichter ...« Seine letzten Worte gingen in einem Gemurmel unter.

»Ja, natürlich! Leichter! Es ist immer leichter, wenn man nicht die Wahrheit sagen muss, oder?« Ihr Ton war vernichtend, ihre Verachtung greifbar.

Ugo hob den Kopf. »Du brauchst mich gar nicht so anzusehen! Ich habe es wirklich getan, um dich zu schützen. Das musst du mir glauben! Selbst als du mir ein Alibi geben konntest, habe ich es niemandem verraten.«

Carlina schnappte nach Luft. »Welches Alibi?«

Ugo hob die gebundenen Hände. »Ich habe meine Mutter nicht umgebracht! Ich weiß nicht, wie oft ich das noch sagen muss! Ich war den ganzen Montagnachmittag mit Francesca zusammen.«

Francesca blinzelte, dann wandte sie sich an Garini und sagte mit flacher Stimme: »Das stimmt. Ich war die ganze Zeit bei ihm.«

Carlina starrte Ugo an. *Wenn Francesca es sagt, dann stimmt es.* »Du meinst du … du hast mich hier festgebunden wie einen Weihnachtstruthahn und … und mich bedroht … und das alles nur aus purer Wut heraus, und nicht, weil du irgendetwas zu verstecken hattest?«

Ugo schluckte schwer. »Meine Mutter sagte immer, dass ich ein ziemliches Temperament habe.«

Garini hob Ugos Messer hoch, glitt hinter Carlina und fing an, die unzähligen Stränge wegzuschneiden, die sie festhielten.

Francesca schaute ihre Freundin an. »Hat dieser Brutalo dich gekidnappt?« Sie wandte sich wieder an Ugo und fauchte ihn wie eine wütende Katze an.

Plötzlich lächelte Carlina. »Ich habe mir den Kopf angeschlagen, weil ich über einen Pflasterstein gestolpert bin, als ich dir hinterherrannte. Ugo hat den Augenblick genutzt, in dem ich ohnmächtig war, und mich hierher gebracht. Ich glaube, er wusste selbst kaum, was er tat.«

Garini sah ihr Lächeln aus den Augenwinkeln, als er sich nach vorne beugte, um ihre Beine zu befreien, und schüttelte den Kopf. *Wie typisch für Carlina, dass sie in jeder Situation etwas findet, was sie amüsiert.* Dieses Mal fand er es allerdings überhaupt nicht komisch.

»Aber wo?« Francesca schaute völlig verwirrt. »Wo ist denn das alles geschehen?«

»Hier direkt vor dem Haus – glaube ich.« Carlina schaute Garini an. »Sind wir in Ugos Wohnung?«

»Ja.« Er lächelte sie an, erleichtert, dass sie wieder so klang wie immer.

Carlina nickte. »Das habe ich mir gedacht. Das hier muss Olgas Schrank sein. Es riecht nach ihrem Parfum.«

»Aber wieso warst du denn überhaupt hier vor dem Hauseingang?« Francesca runzelte die Stirn.

Carlina zuckte mit den Schultern. »Als du von Temptation weggelaufen bist, um mit Ugo zu sprechen, habe ich mir solche Sorgen gemacht, dass ich nicht im Laden bleiben konnte. Ich war mir nicht sicher, ob du wusstest, zu welchen Wutanfällen er fähig ist, und ich wollte sichergehen, dass es dir gut geht. Also bin ich zu dir nach Hause gefahren, und als du nicht da warst, habe ich Onkel Teo angerufen und um Ugos Adresse gebeten. So habe ich dich auch gefunden, aber dann bist du aus dem Gebäude gestürmt, ohne mich zu sehen, und als ich versuchte, dich einzuholen, bin ich gestürzt und habe mir den Kopf angeschlagen.«

Garini schüttelte den Kopf.

Carlina sah es und sagte: »Ich habe wirklich versucht, mich nicht in Gefahr zu bringen, Stefano, ich verspreche es. Aber ich hatte solche Angst um Francesca.«

Er schaute hoch und lächelte sie an. Im Augenblick konnte er nicht wütend sein. Er war zu froh, dass es ihr gut ging, nach allem, was sie durchgemacht hatte – und nach allem, was er sich schon ausgemalt hatte.

Carlina lächelte zurück. Für einen Augenblick verblasste alles andere. Sie waren zusammen, sie waren nicht in Gefahr und sie waren füreinander bestimmt. Die innere Überzeugung, dass sie zusammengehörten, war plötzlich in ihm, klarer als jemals zuvor, und nun wusste er, dass er Carlina niemals verlassen würde, egal, was ihre verrückte Familie als Nächstes aussheckte.

Francesca räusperte sich. »Ähem. Könnten wir uns jetzt weiter unterhalten?«

II

Carlina kuschelte sich an Garini, während sie auf die Haustür des Familienhauses auf der Via delle Pinzochere zugingen. Es war schon dunkel, aber sie spürte noch die Wärme des Tages zwischen den alten Steinhäusern. Carlina holte tief Luft und genoss Stefanos Geruch. Wie schön es war, seinen Arm um ihre Schultern zu fühlen. Niemals hatte sie sich ihm so nahe gefühlt, so sicher.

Er hatte Kollegen gerufen, um Ugo ins Gefängnis zu bringen, und gesagt, dass er sie erst sicher nach Hause begleiten wolle. Der Papierkram im Büro konnte warten. In Wahrheit konnte er sich einfach noch nicht so schnell wieder von ihr losreißen, und das hatte er ihr auch gesagt, sobald sie alleine waren.

»Meinst du, dass Ugo mich wirklich verletzt hätte?«, fragte Carlina. »Am Anfang hatte ich echte Angst, aber nachdem ich eine Weile mit ihm geredet hatte, bekam ich den Eindruck, dass er in einer Kurzschlusshandlung reagiert hat, mit dieser wilden Idee im Kopf, dass ich die Quelle aller seiner Probleme mit Francesca sei. Aber als die erste Wut sich legte, hatte er auf einmal keine Ahnung mehr, was er eigentlich mit mir tun sollte.«

»Es ist mir lieber, dass wir nicht abgewartet haben, um es herauszufinden«, sagte Garini. »Und was war das überhaupt mit dem Nickel?«

Carlina kicherte. »Ich habe ihm einen Vortrag über die europäischen Gesetze zum Nickelgehalt in Produkten des täglichen Lebens gehalten. Eine Kundin hatte mich letztens an meine Allergie erinnert. Ich habe mir vor Kurzem einen Artikel dazu durchgelesen, als es im Laden gerade ein wenig langweilig war.«

Er hob eine Augenbraue. »Ein faszinierendes Thema. Ohne Zweifel hat Ugo es sehr genossen.«

Sie zuckte mit den Schultern. »Mir ist in meiner Panik nichts anderes eingefallen. Und es hat ja funktioniert. Er hat sich beruhigt, und ich habe Zeit gewonnen.« Mit einem glücklichen Seufzer lehnte sie ihren Kopf an seine Brust. »Aua.«

Er schaute auf sie herab. »Was ist los?«

»Mein Kopf tut weh. Habe ich eine Beule auf der Stirn?«

Er betrachtete sie in dem weichen Lichtschein der alten Lampe über der Tür und lächelte etwas schief. »Hmm. Aber es sieht ganz interessant aus.«

Carlina verdrehte die Augen. »Darauf wette ich.«

Er zog sie an sich. »Und jetzt sag mir, warum du lachen musstest, als Francesca auftauchte.«

Sie kicherte. »Hast du es denn nicht lustig gefunden? Sie kam wie ein Wutball hereingeschossen, und er machte alles, was sie ihm sagte, brav wie ein Lamm. Verrückt, oder? Dieser riesige Mann, der von einem kleinen Kobold herumkommandiert wird.«

»Ich fürchte, dass ihre Beziehung trotzdem vor dem Aus steht.«

»Ja.« Sie seufzte. »Francesca hat es ihm ja deutlich genug gesagt, bevor sie gegangen ist, und sie hat natürlich recht. Man kann nicht mit einem Mann zusammen sein, der jede Sekunde explodieren könnte, ohne die geringste Selbstbeherrschung. Ich hoffe nur, dass sie bald einen neuen Freund finden wird. Vielleicht kann ich ihr dabei ja helfen.« Sie dachte eine Weile nach, dann sagte sie: »Aber sie hat Ugo ein Alibi für den Mord gegeben.«

»Ja, das hat sie getan.«

Carlina hob den Kopf und versuchte, Garinis Gesichtsausdruck in dem Zwielicht zu lesen. »Das hat uns wieder komplett zurückgeworfen, oder? Wenn Ugo Olga nicht umgebracht hat … dann wird *mamma* wegen des Mordes vor Gericht gestellt, oder?«

Er schüttelte den Kopf. »Nein. Sie —«

Bevor er weitersprechen konnte, öffnete sich die Tür von innen, und Fabbiola erschien.

»*Mamma*!« Carlina schnappte nach Luft, dann umarmte sie ihre Mutter. »Du bist nicht mehr im Gefängnis! Wie schön! Oh, ich freue mich so! Aber warum? Wie kommt das?« Sie wandte sich an Garini. »Wie hast du das geschafft?«

Garini starrte Fabbiola an, als ob sie ein Gespenst wäre. »Das war ich nicht.«

»Das kannst du laut sagen.« Fabbiola warf ihm einen bösen Blick zu. »Du hattest ja leider keine Zeit, um mich aus dem Gefängnis zu holen, nein, den Job hast du jemand anderem gegeben. Dein Boss hat mir gesagt, dass du es vorgezogen hast, dich um ein anderes Projekt zu kümmern, als mich sofort freizulassen. Ich muss schon sagen, dass ich das nicht witzig finde, vor allem weil du keine Sekunde verloren hast, als es darum ging, mich *ins* Gefängnis zu bringen.«

Carlina hielt eine Hand hoch. »Einen Moment mal, *mamma*, das ist nicht fair! Stefano kam gerade noch rechtzeitig, um mich zu befreien. Ugo hat mich gekidnappt und mit einem Messer bedroht. Er wurde vor einer knappen Stunde festgenommen.«

»Ugo wurde festgenommen?« Fabbiola schien nur den letzten Teil gehört zu haben und nickte zufrieden. »Gut. Wurde auch Zeit.« Sie schaute Garini an. »Das hättest du schon längst tun sollen. Mir war von Anfang an klar, dass er seine Mutter umgebracht hat.«

»Ugo hat seine Mutter nicht umgebracht.« Garini sprach, als wüsste er, dass er gegen Windmühlenflügel kämpfte.

»Püh!« Fabbiola wischte seine Worte vom Tisch. »Als Nächstes wirst du mir noch erzählen, dass Olga Selbstmord begangen hat. Ich habe jegliches Vertrauen in dein Urteilsvermögen verloren, das lass dir gesagt sein. Wenn nicht dein wunderbarer Chef gewesen wäre, hätte ich noch eine weitere Nacht im Gefängnis verbringen müssen, obwohl ich total unschuldig bin!« Sie ging an ihnen vorbei, die Straße hinunter, Richtung Santa Croce.

Carlina schnappte sich ihren Ärmel. »Warte! Wohin gehst du?«

»Aus.« Fabbiola sprach das Wort voller Befriedigung. »Ich gehe aus und laufe als freie Bürgerin durch die Straßen meiner Stadt. Das Erste, was ich gemacht habe, als ich nach Hause kam, war, eine lange Dusche in meinem eigenen Badezimmer zu nehmen. Das habe ich am meisten vermisst. Du hast ja gar keine Ahnung, wie schrecklich das im Gefängnis war. Es wird für immer in meiner Seele bleiben, wie eine schwarze Wolke, und mich in Albträumen verfolgen. Jetzt gehe ich zu Santa Croce und spreche ein Dankesgebet, dass zumindest manche Leute alles getan haben, was sie konnten, um mich zu befreien. Und dann werde ich durch die Stadt laufen, die frische Luft und meine Freiheit genießen, und vor allem das köstliche Gefühl, absolut unbeobachtet zu sein.« Sie klang ganz berauscht von dem Gedanken. »Wartet nicht auf mich.« Sie hüpfte die Straße hinunter.

Carlina und Stefano starrten ihr hinterher. Dann nahm Stefano Carlinas Hand. »Es ist richtig, dass wir heute Nachmittag einen Hinweis erhielten, der uns zu fast einhundert Prozent beweisen konnte, dass deine Mutter den Mord nicht begangen hat. Aber mein wunderbarer Chef bat mich, noch einige Details zu prüfen, bevor wir sie freilassen. In diesem Augenblick erfuhr ich, dass du persönlich zur Polizeistation gekommen warst und gesagt hattest, es sei dringend. Also habe ich mich entschieden, erst einmal dich zu finden und alle anderen Themen auf später zu verschieben. Es sieht so aus, als habe Cervi entschieden, Fabbiola freizulassen, um selbst besser dazustehen.«

Carlina hörte nur einen Teil seiner Erzählung. »Die Rezeptionistin hat gar nicht mit dir gesprochen? Und ich dachte, du willst mich nicht sehen. Ich war so verletzt.«

Er lächelte sie an. »Wie konntest du das auch nur für einen Augenblick glauben? Kennst du mich nicht besser?«

Sie hob die Arme und zog ihn näher heran. »Anscheinend nicht. Aber den Fehler mache ich nie wieder.«

Kapitel 13

ER BRACHTE SEINE MUTTER FÜR
EIN VERMÖGEN UM!

TURM-MORD:
DER SOHN WAR'S!

ENDLICH GEFASST!
DER SOHN WAR DER MÖRDER!

Am nächsten Morgen kannten die Zeitungen kein anderes Thema, und die Straßen von Florenz brodelten vor Aufregung wegen der neuesten Entwicklungen im Turm-Mord.

Cervi stürzte zusammen mit einer erstickenden Wolke von Aftershave in Garinis Büro und klatschte die Zeitung auf den Tisch.

»Sind Sie verrückt geworden, Garini?«, zischte er. »Wir haben einen ganz deutlichen Beweis erhalten, dass Olga Selbstmord begangen hat, und Sie laufen los und nehmen den Sohn fest? Und ich weiß noch nicht mal was davon? Sie müssen mich über jede Verhaftung umgehend informieren! Was ist, wenn der Bürgermeister mich zu dem Status befragt und ich zugeben muss, dass ich nichts weiß, gar nichts? Das ist extrem peinlich!«

Garini begegnete dem Blick seines Chefs mit so viel Geduld wie möglich. »Ich habe Sie sofort informiert: Ich habe gestern Nacht sowohl auf Ihrem Handy als auch hier im Büro eine Nachricht hinterlassen, die den Hintergrund und alle Umstände erklärte. Anders konnte ich Sie nicht erreichen.«

Cervi presste die Lippen zusammen. »Ich habe gar nichts erhalten! Mein Handy hatte gestern keinen Strom mehr. Warum haben Sie mir keine E-Mail geschickt?«

Stefano unterdrückte ein Seufzen. Er hatte keine E-Mail geschickt, weil er Cervi persönlich hatte sprechen wollen, in der Sekunde, in der er ankam, aber wenn er das jetzt sagte, klang es wie eine lahme Entschuldigung. Besser, er verlegte sich auf einen Angriff.

»Ich war überrascht, dass Sie Fabbiola Mantoni-Ashley schon gestern freigelassen haben.«

Cervi richtete sich auf. »Was? Soll ich Sie jetzt um Erlaubnis fragen, bevor ich etwas tue?«

Garini erwiderte seinen Blick, ohne mit der Wimper zu zucken. »Ich gehe also davon aus, dass der Hintergrundcheck des Japaners befriedigend verlaufen ist?«

Cervi nickte. »Alles sauber.«

Ich glaube kein Wort. Sie haben einfach nur entschieden, sich so gut wie möglich aus der Situation herauszuwinden und mir alle Schuld in die Schuhe zu schieben.

»Super.« Seine Stimme klang trocken.

»Jetzt hören Sie mal zu, Garini.« Cervi baute sich drohend vor dem Schreibtisch auf. »Ich muss meine Tätigkeiten nicht vor Ihnen rechtfertigen. Sie brauchen gar nicht so zu schauen. Sagen Sie mir stattdessen lieber, warum Sie den Sohn wegen Mordes festgenommen haben, obwohl es klar ist, dass er es nicht getan haben kann.«

»Ich habe ihn nicht wegen des Mordes an seiner Mutter verhaftet.«

»Was?« Cervi zeigte auf die Zeitung. »Und wovon reden die ganzen Zeitungen dann bitte?«

»Sie haben es mal wieder falsch verstanden, wie üblich«, sagte Garini.

»Falsch verstanden?« Cervis Gesicht wurde tiefrot. »Was soll das denn bitte heißen?«

»Ich habe ihn wegen Freiheitsberaubung und versuchten Angriffs auf eine Person festgenommen.«

»Was? Wann hat er denn das getan?«

»Gestern Nachmittag. Er schnappte sich Carlina Ashley, band sie an einem Stuhl fest und bedrohte sie mit einem Messer.«

Cervis Augen drohten, aus seinem Kopf zu fallen. »Das ist doch wohl ein Scherz. Warum um alles in der Welt –?«

»Weil Carlina seiner Freundin Francesca – die eine ihrer besten Freundinnen ist – mitgeteilt hat, dass seine Mutter gestorben ist und, schlimmer noch, dass es sich dabei um Olga Ottima handelte, die so etwas wie eine Erzfeindin von Francescas Familie war. Daraufhin lief Francesca zu Ugo, um ihm mitzuteilen, wie enttäuscht sie von ihm war und rannte dann weg. Unglücklicherweise war Carlina in diesem Augenblick greifbar und so entschied sich Ugo, seine Wut an ihr auszulassen.«

Cervi schüttelte den Kopf. »Also, wenn Sie mich fragen, machen Sie aus diesem Fall ein grässliches Durcheinander. Ich will damit nichts mehr zu tun haben.« Er drehte sich auf dem Absatz um und verließ das Büro.

Garini biss die Zähne zusammen. Er hatte zwar Ugo festgenommen und Fabbiola war wieder frei, aber das war immer noch keine befriedigende Lösung. Er überprüfte erneut seinen E-Mail-Eingang und fand eine Bestätigung der Techniker: Sie konnten keine Anzeichen dafür feststellen, dass das Video gefälscht war.

Wieder öffnete er den Link zum Video. Wieder starrte er es an, bis seine Augen trocken und angestrengt waren. Olga sprang ganz alleine vom Turm. Sie war nicht ermordet worden, sie hatte Selbstmord begangen. Aber warum? Warum? Sie waren sich alle einig, dass sie keinen Grund zu springen hatte und dass sie absolut nicht der Typ für Selbstmord war. Konnte das Video doch eine Fälschung sein?

Er fühlte sich unwohl. Jemand führte ihn am Nasenring durch die Manege, häufte Indizien auf, wo es eigentlich keine gab, und versteckte offensichtlich die Wahrheit vor ihm, indem er diesen ganzen Ballast darüberstapelte. Er stöhnte.

In diesem Augenblick öffnete sich die Tür erneut und Glorias Stimme drang herein, kurz bevor ein Mann das Büro betrat. Sie selbst wurde jedoch nicht sichtbar.

»Dies ist das Büro von *commissario* Garini.«

Garini runzelte die Stirn. Gloria sollte Besucher eigentlich nicht hereinlassen, ohne sie vorher anzukündigen.

Wahrscheinlich ist sie immer noch sauer, weil ich ihr verboten habe, jemals wieder jemanden davon zu schicken. Der Gedanke war kaum durch seinen Kopf geschossen, als er auch schon den Mann erkannte, der jetzt in der Tür stand: Olgas Rechtsanwalt.

Signor Enterolazzi sah aus wie eine wandelnde Werbung für den teuersten Schneider der Stadt. Sein Anzug war aus feinstem dunkelbraunem Stoff gefertigt, kombiniert mit einer Weste, die mit feinen Blumenstickereien in Bronze und Kupfergrün versehen war. Das seidene Einstecktuch in seiner Brusttasche passte farblich genau zu der Blume auf der Weste. Als der Rechtsanwalt eine Hand hob, um sich eine sorgfältig geformte weiße Locke aus der Stirn zu schieben, blinkten seine Manschettenknöpfe im Bürolicht. Unter seinem linken Arm hielt er eine schmale Ledertasche, auf der sein Name in goldenen Buchstaben eingeprägt war.

»Guten Morgen, *signor* Enterolazzi.«

»*Buongiorno, commissario*.« Es war klar, dass der Anwalt nicht gekommen war, um ein wenig Small Talk zu halten. Er wirkte missbilligend, ohne jedoch so weit zu gehen, die Stirn zu runzeln. Seine Mundwinkel waren weit nach unten gezogen und seine Lippen leicht nach vorne geschoben. »Sie versprachen, mich zu informieren, sobald es neue Entwicklungen gibt, die Ugo Tadori betreffen.«

Garini nickte. »Das stimmt. Aber ich hatte kaum Zeit, Sie zu informieren. Nehmen Sie Platz.« Er zeigte auf den Stuhl neben dem Tisch.

»*Grazie.*« Enterolazzi zog ein großes Taschentuch aus seiner Tasche, legte es mit übertriebener Umsicht auf den Stuhl und setzte sich schließlich mit der Mine eines Menschen, der sich dazu überwinden muss. »Aber immerhin haben Sie die Zeit gefunden, die Presse zu informieren.« Der Vorwurf in seiner sanften Stimme war unüberhörbar.

»Ich habe die Presse nicht informiert.«

Der Anwalt öffnete seine Augen weit. »Also ist es eine Ente? Ugo wurde gar nicht festgenommen?«

»Doch.« Garini brach ab und machte eine Pause. Er war nicht bereit, weitere Informationen preiszugeben. Enterolazzi war aus einem bestimmten Grund gekommen, und er wollte erst erfahren, um was es ging. Es musste von überragender Bedeutung sein, wenn es ihn dazu zwang, seine offensichtliche Abneigung gegen die staubige Polizeistation zu überwinden.

Enterolazzi starrte vor sich hin, als würde er einen inneren Kampf ausfechten, dann schaute er Garini scharf an. »Wird Ugo bald freigelassen werden?«

»Das denke ich nicht.« Vor seinem inneren Auge sah er wieder Carlinas Arme, die tiefen Einschnitte, die die Schnüre auf ihrer weichen Haut hinterlassen hatten. *Oh nein.* Wenn es nach ihm ging, würde Ugo eine sehr lange Zeit im Gefängnis verbringen.

»In diesem Fall ist meine Pflicht eindeutig.« Enterolazzi öffnete die schmale Ledertasche und zog einen großen Umschlag hervor. »Dies ist für Sie.«

Kapitel 14

I

Garini nahm den Umschlag und wendete ihn in seiner Hand. Schweres, handgeschöpftes Papier, ein rotes Siegel. Kein Name, kein anderer Hinweis. »Woher wissen Sie, dass dies für mich ist?«

»Weil Sie der Verantwortliche für die Untersuchung von Olga Ottimas Tod sind.«

»Von wem kommt er Brief?«

»Von Olga Ottima.«

Garinis Hand sank, und er schaute den Anwalt mit hochgezogenen Augenbrauen an. »Ein Gruß aus dem Grab, zweifelsohne?«

»Nein.« Die Mundwinkel von Enterolazzi verschwanden wieder vor Missbilligung. »Sie gab mir diesen Brief mit der strikten Anweisung, ihn nur dann auszuhändigen, wenn ihr Sohn von der Polizei festgenommen werden sollte.«

Garini starrte ihn an. »Wann war das?«

»Eine Woche vor ihrem Tod.«

»Eine Woche vor –?« Garini brach ab. In Gedanken sah er das Video noch einmal, das zeigte, wie Olga oben gewartet hatte, bis Fabbiola auf der Plattform erschien, um dann freiwillig zu springen. »Sie hatte es alles minutiös geplant.«

Enterolazzi neigte den Kopf. »Es scheint so.«

»Aber warum?«

»Vielleicht erklärt es der Brief.«

»Sie kennen den Inhalt?«

»Nein. Ich habe nur die Anweisung erhalten, ihn zu überreichen, sollten die genannten Bedingungen eintreten.«

Seine gestelzte Sprechweise ging Garini auf die Nerven. »Und als Olga tot war, kam Ihnen kein Augenblick lang der Gedanke, dass Sie mir diesen Brief geben sollten?«

Der Blick des Anwalts schwankte keine Sekunde. »Meine Instruktionen waren eindeutig.«

Na klar. »Was wäre mit dem Brief geschehen, wenn Ugo nicht festgenommen worden wäre?«

»Dann hätte ich ihn aufgehoben und mit Beginn meiner Rente verbrannt.«

»So lauteten die Anweisungen von Olga Ottima?«

»Richtig.«

Ohne ein weiteres Wort schüttelte Garini den Kopf und brach das Siegel, dann zog er das einzelne Blatt heraus, das eng von einer eleganten Handschrift bedeckt war.

Wenn Sie dies lesen, ist völlig klar, dass Sie meinen sogenannten Mordfall absolut verhunzt haben. Ja, Sie lesen richtig. Ich habe alles so eingerichtet, dass Fabbiola als Schuldige dasteht – sie hat es nicht besser verdient –, aber es ist möglich, dass sie durch irgendeine unglückliche Fügung des Schicksals doch noch einmal davongekommen ist, obwohl ich sogar ihre dämliche Stricknadel mitgenommen habe, als ich sprang. Vielleicht dringt sie ja während des Aufpralls irgendwo in meinen Körper ein. Ich glaube nicht, dass ich es noch fühlen werde. Eigentlich zählte ich darauf, dass dies der letzte Beweis ist, den Sie noch brauchen, um Fabbiola festzunehmen. Aber wie gesagt, wenn Sie dies lesen, haben Sie es ja sogar geschafft, diesen eindeutigen Hinweis zu ignorieren. Er hätte Indiz genug sein müssen.

Ich bin nicht dumm, und ich weiß, dass der nächste Verdächtige mein Sohn sein wird, insbesondere weil er von der Lebensversicherung weiß. Ich hätte meinen Mund halten sollen, aber es rutschte mir einfach heraus. Leider hat Ugo es noch nie vermocht, die Wahrheit zu verbergen, daher werden Sie das alles wissen. Aber er ist absolut harmlos, und sogar Sie sollten das gesehen haben, aber was kann man schon von der Polizei erwarten?

Also, hier noch einmal schwarz auf weiß: Ich habe mich umgebracht. Ich hatte keine große Wahl und habe mich entschieden, dass ich – wenn es schon sein muss – zumindest mit einem großen Knall aus dieser Welt scheiden würde – und indem ich eine Frau mit in den Abgrund nehme, die es nicht besser verdient. Sie hat mir Nico gestohlen und dadurch mein ganzen Leben aus der Bahn geworfen. Danach ist alles nur noch schiefgegangen. Es ist verrückt, wie ein kleiner Biss von so einer Giftnatter alles zerstören kann. Das habe ich unterschätzt. Aber ich habe mir geschworen, dass Fabbiola eines Tages dafür zahlen würde. Ich habe lange gewartet, und wenn Sie dies lesen, ist meine Rache nicht ganz so komplett, wie ich es mir gewünscht hätte. Aber das lässt sich jetzt nicht mehr ändern. Wenn ich kann, komme ich aus dem Jenseits zurück, um sie zu verfolgen. Sagen Sie ihr das.

Ich habe mich entschieden, in den Tod zu springen. Es ist schwieriger, als man denken sollte, in Florenz einen ruhigen Platz zu finden, wo man solch einen Plan in die Tat umsetzen kann. Überall diese Touristen. Aber ich denke, der San-Niccolò-Turm sollte passen, wenn das Wetter schlecht ist. Ich muss auf den richtigen Tag warten und die letzten Vorbereitungen am Morgen meines Todes treffen.

Und jetzt gehen Sie und lassen Sie meinen Sohn frei!

Olga Ottima

Garini schluckte mit trockener Kehle. *Was für ein bitteres, hasserfülltes Leben Olga geführt hat – und was für eine Menge Angst und Unglück sie um sich herum verbreitete.* Er hob den Kopf.

»Sie sind sich im Klaren, dass ich diesen Brief im Detail prüfen muss? Haben Sie andere Dokumente, die ihre Handschrift zeigen, sodass ich sie vergleichen und sicherstellen kann, dass das Dokument authentisch ist?«

Enterolazzi neigte den Kopf. »Natürlich.«

»Senden Sie sie mir bitte so schnell wie möglich.« Garini würde parallel dazu auch Onkel Teo um ein Handschriftmuster bitten.

Enterolazzi blieb sitzen und schaute ihn erwartungsvoll an.

Garini tat so, als würde er es nicht bemerken. »Vielen Dank, *signo*r Enterolazzi.« Er stand auf und streckte seine Hand aus. »Finden Sie den Weg hinaus oder soll ich die Rezeptionistin rufen?«

Enterolazzi erhob sich in Zeitlupe von seinem Stuhl, nahm das Taschentuch auf, schüttelte es, faltete es zu einem präzisen Viereck und schob es zurück in seine Hosentasche. Dann wandte er sich an Garini. »Werden Sie mir den Inhalt des Briefes mitteilen?«

Es war klar, dass es ihn Mühe kostete, diese Frage zu stellen.

Garini schaute ihn geradewegs an. »Ich habe keinerlei Anordnung, dies zu tun.«

Sobald der Rechtsanwalt gegangen war, rief Garini den Pathologen Roberto an. »Bist du mit dem Mordopfer vom letzten Montag durch, Roberto?«

»Noch nicht ganz.« Roberto klang genervt. »Hör mal, mein lieber Freund, wenn du mir das nächste Mal eine Leiche schickst, dann sorg doch bitte dafür, dass sie sich in einem besseren Zustand befindet. Ich mache hier extra Schulungen, um die tieferliegenden Geheimnisse eines Körpers zu entdecken, komme voller Enthusiasmus zurück, ganz wild darauf, mein neues Wissen einzusetzen, und dann bekomme ich etwas in einem Zustand geliefert, bei dem von feineren Geheimnissen keine Rede mehr sein kann. Das ist wirklich entmutigend für einen Mann, ich sag es dir. Du solltest darüber nachdenken, deine Kollegen in

Zukunft nicht mehr so zu frustrieren, wenn sie voller Feuer zurück zur Arbeit kommen und bereit sind, dem alten Staat zu dienen. All mein Enthusiasmus ist in dem Augenblick verflogen, als meine Augen deine kostbare Leiche erblickt haben.«

Garinis Hoffnungen verflogen ebenfalls. »Heißt das, sie war nicht krank?«

»Krank?« Robertos Stimme hob sich. »Krank? Machst du Scherze?«

»Ich meine, bevor sie von dem Turm sprang.«

»Hab ich schon verstanden, mein Freund. Natürlich war sie krank! Wenn ich jemals Krebs im Endstadium gesehen habe, dann bei ihr.«

Garini schloss die Augen aus purer Erleichterung. »Bist du sicher?«

»Gar kein Zweifel«, sagte Roberto. »Ich habe gestern schon den ganzen Tag versucht, dich zu erreichen, um dir zu sagen, wie ironisch es ist, dass der Mörder so ein Risiko eingegangen ist, wenn sich das Problem doch in ein paar Wochen ganz von selbst erledigt hätte.«

II

Bis zum Abend hatte Garini die wichtigsten Berichte zum Fall Olga Ottima abgeschlossen. Alle Fakten waren in Reih und Glied aufgelistet und jetzt musste er nur noch die Ergebnisse des Handschriftexperten abwarten. Das würde noch einige Wochen dauern, aber ihre erste flüchtige Untersuchung war positiv verlaufen. Alle anderen bürokratischen Details konnten warten. Er rief Carlina an, während ihn eine Welle an Glück überlief.

»Carlina, der Fall ist abgeschlossen. Ich würde dir gern alles persönlich erzählen.«

»Sind es gute Nachrichten?« Carlinas Stimme klang angespannt.

»Ja.«

»Puh.«

Er konnte die Erleichterung in ihrer Stimme hören.

»Ich bin bei Onkel Teo. Habe ihm gerade ein paar Kekse gebracht, um ihn aufzumuntern und eine Tasse Kaffee zusammen zu trinken. Willst du zu uns stoßen?«

»Perfekt. Gib mir zehn Minuten.«

Garini beeilte sich, zum Familienhaus der Mantonis zu kommen, und nutzte seinen eigenen Schlüssel, um ins Haus zu gelangen. Er hatte kein Problem damit, den Fall mit Carlina und Onkel Teo zu besprechen, aber er wollte noch nicht den Rest des Clans dabeihaben. In Onkel Teos Wohnung angekommen, nahm er auf dem verblichenen Sofa Platz, balancierte eine Tasse auf seinem Knie und erzählte ihnen jedes Detail.

Onkel Teo seufzte. »Ich hatte ja keine Ahnung. Wie kann eine Frau nur an der Oberfläche so charmant sein und darunter so verzweifelt? Ich hätte es bemerken müssen.«

»Da bin ich mir nicht so sicher, Onkel Teo.« Carlina nahm seine Hand und hielt sie tröstend fest. »Ihr ganzes Leben war ein einziges Schauspiel. Es war ganz natürlich für sie. Ich bezweifle sogar, dass Ugo etwas geahnt hat.«

»Ja, aber Ugo ist nicht gerade sehr sensibel. Ich hätte schon etwas bemerken müssen.« Onkel Teo schaute seine Großnichte an. »Ich muss mich bei dir entschuldigen, Carlina.«

»Bei mir?« Sie blinzelte.

»Ja, bei dir. Als Olga sagte, dass sie nur darauf warte, bis du ausziehen würdest, und dass Ugo dann in deine Wohnung ziehen könne, war ich völlig überrascht. Das hatten wir nie besprochen. Aber ich wollte sie nicht bloßstellen und entschied mich, das Ganze hinterher in Ruhe mit ihr zu besprechen, nachdem du gegangen warst. Und dann wollte ich mit dir sprechen und dir sagen, dass du natürlich so lange bleiben kannst, wie du willst. Aber bevor ich das tun konnte, wurde Olga umgebracht – ich meine, sie starb –, und dann …« Seine Worte wurden leiser und endeten in einem Gemurmel. Er breitete die Hände in einer hilflosen Geste aus.

»Es ist schon in Ordnung, Onkel Teo.« Carlina räusperte sich. »Es tut mir leid, dass sie dir so wehgetan hat.«

Onkel Teo lächelte sie ein wenig schief an. »Alter schützt vor Torheit nicht, nicht wahr?«

Sie wurde rot. »Das habe ich nicht gesagt.«

»Aber Emma. Ganz sicher.« Er nickte. »Aber ich habe eine schöne Überraschung für euch.« Er schaute Garini an. »Für euch beide. Ich hoffe, dass es euch gefallen wird, aber wenn nicht, müsst ihr es mir nur sagen. Ich werde nicht beleidigt sein. Kommt mit.«

Er stand vom Sofa auf und ging zur Tür.

Stefano und Carlina wechselten einen Blick.

Dann hob Carlina ihre Hände mit den Handflächen nach oben und zuckte mit den Schultern.

Sie verließen das Haus mit der Nummer zehn und folgten Onkel Teo ins Nachbarhaus. Er fischte einen großen Schlüssel aus einem schweren Schlüsselbund heraus und öffnete die Tür von Nummer zwölf. Die Treppe sah fast genauso aus wie im Mantoni-Familienhaus, mit einem glatten Holzgeländer, das nach oben führte, doch der Geruch war anders. Im Mantoni-Treppenhaus duftete es nach dem Bienenwachs, mit dem Benedetta regelmäßig das Geländer polierte, doch dieses Haus roch nach Waschmittel, sommerlich und frisch.

Onkel Teo führte sie langsam in den zweiten Stock, dann öffnete er eine Tür zu seiner Rechten.

»Ich weiß nicht, ob du das weißt, Stefano«, er machte eine Handbewegung, die sie einlud, vor ihm in die Wohnung zu treten, »aber diese Wohnung gehört eigentlich zu unserem Haus. Sie wurde nur auf unserer Seite abgeschlossen und mit einer recht kleinen Wohnung auf dieser Seite kombiniert, so dass sie in Summe ziemlich groß ist.«

Sie schauten sich um. Die Wohnung war nur wenig möbliert und wirkte hell und frisch.

»Wohnte hier nicht die alte *signora* Tatti?«, fragte Carlina.

»Das ist schon Jahre her«, sagte Onkel Teo. »Als sie älter wurde, zog sie zu ihrer Tochter nach Piacenza. Ich hatte diese Wohnung an einen jungen Anwalt vermietet, aber er wurde gerade nach Rom versetzt, der Arme.« Er machte eine Pause. »Es muss schrecklich sein, wenn man Florenz verlassen muss und nach Rom versetzt wird. Er tut mir sehr leid.« Er schüttelte sich. »Aber er hat mir erlaubt, die Wohnung möglichen Nachmietern vorzustellen, weil er schon in Rom arbeitet. Er wird nächste Woche ausziehen.«

Onkel Teo führte sie durch die Wohnung. Das Badezimmer hatte ein großes Fenster und nirgendwo eine Spur von Schimmel. Die Küche war im amerikanischen Stil eingerichtet und mit dem Wohnzimmer kombiniert. Sonnenlicht fiel durch die Fenster und zeigte die großzügigen Räume in ihrem besten Licht. Der Bodenbelag bestand aus einer Mischung von Steinfliesen und gut erhaltenen Holzdielen. Garini wusste, dass sie die richtige Wohnung gefunden hatten, noch bevor er das Leuchten in Carlinas Augen sah.

Carlina schüttelte erstaunt den Kopf. »Ich hatte keine Ahnung, dass die Wohnung so modern ist! Das letzte Mal, als ich sie sah, hat *signora* Tatti hier noch gewohnt, und damals war alles dunkel und altmodisch.«

»Ja, der Anwalt hat sie gründlich renoviert.« Onkel Teo nickte. »Ich habe ihm erlaubt, alle Änderungen durchzuführen, denn ich dachte –« Er brach ab.

»Was dachtest du, Onkel Teo?« Carlina schaute ihn an.

Onkel Teo wandte sich an Garini. »Ich dachte mir, dass die jüngeren Mitglieder der Familie vielleicht gern eines Tages hier leben würden.«

Carlinas und Stefanos Blick trafen sich.

Ihr Gesicht zeigte eine seltsame Mischung aus Bitten und Hoffnung.

Garinis Herz machte einen Freudensprung. Er wandte sich an Onkel Teo. »Wo ist die alte Tür, die zum Mantonihaus führte?«

»Hier.« Onkel Teo zeigte auf eine Wand im Wohnzimmer. »Sie wurde übertapeziert, aber ich denke, man könnte sie wieder öffnen.« Er zuckte mit den Schultern. »Sie wurde schon vor langer Zeit geschlossen, schon bevor ich das Haus kaufte.«

»Ändere gar nichts.« Garini legte einen Arm um Carlinas Schultern und zog sie an sich. »Im Gegenteil, ich würde vorschlagen, dass wir einen schönen, schweren Schrank oder etwas ähnlich Massives davorstellen.« Er fühlte, wie Carlina vor Vorfreude zitterte.

Sie strahlte ihn an. »Gute Idee.«

»Sehr gut.« Onkel Teo nickte mit einem Lächeln, das jede Falte in seinem Gesicht vertiefte. »Dann ist das abgemacht. Lasst uns zurückgehen. Benedetta wird schon mit dem Abendessen auf uns warten.«

III

Als sie durch die Tür in Benedettas Küche kamen, warf Fabbiola ihnen einen scharfen Blick zu. »Da seid ihr ja! Endlich. Das *saltimbocca* wird schon ganz trocken.«

Carlina sog die Luft tief ein. »Es gibt *saltimbocca*? Super! Deshalb riecht es so köstlich nach Salbei. Ich liebe Salbei.« Sie setzte sich hin und zog Stefano auf den Platz neben sich. Das Gefühl von Glück und Erleichterung in ihr war so groß, dass sie den Eindruck hatte, zu schweben.

»Gibt es Neuigkeiten über den Fall?«, fragte Emma. »Hat Ugo seine Mutter wirklich umgebracht, wie es die Zeitungen alle berichten?«

»Nein.« Garini reichte Benedetta seinen Teller, damit sie ihn füllen konnte. »Olga hat sich selbst umgebracht.«

»Was? Das ist ja wohl ein Scherz!« Emma wandte sich auf der Suche nach Unterstützung an ihren Mann. »Olga war doch kein Typ für Selbstmord, oder? Sie war doch überzeugt, dass sich ohne sie die Welt nicht mehr weiterdrehen würde!«

»Nun, sie hatte keine Wahl.« Mit einigen wenigen Worten berichtete Garini alle Details, die er erfahren hatte.

Carlina lächelte, als sie sah, dass die Mantonis ausnahmsweise einmal sprachlos waren.

»Sie hat mich als Sündenbock benutzt!« Fabbiola schlug mit der Faust auf den Tisch. »Das habe ich euch ja die ganze Zeit gesagt! Sie war der personifizierte Teufel, diese Frau!«

Carlina lächelte Onkel Teo ermutigend an, damit er sich nicht so schlecht fühlte, weil er von Olga geblendet worden war. »Sie konnte auch sehr charmant sein.«

»Na, selbstverständlich«, sagte Fabbiola. »Der Teufel weiß schon, wie er das Böse vorteilhaft präsentiert.«

Bevor irgendjemand auf diese tiefsinnige Bemerkung reagieren konnte, flog die Tür auf und Tante Violetta füllte den Rahmen aus. Sie trug ein türkises Gewand, das ausnahmsweise einmal hauteng war und den eher unglücklichen Gesamteindruck einer gestopften Presswurst vermittelte. Hinter ihr stand Omar wie ein schwarzer Schatten.

»Ich bin gekommen, um mich festnehmen zu lassen«, schnaufte sie und stolperte nach vorne.

Leopold Morin sprang auf und schob seinen Stuhl nach vorne, sodass sie darauf fallen konnte.

Die ganze Familie starrte Tante Violetta, das Wunder in Türkis, sprachlos an.

Tante Violetta wedelte sich mit einer Hand Luft zu, dann fiel ihr Blick auf Garini. »Sie!« Ihr Ton war drohend. »Ich habe Ihnen aufgetragen, zu mir zu kommen und mich festzunehmen! Und was tun Sie? Gar nichts! Ich habe Ihnen nun wirklich genug Zeit gegeben, damit Sie passende Hintergrundinformationen zusammenbrauen können, und ich habe gewartet und gewartet und gewartet, doch … nichts.« Sie runzelte die Stirn und funkelte ihn an. »Also habe ich mir überlegt, dass ich die Dinge mal ein wenig in Schwung bringen muss. Ich bin nicht mehr jung, und ich habe noch nie gern darauf gewartet, dass ein Mann sich endlich sortiert bekommt. Deshalb habe ich beschlossen herzukommen, während ihr alle zusammensitzt und Abendbrot esst.« Sie breitete die Arme aus und rief wie ein Filmstar: »Hier bin ich. Nehmen Sie mich fest!«

Garini öffnete den Mund und schloss ihn wieder.

Carlina sah den Ausdruck auf seinem Gesicht und fing an, sich vor unterdrücktem Lachen zu schütteln.

Ernesto, der Jüngste im Raum, beugte sich nach vorne.

»Aber Tante Violetta, warum sollte Stefano dich denn festnehmen?«

Sie schaute ihn entnervt an. »Ich dachte, dass das ganz eindeutig wäre, junger Mann. Damit ich Fabbiolas Platz im Gefängnis einnehmen kann, natürlich. Obwohl ich ja dank Berlusconi nicht wirklich ins Gefängnis muss. Es ist nur ein Hausarrest, und das werde ich kaum merken.«

»Aber ich bin doch hier, Tante Violetta«, sagte Fabbiola mit ungewöhnlich schwacher Stimme.

»Was?« Tante Violetta drehte ihre beachtliche Masse herum, sodass sie einen Blick auf Fabbiola werfen konnte. Als sie sich überzeugt hatte, dass sie es wirklich war, warf sie beide Hände in die Luft. »Das glaube ich jetzt nicht! *Warum* bist du hier?«

»Sie wurde aus dem Gefängnis entlassen«, sagte Garini.

»Ach. Einfach so?« Tante Violetta klang schwer enttäuscht.

»Wir haben einen Beweis erhalten, der deutlich machte, dass sie den Mord nicht begangen haben kann.«

»Oh.« Tante Violettas runzeliger Mund verzog sich nach unten. Dann nahm sie wieder Schwung auf. »Aber vielleicht ist ein anderer von euch jetzt der Hauptverdächtige? Wie wäre es mit dir, Carlina? Du hast dich doch mit Olga gestritten, in der Nacht, bevor sie ermordet wurde, oder?«

Carlina schnappte nach Luft.

»Ach, du brauchst dir keine Sorgen zu machen, meine Liebe.« Mit einem Schnaufen, das entfernt an einen altersschwachen Dudelsack erinnerte, beugte Tante Violetta sich nach vorne und tätschelte Carlinas Hand. »Ich nehme deinen Platz ein. Vertraue nur deiner Tante Violetta, und alles wird gut.« Ihre Stimme war so laut, dass die Fenster klapperten.

Emma stützte ihr Kinn in die Hand und betrachtete ihre alte Großtante. »Nun, Ugo wurde heute verhaftet«, warf sie wie einen Köder in die Runde. Ihre Augen glitzerten.

»Ugo?« Tante Violetta wirkte verwirrt. »Wer ist Ugo?«

»Olgas Sohn.«

Tante Violetta wirkte wie ein kleines Mädchen, dem man sein Spielzeug weggenommen hatte. »Ugo?«, murmelte sie. »Nein. Ich kann mich doch nicht für jemanden festnehmen lassen, den ich kaum kenne. Was für ein Jammer.« Sie ergriff beide Armlehnen in einem Würgegriff und schaffte es, sich auf die Füße zu kämpfen, ohne dass der Stuhl unter ihr nachgab. »Omar! Wir gehen. Es gibt hier nichts mehr zu tun, und ich bin müde.«

Omar nickte, legte einen Arm um ihre Schulter und schleppte sie halb tragend und halb ziehend aus Benedettas Küche.

Carlina warf einen raschen Blick auf Garini. Der Ausdruck auf seinem Gesicht war unbeschreiblich. Hastig wechselte sie das Thema. Es war besser, wenn er nicht zu lange über das ungewöhnliche Verhalten der Mantonis nachdenken konnte.

»Wir haben private Neuigkeiten. Ganz wunderbare sogar.« Carlina nahm Stefanos Hand und lächelte alle an. Das Glücksgefühl in ihr blubberte über und sorgte dafür, dass sie von Ohr zu Ohr lachte. »Stefano und ich werden in die Wohnung nebenan einziehen.«

»Wie schön!« Benedetta lächelte sie an. »Ich freue mich für euch. Das ist eine sehr gute Lösung, Teo.« Sie nickte Teo zu, der am Kopfende des Tisches saß. »Wie schlau von dir.«

Fabbiola runzelte die Stirn. »Welche Wohnung nebenan?«

»Direkt gegenüber von dir, *mamma*. Die Wohnung, die von unserem Treppenaufgang aus nicht zugänglich ist.«

Ihre Mutter hob die Augenbrauen. »Wirst du die Tür wieder öffnen?«

»Nein.« Carlinas Stimme war fest. »Wir nutzen den Eingang über die Hausnummer zwölf. Die Tür hier bleibt geschlossen, so, wie es immer schon war.«

Ernesto schob sich die roten Haare aus dem Gesicht und schaute seine Cousine an. »Wollt ihr denn dann heiraten?«

Carlina spürte, wie sie rot wurde. Sie hatte das Thema noch nicht mit Stefano besprochen, und sie wollte nicht bedrängt werden. »Eines nach dem anderen.« Sie blickte auf ihren Teller. »Wir wollen nichts überstürzen.«

»Na, wenn ihr euch dann endlich entschließt zu heiraten, sagt rechtzeitig Bescheid.« In Fabbiolas Stimme schwang ein scharfer Unterton mit. »Dann stricke ich dir ein spektakuläres Hochzeitskleid.«

Carlina wurde blass und öffnete den Mund, aber bevor sie ein Wort sagen konnte, sprach ihre Mutter schon weiter. »Und dann lade ich meine Freunde vom Chor ein, damit sie für euch singen.« Sie nickte zufrieden vor sich hin.

»Deine Freunde?« Garinis Stimme klang seltsam.

Carlina schaute ihn fragend an. »Welcher Chor? Ich wusste gar nicht, dass du singst, *mamma*.«

»Hab ich dir das nicht erzählt?« Fabbiola strahlte sie an. »Ich musste mich im Gefängnis ja irgendwie beschäftigen, da man mir mein Strickzeug weggenommen hatte, also habe ich einen A-cappella-Chor gegründet. Wir haben einige wirklich gute Lieder einstudiert.« Sie neigte den Kopf zur Seite. »Obwohl wir die Texte wohl etwas ändern müssen, wenn ich richtig darüber nachdenke. Du musst uns das Datum nur frühzeitig mitteilen, damit alle einen Tag Sonderausgang beantragen können.«

Stefano und Carlina blickten sich an.

Dann sagten sie wie aus einem Mund: »Wir heiraten heimlich.«

Über die Autorin

Der erste Roman der USA Today-Bestseller-Autorin Beate Boeker wurde im Jahr 2008 von dem Verlag Avalon Books in New York veröffentlicht. Heute ist eine große Auswahl ihrer unterhaltsamen Krimis, romantischer Komödien und Kurzgeschichten auf Englisch verfügbar. Ihre Bücher wurden für viele Auszeichnungen nominiert, zum Beispiel den Golden Quill Contest, den National Readers' Choice Award und den Best Indie Books.

Bücher mit einem Sinn für Humor und einem Hauch von Verrücktheit sind ihre Schwäche. Obwohl sie Deutsche ist, entschied sie sich, zunächst nur auf Englisch zu schreiben, weil sie in den USA mehr Hilfe bei der Entwicklung ihrer schriftstellerischen Fähigkeiten fand. Jetzt übersetzt sie ihre Bücher auch ins Deutsche, insbesondere die erfolgreiche Cosy-Crime-Reihe »Florentinische Morde«.

Zusätzlich veröffentlicht Beate Boeker unter dem Pseudonym Carla di Luca die Cosy-Crime-Reihe »Mord in Viareggio«.

Beate Boeker ist Betriebswirtin mit internationalem Schwerpunkt. Sie spricht Englisch, Französisch und Italienisch, ist weit gereist, arbeitet heute als selbständige Marketingberaterin und lebt in der Nähe von Dresden, wenn sie nicht gerade die Welt bereist.

Der Name Beate kommt aus dem Lateinischen und bedeutet 'die Glückliche', während Böker auf Plattdeutsch 'Bücher' heißt. Mit so einem Namen kann man nur Bücher mit einem glücklichen Ende schreiben, daher der Name ihrer Webseite: www.happybooks.de

Sie freut sich über jeden Kontakt mit ihren LeserInnen!

Wenn Sie über alle Neuerscheinungen, (Online)-Lesungen und Schreibkurse informiert werden möchten, melden Sie sich für den Newsletter von Beate Boeker / Carla di Luca auf ihrer Webseite an:

www.happybooks.de

Ein besonderer Tipp: Beate Boeker veranstaltet mehrmals im Jahr Online-Lesungen und **(Online-) Schreibkurse**. Wenn Sie schon immer einmal ein Buch scheiben wollten und teilnehmen möchten, melden Sie sich einfach direkt bei ihr über das Kontaktformular auf ihrer Webseite.

Ich wusste in der Sekunde, in der sie durch die Tür meines kleinen Ateliers trat, dass sie eine anstrengende Kundin werden würde. Hätte ich in die Zukunft blicken können, wäre ich aufgesprungen und davongelaufen. Aber in diesem Augenblick erwartete ich nur eine Stunde Stress, vielleicht zwei.

Ich glaube, es war ihr Mund. Die Mundwinkel wirkten verkniffen, sie sah unzufrieden aus. Aber auf den ersten Blick bemerkte ich das nur flüchtig. Sie hatte dunkelrotes Haar, das ihr in glänzenden Wellen bis zur Hüfte fiel, samtbraune Augen und eine helle Haut wie eine Porzellanpuppe, dazu eine Figur … *oh, là là.* Außerdem war sie von Kopf bis Fuß in Gucci gekleidet, was ich auch ohne die auffallende Handtasche sofort erkannte. In Viareggio gab es durchaus attraktive Frauen, vor allem jetzt im Juni, wo die Sommersaison begann, aber diese hier wäre selbst in Mailand während der Modemesse aufgefallen.

Mit einem Lächeln grüßte ich die Dame über meine Nähmaschine hinweg. »Ein herrlicher Tag, nicht wahr?«

Die Sonne strahlte vom wolkenlosen Himmel und funkelte auf dem Wasser des Canale Burlamacca, der direkt vor meinem Atelier entlangführte. Ich hatte Spiegel an der Decke anbringen lassen, die das Licht einfingen und vervielfältigten, sonst wäre es in dem kleinen, schmalen Raum zu dunkel für meine Näharbeiten gewesen. Oben in meiner Wohnung war es nicht viel besser, doch dort hielt ich mich nur zum Schlafen auf. Das historische Haus, in dem ich lebte, hatte vermutlich einmal einem Fischer gehört. Der Hafen war nicht weit.

Es gab noch einen anderen Grund für die Spiegel hier unten, aber den Gedanken daran schob ich hastig von mir.

»Es tut mir leid, ich verstehe kein Italienisch.« Sie sprach Englisch mit amerikanischem Akzent und schaute dabei nicht einmal in meine Richtung.

»Kein Problem«, antwortete ich in ihrer Sprache. »Ich habe nur gesagt, dass heute ein schöner Tag ist.«

Die Frau nickte, ohne mich anzusehen, offensichtlich nicht in der Stimmung für Smalltalk.

Wie seltsam. Eine Amerikanerin, die nicht gern plauderte, das war neu für mich. Aber vielleicht hatte sie nur wenig Zeit und war von meinen Abendkleidern so begeistert, dass sie nicht abgelenkt werden wollte. Jetzt rupfte sie mit fahrigen Händen eine meiner Kreationen vom Bügel, raffte sie in der Taille und schaute prüfend in den wandhohen venezianischen Spiegel mit dem dicken Goldrahmen.

Ich biss die Zähne zusammen. Es war ein Entwurf, der herrlich dicke Seide mit Lederapplikationen kombinierte. Gewagt, feminin und eigentlich perfekt für sie. Doch ich wollte nicht, dass eines meiner Kleider von einer Frau mit so unzufriedenem Mund und gierigen Händen getragen wurde.

Jetzt reiß dich mal zusammen, Tonia, rief ich mich selbst zur Ordnung. *Wenn deine Schöpfungen nur von Menschen getragen werden dürfen, die glücklich und schön sind, bleibt eine verdammt kleine Zielgruppe übrig.* »Die Farben passen sehr gut zu Ihrem Typ. Möchten Sie es vielleicht anprobieren?«

Sie blickte mich über ihre Schulter hinweg an, und in der Sekunde erkannte ich sie: Bella Grazia, den Star der Show meines Vaters. Sängerin, Tänzerin, Schauspielerin. Ich hätte es gleich wissen müssen, doch ich hatte sie noch nie in Person gesehen. Ich kannte nur das Plakat, das ihre Show ankündigte. Das Plakat, auf dem sie genau wie jetzt über die Schulter schaute – mit dem Unterschied, dass ihre Augen darauf von extralangen Wimpern beschattet wurden, umrahmt von einem Lidstrich, der Glamour und Sünde zugleich versprach, ergänzt von einem tiefroten Lippenstift, der den unzufriedenen Mund übermalte.

Ich habe es meinem Vater zu verdanken, dass ich Details in Gesichtern schon von Weitem ausmache. Er nahm mich als kleines Kind mit ins Gran Caffè Margherita mit seinen arabisch anmutenden Türmen und trug mir auf, ihm die Leute zu beschreiben, die um uns herum saßen. Dann ergänzte er, was mir entgangen war – und erklärte mir, was sich hinter der Fassade verbarg.

Manchmal war es ein wenig schwierig, weil er selbst alle Blicke auf sich zog, zumindest die der Touristen. In Viareggio hatten die Menschen sich an seine hohe Gestalt, seine breiten Schultern, seine dröhnende Stimme und vor allem seinen tiefschwarzen Samtumhang mit dem purpurroten Seidenfutter schon fast gewöhnt. Aber wer ihn das erste Mal sah, schaute immer noch ein zweites Mal hin, um sicherzugehen, dass er echt war. Mein Vater, der sich selbst immer und überall als »Lionel der Löwe« vorstellte, obwohl er eigentlich auf den Namen Luigi getauft ist, strahlt eine gewisse Präsenz aus. Die Präsenz eines Zirkusdirektors, der mit einem Trommelwirbel in die Mitte der Manege schreitet und Glanz und Glitzer, Sägemehl und wilde Tiere, Tanz und Tränen verspricht. Tatsächlich war das sein Beruf, als ich geboren wurde. Wobei Beruf nicht das richtige Wort ist, denn einen Beruf kann man wechseln, er definiert einen nicht unbedingt. Doch mein Vater war Zirkusdirektor mit Leib und Seele, und selbst wenn er irgendwo als Buchhalter hätte arbeiten müssen, wäre er mit einem aristokratischen Schwung seines Umhangs ins Büro stolziert und hätte die Schöße seines Fracks hinter sich geworfen, während er sich auf seinen Stuhl setzte. Er hätte die Monatsergebnisse angekündigt, wie er früher die Trapeznummer meiner Mutter als Höhepunkt der Show angepriesen hatte.

Mein *babbo* war sehr stolz darauf, Bella Grazia unter Vertrag genommen zu haben, und hatte mir erzählt, wie lang und zäh die Verhandlungen gewesen waren. Die Dame verlangte himmelhohe Gagen und wohnte in der Prinzessinnen-Suite im Hotel Royal Superior Splendide, dem teuersten Luxushotel der Stadt.

»Wie viel?«

Die Stimme von Bella Grazia riss mich aus meinen Gedanken. Offensichtlich machte sie nicht gern viele Worte. Ich nannte ihr den Preis für das Kleid mit ruhiger Stimme.

Sie riss die Augen weit auf. »Das ist teuer.«

»Es ist Haute Couture.«

Ihre gierigen Hände griffen nach dem kleinen Metalletikett, das jedes meiner Kleider zierte. »Toniella«, las sie vor. »Nie gehört. Wer ist das?«

»Das ist meine Marke«, antwortete ich mit aller Ruhe, die ich aufbringen konnte. »Ich heiße Antonia, und dieses Kleid ist ein Unikat.«

Sie maß mich von oben bis unten mit ihrem Blick. »Also selbst genäht?« Es klang so, als ob sie fast hinzugefügt hätte: Nach einem Kurs an der Volkshochschule?

Ich hätte ihr mein Kleid gern aus der Hand gerissen und beherrschte mich nur mit Mühe. »Ich habe Modedesign studiert.«

Sie ließ das Kleid nicht los und machte einen Schritt hin zu meiner Nähmaschine, wo sie stirnrunzelnd den dicken Stoff hochhob, den ich gerade verarbeitete. »Das wird doch nie und nimmer ein Kleid.«

»Nein. Das wird ein Sofabezug.« Ich hielt meine Stimme so freundlich wie möglich. »Ich habe auch Interior Design studiert und entwerfe zusätzlich die Innenausstattung von Luxusjachten.«

Sie lächelte böse. »Aha. Also kann man von der Mode wohl nicht ganz leben, was?«

Sie hatte den Nagel auf den Kopf und mich an einer empfindlichen Stelle getroffen. Ich ballte die linke Faust. Die rechte hob ich und nahm ihr sanft das

Kleid ab. »Meine Arbeit wird so gut bezahlt, dass ich meine Kleider nicht unbedingt verkaufen muss.« Ich hängte es liebevoll an seinen Platz zurück. »Sie werden nur in gute Hände abgegeben.« … *und nicht in deine Klauen.*

Sie warf den Kopf in den Nacken und ließ ein melodisches Lachen hören, tief und verlockend. Es war wirklich hinreißend. *Leider.* Ich unterdrückte den wilden Wunsch, ihr gegen das Schienbein zu treten, damit sie aufhörte.

»Nur in gute Hände«, wiederholte sie spöttisch. »Sie klingen wie die Züchterin des Dackels, den ich gerade gekauft habe. Wirklich, ich habe schon ganze Anwesen gekauft, bei denen die Eigentümer weniger Trara gemacht haben! Es fehlte nicht viel und die Züchterin hätte mich nach meinen Essgewohnheiten gefragt.«

»Was wollen *Sie* denn mit einem Hund? Sie sind doch ständig auf Reisen.« *Mist.*

Sie riss die Bambiaugen auf. »Also kennen Sie mich.«

Ich neigte den Kopf – hoffentlich königlich. »Ich habe von Ihnen gehört.« *Und zwar nicht nur Gutes.*

Sie lächelte selbstgefällig, als ob nichts anderes als Lobeshymnen über sie erzählt werden könnten. »Machen Sie sich mal keine Sorgen um den Hund. Der wird gut versorgt. Ich habe nur das Beste für ihn gekauft.«

Plötzlich schoss mir ein Bild durch den Kopf: schwarzbraune Nase, seidige Ohren und ein rotes Jäckchen mit Glitzer-Puschel, der wie eine Fontäne auf dem Rücken befestigt war. Tíz. Es gab noch ein Foto von uns, als ich kaum größer gewesen war als er selbst. Und ein anderes, auf dem ich den kleinen Dackel im Arm hielt und dabei fast umfiel. Tíz war der Star in der Clown-Nummer von Bálasz gewesen. Sehnsucht überfiel mich, wie so oft, wenn ich an meine ersten fünf Jahre im Zirkus dachte. Bálasz der Ungar war damals mein bester Freund gewesen, auch wenn er fünfzig Jahre älter war als ich. Na ja, eigentlich hatte ich dreizehn Freunde gehabt, ihn und seine zwölf Dackel, die er kurzerhand auf Ungarisch durchnummeriert hatte. Tíz hieß zehn, und als meine Mutter starb und mein Vater sich entschied, den Zirkus zu verlassen, war Tíz der Grund gewesen, warum ich drei Nächte lang geweint hatte. Ich erinnerte mich noch gut an den warmen Hundegeruch und das Gefühl seines seidigen Fells an meiner Nase. Und an etwas anderes erinnerte ich mich ebenfalls. »Hunde sind schnell einsam.«

Sie warf mir einen hochmütigen Blick zu. »Es gibt genug Leute, die sich um ihn kümmern, wenn ich keine Zeit habe.«

Etwas in mir zog sich zusammen. »Er wird Sie brauchen, denn Sie sind seine Bezugsperson.«

Sie hob die zarten Augenbrauen. »Also sind Sie Dackel-Expertin, zusätzlich zur Mode-Designerin und Jacht-Innenausstatterin?«

Ich schaute sie einen Augenblick lang nachdenklich an. Was brachte Menschen dazu, so aggressiv zu werden, so vernichtend über andere zu sprechen, die sie kaum kannten? War es Unsicherheit, das Bedürfnis, andere klein zu halten, um selbst größer zu wirken? Oder mussten sie einfach um sich schlagen, weil sie so unglücklich waren? Ich schaffte es, mich nicht provozieren zu lassen. Stattdessen lächelte ich. »Ich bin vieles.«

Sie wirkte irritiert. Meine Reaktion hatte ihr den Wind aus den Segeln genommen. Abrupt drehte sie sich um und rupfte das Kleid wieder von seinem Bügel.

Ich zuckte zusammen.

»Ich werde dieses ganz besondere Unikat mal anziehen.«

Niemals, schrie es in mir. Aber dann setzte sich meine Vernunft durch. Wenn eine Frau wie Bella Grazia eines meiner Kleider trug, war das unbezahlbare Werbung für mich. Ohne ein weiteres Wort zog ich den Vorhang von der Wand nach vorne. Es war ein schwerer Brokat von Luigi Bevilacqua aus Venedig, dunkelblau mit der cremefarbenen Lilie von Florenz darauf. In meinem kleinen Atelier war kein Platz für eine Umkleidekabine, daher hatte ich den Vorhang so aufgehängt, dass er großzügig einen tiefen Sessel umrahmen konnte, der mit dem gleichen Material bezogen war. Wenn ich ihn nicht brauchte, hing der Vorhang dekorativ direkt vor der Wand. Daneben war ein weiterer Spiegel, und unter dem Spiegel befand sich ein kleines Regal mit Taschentüchern und einer Wasserflasche. Davor stand ein großes Paar Abendschuhe.

Bella Grazia beäugte den Vorhang kritisch. Eigentlich hätte sie in diesem Augenblick eine Lupe gebraucht, um ihrer Verachtung Ausdruck zu verleihen. »Wie niedlich.« Sie trat in die neu gebildete Umkleide und zog das letzte Stück des Vorhangs hinter sich zu. Und da sah ich es.

Das Bild hat sich tief in mein Gedächtnis gegraben, und wenn ich heute Albträume habe, fangen sie immer damit an: Der schimmernde Brokat, die weiße, schlanke Hand und das breite Armband, das sichtbar wurde, als der weite Ärmel ihrer blauen Bluse durch die Bewegung zurückfiel. Das Licht meines Kronleuchters ließ es in einem verführerischen Funkeln aufleuchten. Es schien aus Diamanten und Saphiren zu bestehen, die in kunstvollen Sternen angeordnet waren.

Ich sog scharf die Luft ein und wandte mich ab.

Manche Leute sagen, dass sie Schokolade nicht widerstehen können. Dass das verdammte Zeug laut nach ihnen ruft, selbst wenn es im Schrank hinter drei Töpfen versteckt ist. Dass sie wie ein Tiger um die Sünde herumschleichen, bis der Damm endlich bricht und sie sich nicht mehr zurückhalten können. Dass sie über die Schokolade herfallen und sie bis zum letzten Krümel aufessen *müssen* und dass sie sich wie in einem Rausch fühlen, aus dem sie erst aufwachen, wenn das Cellophanpapier blitzblank gegessen ist.

Ich kannte das.

Doch bei mir war es nicht Schokolade. Die ließ mich kalt.

Ich hatte alles versucht, um davon loszukommen. Alles. Ich wusste, dass es eine Sucht war, und ich wusste, dass es mich eines Tages vernichten würde. Im Zirkus hatten sie mich die kleine Elster genannt. Wenn irgendwo etwas Glitzerndes fehlte, zuckte man mit den Schultern und fragte mich. Dann neigte ich beschämt den Kopf, schlich zu meinem Versteck bei den Trapezen und gab das Gesuchte widerstandslos her. Mein Vater sprach mir ins Gewissen. Bálasz erzählte mir, wie Diebe endeten. Meine Mutter fluchte. Mein Vater versuchte es mit Strafen, mit Belohnungen, mit Drohungen. Vergebens. Ich wusste sehr wohl, dass es nicht richtig war, hatte es immer gewusst, und ich kämpfte erbittert gegen meine Schwäche an. Ich nahm Umwege in der Stadt, um nicht beim Juwelier vorbeizukommen. Ich hatte die verdammten Spiegel an die Decke gehängt, damit ich mich überwacht fühlte. Ich lenkte mich ab, hektisch, intensiv. Und ich hatte mich wirklich gebessert. Es war zwei Jahre her, dass ich das letzte Mal schwach geworden war. Doch dieses Armband …

Ein Lied ertönte von irgendwo. *We are the Champions* von Queen. Ich zuckte zusammen. Dann erkannte ich es – es war der Klingelton eines Handys.

»Hallo, mein Liebster!« Bella Grazias Stimme säuselte hinter dem Vorhang hervor. »Ja, ich bin hier gleich fertig. … Wie meinst du das? … Wirklich?« Ihre Stimme wurde hart. »Was soll das heißen, wir können nicht heiraten, solange ich nicht geschieden bin? … Natürlich weiß ich, dass das Bigamie ist. Aber ich habe mich doch schon vor einer Ewigkeit von Howard getrennt. Es ist nur noch eine Formalität. … Ja, ja, er ist hier in der Stadt, extra mit seinem Anwalt angereist, damit wir uns in aller Form trennen können.

Was für ein Zirkus. … Die sollen sich nicht so anstellen und das Aufgebot akzeptieren. … Ich finde es herrlich, dass du so ein Wirbelwind bist. Howard brauchte immer ewig, bis er sich für irgendetwas entschieden hatte.« Ihr wunderbares Lachen erfüllte mein kleines Atelier.

Meine Sympathie galt dem mir unbekannten Howard.

»Aber nein, Liebling, gestern war der schönste Tag meines Lebens, ich habe überhaupt nicht mit einem Antrag von dir gerechnet. Und natürlich heiraten wir, so schnell es geht. Ich denke an pink, eine Hochzeit ganz in Pink. Die Idee kam mir heute Nacht. … Nein, nein, du musst keinen Anzug in Pink tragen. Aber das Dackelchen wird ein Kleidchen in Pink bekommen, meinst du nicht, dass das zauberhaft aussehen wird? … Ja, kommt heute an. Das war vielleicht ein Theater. Sie brauchte sogar ihren eigenen Pass. Aber ich konnte nicht länger warten. Mein Manager sagt, dass sie ideal sein wird, um meine Social-Media-Quoten anzuheben. Die Hochzeit wird natürlich auch helfen.« Bella Grazia seufzte glücklich. »Bis gleich, mein Liebling.«

Mir wurde schlecht. Das arme »Dackelchen«. Der neue Verlobte hatte sich die Dame wenigstens ausgesucht und konnte sich wehren. Ich nahm mir vor, nachher meinen Vater anzurufen und zu fragen, wer der Unglückliche war.

Bella Grazia schob den Vorhang zur Seite und stellte sich vor den Spiegel. Sie beäugte sich mit verengten Augen, dann sagte sie nüchtern: »Ganz schön.«

Ich fiel fast in Ohnmacht. *Es ist nicht schön,* schrie ich innerlich. *Es ist hinreißend. Leider.* »Es sieht toll aus«, bestätigte ich. Dann durchfuhr es mich eiskalt. Sie trug das Armband nicht mehr. Ich warf einen Blick über meine Schulter. Da lag es, verführerisch glitzernd auf dem kleinen Regal, ganz harmlos neben den Taschentüchern. Ich schluckte. Warum hatte sie es abgenommen? Meine Füße setzten sich ganz von allein in Bewegung, und bevor ich mich versah, stand ich direkt vor dem Regal. *Es sind Spiegel über dir,* sagte ich mir verzweifelt. *Sie kann jede deiner Bewegungen sehen.* Ich drehte mich um und schaute zu ihr hin.

Bella Grazia stolzierte vor dem goldenen Spiegel auf und ab, schaute über ihre Schulter, drehte sich im Kreis. Sie war völlig mit sich selbst beschäftigt.

Ich drehte mich mit dem Rücken zum Regal. Wenn ich die Arme anwinkelte, konnte ich das Armband mit dem Ellenbogen berühren. Ich hatte die Ablage extra so niedrig angebracht, damit der Spiegel auf der richtigen Höhe war. Dass mein Ellenbogen so perfekt passte, war mir bis jetzt gar nicht klar gewesen.

»Wenn Sie mich kennen, wissen Sie, dass es eine ausgesprochen gute Werbung für Sie wäre, falls ich das Kleid trage«, sagte Bella Grazia. »Was bieten Sie mir für Konditionen?« Sie zupfte an einer Falte über der Hüfte.

Ich fühlte das Armband an meinem Ellenbogen und schob es mit einer kleinen Bewegung zur Seite. Schweißperlen bildeten sich auf meiner Stirn. »Der Preis ist leider nicht verhandelbar«, sagte ich mit meinem hinreißendsten Lächeln.

Sie blickte kurz hoch und runzelte die Stirn, dann schaute sie wieder in den Spiegel.

Ich schob das Armband ein wenig weiter. »Die Seide wird hier in Italien gefertigt, in einer der wenigen Manufakturen, die noch vor Ort weben. Ich habe den Druck dazu selbst entworfen. Das Leder wurde nach meinen Anweisungen gefärbt, und die Lederapplikationen sind alle von Hand aufgesetzt. In diesem Kleid stecken viele Stunden Arbeit, und ich garantiere Ihnen, dass niemand anderes ein ähnliches besitzt.« Das Armband fiel mit einem leisen Klirren auf den Boden, doch die Hintergrundmusik von Nina Simone – *My Baby just cares for me* – übertönte das Geräusch. »Ich habe auch Ohrringe, die genau dazu passen.« Rasch lief ich zum Tresen und wählte die Ohrringe aus, dann reichte ich sie ihr. Sie passten im Farbton perfekt zum Kleid und ergänzten es ausgezeichnet, obwohl es Modeschmuck war.

Bella Grazia ging zum Spiegel in der Ankleide und hielt sich die Ohrringe vor die Ohren. Ihr Fuß berührte fast das Armband, das verheißungsvoll funkelnd auf dem Boden lag.

Nun bemerke schon, dass es heruntergefallen ist, und lege es wieder an! Ich konnte ganz klar sehen, dass sie das Kleid gern kaufen wollte, aber von ihrer Antipathie mir gegenüber zurückgehalten wurde. Außerdem war sie genau der Typ, der nur etwas kaufte, wenn er den Eindruck hatte, bis aufs Messer verhandelt zu haben.

»Heute ist ein besonderer Tag für mich«, sagte ich mit einem Lächeln. *Das ist keine Lüge. Ich kann mir nachher ein Eis kaufen und schon ist es ein besonderer Tag. Das gönne ich mir schließlich nicht so oft.* »Daher würde ich Ihnen die Ohrringe gern dazuschenken, wenn Sie das Kleid nehmen.« *Dafür habe ich sie schließlich gekauft.*

Sie strahlte mich an. »Jetzt verstehen wir einander. Gut.« Mit einem Lächeln zog sie den Vorhang wieder hinter sich zu.

Als sie kurze Zeit später aus der Kabine kam, lag das Armband immer noch auf dem Boden. Von meinem Platz am Tresen aus war es kaum zu sehen, weil der Sessel davor es fast verdeckte. Nur ein leichtes Glitzern funkelte mich aus dem Schatten an. Rasch wandte ich den Blick ab, nahm das Kleid von Bella Grazia entgegen und schrieb ihr eine Quittung. Ich stempelte sie von Hand ab, mit meinem extra angefertigten Siegel mit Holzgriff, das ich benutzte, damit die Kunden spürten, dass es sich hier um eine Manufaktur handelte, bei der in jeden Handgriff Zeit und Liebe gesteckt wurden. Wenn ich geahnt hätte, was diese Quittung mir für Ärger bereiten würde, hätte ich es mir verkniffen. Aber ich hatte keinen Schimmer. Stattdessen faltete ich sie sorgfältig zusammen, steckte sie in einen der goldenen Umschläge, die ich extra für diesen Zweck gekauft hatte, und überreichte sie ihr.

Ich kannte kaum eine Kundin, die sich nicht begeistert über die schöne Quittung äußerte. Bella Grazia hingegen sagte keinen Mucks. *Vermutlich heißt sie mit bürgerlichem Namen Peggy Glugg.* Ich verbiss mir bei dem Gedanken ein Lächeln und übergab ihr die Papiertüte mit dem Kleid. »Viel Erfolg damit. Ich würde mich freuen, wenn Sie mir bei Gelegenheit ein Foto von Ihnen in dem Kleid senden.«

Jetzt strahlte sie. Anscheinend hatte ich sie bis jetzt völlig falsch behandelt. »Mit Widmung?«

Darauf war ich noch gar nicht gekommen. »Das wäre super.«

»Und dem Dackelchen im Arm.« Sie runzelte die Stirn. »Ich hoffe, der Farbton des Dackels passt zu meinem Kleid.«

Ich schluckte. »Haben Sie den Dackel denn noch gar nicht persönlich gesehen?«

»Nur auf dem Foto. Da weiß ja jeder, dass es retuschiert sein kann.«

»Es wird schon passen.«

Sie lächelte etwas abwesend, drehte sich auf dem Absatz um und fegte aus dem Laden.

Ich blieb wie erstarrt hinter dem Tresen stehen.

Hinter dem Sessel glitzerte das Armband.

Ende der Leseprobe
»Tote sagen nicht Buongiorno«
von Carla di Luca
als Taschenbuch und E-Book erhältlich